Fazendo meu filme 2

FANI NA TERRA DA RAINHA

PAULA PIMENTA

Fazendo meu filme 2

FANI NA TERRA DA RAINHA

2ª edição
7ª reimpressão

Copyright © 2009 Paula Pimenta

Todos os direitos reservados pela Editora Gutenberg. Nenhuma parte desta publicação poderá ser reproduzida, seja por meios mecânicos, eletrônicos, seja via cópia xerográfica, sem a autorização prévia da Editora.

1ª edição deste livro: 20 reimpressões.
2ª edição deste livro: 6 reimpressões.

EDITORA RESPONSÁVEL
Rejane Dias

PROJETO GRÁFICO DE MIOLO
Patrícia De Michelis

DIAGRAMAÇÃO
Christiane Costa

REVISÃO
Ana Carolina Lins
Cecília Martins

CAPA
PROJETO GRÁFICO: Diogo Droschi
FOTOGRAFIAS: Marcio Rodrigues / Lumini Fotografia
DIREÇÃO DE ARTE E CENOGRAFIA DA FOTOGRAFIA: Rick Cavalcante
MODELO: Ingrid Oliveira

**Dados Internacionais de Catalogação na Publicação (CIP)
Câmara Brasileira do Livro, SP, Brasil**

Pimenta, Paula
  Fazendo meu filme 2 : Fani na terra da rainha / Paula Pimenta. –
2. ed.; 7. reimp. – São Paulo : Gutenberg, 2024.

  ISBN 978-85-8235-611-1

  1. Ficção - Literatura juvenil 2. Intercâmbio I. Título.

09-10388   CDD-028.5

Índices para catálogo sistemático:
1. Ficção - Literatura juvenil 028.5

A **GUTENBERG** É UMA EDITORA DO **GRUPO AUTÊNTICA**

São Paulo
Av. Paulista, 2.073 . Conjunto Nacional
Horsa I . Salas 404-406 . Bela Vista
01311-940 . São Paulo . SP
Tel.: (55 11) 3034 4468

Belo Horizonte
Rua Carlos Turner, 420
Silveira . 31140-520
Belo Horizonte . MG
Tel.: (55 31) 3465 4500

www.editoragutenberg.com.br
SAC: atendimentoleitor@grupoautentica.com.br

Para o Bruno, meu irmão, que mora no mesmo reino encantado que eu, onde todos os meninos são guerreiros, todas as meninas são princesas e todos os finais são felizes.

Agradecimentos:

Agradeço imensamente à mamãe, à Elisa, à Aninha e à Bia, por terem lido cada capítulo logo que foram escritos e deixado com que eu usasse as suas emoções como termômetro.

Ao papai, por ser sempre o meu maior divulgador.

Ao Kiko, por toda torcida e apoio, por ter escutado (sem dormir) os capítulos lidos em voz alta e especialmente por me considerar a melhor escritora do mundo! Sem as férias em sua companhia eu não teria conseguido escrever este livro com tanta inspiração...

My special thanks to my dear English friend Gillian, without whom I wouldn't have learned so much about the british education system.

A todos da Autêntica, pelo carinho com meus livros, por terem pacientemente me encaminhado todos os e-mails das leitoras e por continuarem acreditando em mim.

E, especialmente, às leitoras que escreveram pedindo a continuação. O retorno de vocês é tão importante que vocês nem imaginam.

Muito obrigada!

*Para ver cenas dos filmes e ouvir
as músicas dos CDs, visite:*

www.fazendomeufilme.com.br

Existe uma coisa deliciosa em escrever aquelas primeiras palavras de uma história. Você nunca pode dizer exatamente aonde elas irão te levar. As minhas me trouxeram aqui.

(Miss Potter)

Prólogo

De: Leo – Para: Fani
CD: Me deixe só... até a hora de voltar.

1. Lucky – Jason Mraz e Colbie Caillat
2. Here without you – 3 Doors Down
3. Você – Paralamas do Sucesso
4. Please don't go – Double you
5. Love song – 311
6. O que eu sempre quis – Leoni
7. I promised myself – Nick Kamen
8. Far away – Nickelback
9. Grão de amor – Marisa Monte e Arnaldo Antunes
10. Right here waiting – Richard Marx
11. Wherever you will go – The Calling

De: Gabriela <gabizinha@netnetnet.com.br>
Para: Fani <fanifani@gmail.com>
Enviada: 06 de janeiro, 20:41
Assunto: Missing you already!!

Faniquita, e agora? Me diz como é que vai ser! Você viajou há pouco mais de três horas e eu já estou morrendo de saudade! Eu sei que eu não deveria estar escrevendo isso, que devia estar te dando força e tal, mas quem vai ME dar força??? Estou aqui, em plena sexta-feira à noite, cadê você pra me telefonar obrigando a ir às estreias do cinema? E amanhã não vai melhorar muito, férias pra que se eu não tenho a minha melhor amiga pra ficar horas no telefone ou simplesmente ficar fazendo *nada* no shopping? Ok, eu posso fazer nada no shopping sozinha, mas fazer nada sem você não vai ter graça nenhuma.

Droga. Eu realmente não devia estar te falando essas coisas. Mas é que eu estou chorando aqui. Chorando. Eu. Imagina. Minha mãe já veio perguntar se eu preciso de alguma coisa. Eu preciso que ela te traga de volta. Droga. Eu não devia te falar isso também. Bom, meu único consolo é que eu devo estar melhor do que o Leo... o que foi aquele beijo??????????? Ai, meu Deus, agora estou aqui imaginando como VOCÊ deve estar, como eu sou egoísta, estou aqui falando de mim sem nem me preocupar com você. Vou escrever o que você com certeza vai me perguntar nos próximos 489328429 e-mails que me escrever. Vou te contar o que aconteceu depois que você foi embora.

Você entrou naquela sala de embarque, aquele drama de novela, todo mundo que estava se segurando pra não chorar na sua frente perdeu a pose e começou a chorar pra valer, isso inclui seu pai, sua mãe, seus irmãos, sua cunhada, a Juju (que eu acho que nem estava chorando por sua causa, mas sim porque ninguém estava dando atenção a ela, que queria de todo jeito um milk-shake do Bob's), suas tias, primas, avós, eu, a Natália e... o Leo. É, o Leo chorou, mas pode ir tirando esse sorriso do rosto aí porque foi só um pouquinho. Na hora em que eu olhei pra ele e vi, ele meio que passou a mão no nariz e fingiu que estava gripado, até um espirro fajuto ele fingiu, mas EU SEI que ele estava chorando e que deve ter chorado mais um tempão depois que nós deixamos ele em casa. Aposto que deve estar chorando até agora, com a dona Maria (Maria de que, Fani? Esqueci o nome da mãe do Leo!) fazendo cafuné nele. Aliás, ela deve estar com a maior raiva de você, por ter deixado o filhinho dela naquele estado. Mentira, não precisa ficar desesperada, tenho certeza de que a mãe do Leo nunca ficaria com raiva de você.

Mas aí foi isso. Uma choradeira sem fim. Depois, o pai da Natália nos chamou, já que tinha que voltar para o trabalho, a gente se despediu dos seus pais e irmãos, que ficaram lá pra comprar o milk-shake da sua sobrinha, sua mãe fez com que eu prometesse que ia ligar pra dar notícias suas assim que você me mandasse alguma (ela tem certeza de que você vai me escrever muito antes do que pra ela - ai de você se não fizer exatamente isso!) e pronto. Ninguém falou nada no carro, estava o maior clima de velório. Eu e a Natália não tivemos nem pique pra conversar, apesar de eu estar doida pra saber o que ela achou do seu final feliz (começo feliz?). Na verdade, eu quero saber é o que VOCÊ achou! Me escreve urgentemente porque eu estou realmente curiosa pra saber como foi que rolou aquele beijo! Não entendi nada, deixamos vocês dois conversando e, quando olhei pra trás, já estavam agarrados. Como vai ser esse namoro a distância (é namoro ou amizade???)?

Já estou com saudade. E triste. E com MAIS saudade. Ah, anda e escreve logo. Nada de amarrar informação. Quero saber tudo!! Cada impressão, cada detalhe, cada cenário, TUDO!

Beijo enorme!

→ Gabi ←

P.S.: E o CD que o Leo te deu? Já escutou? Que pergunta a minha, aposto que você deu um jeito de pedir um CD-player emprestado pra alguém dentro do avião! Ele seguiu a linha do outro, falando através das músicas, ou gravou aquelas músicas de "trance" de que ele gosta? Seria o cúmulo do absurdo, fala sério...

De: Natália <natnatalia@mail.com>
Para: Fani <fanifani@gmail.com>
Enviada: 07 de janeiro, 10:25
Assunto: Notícias?

Oi, Fani, já chegou? Não lembro quanto tempo você falou que seu voo demorava, mas você levou o laptop, dava pra pegar um *wireless* no aeroporto, por que não escreveu ainda? Se já tiver escrito pra Gabi, eu te mato! Faz favor de me mandar notícias primeiro, sou sua amiga há muito mais tempo do que ela! Acabei de acordar neste minuto e a primeira coisa que fiz foi ligar o computador pra ver se você já tinha escrito!

Aqui hoje está fazendo o maior sol, vou pro clube, pode deixar que vou vigiar o Leo direitinho pra você. Se bem que eu nem sei se ele vai, deve estar chorando até agora. Tão bonitinho ele chorando, Fani... fiquei morrendo de pena, deu pra ver que ele estava se segurando, só não tirei uma foto das lágrimas na bochecha dele porque a Gabi não deixou. Eu perguntei pra ele no carro como ele estava, mas ele não me deu muito papo, falou que estava bem e devolveu, perguntando como EU estava. Como se isso importasse! Eu fiz questão de descer do carro na hora em que nós chegamos na casa dele, pra poder perguntar, longe do meu pai, se vocês estavam namorando. Ele não respondeu, deu só um suspiro e falou que depois a gente conversava. Mas eu preciso saber agora! Vocês estão namorando? Como vai ser? Vocês prometeram um pro outro que não vão ficar com ninguém enquanto você estiver aí na Inglaterra? Será que ele vai aguentar? Ai, desculpa, estou colocando minhoca na sua cabeça. Mas será que VOCÊ vai aguentar?! Ai, Fani, não sei se você deve se segurar, deve ter cada inglês mais gato do que o outro aí, estilo David Beckham, aproveita amiga!!!!!!!! Deixa pra pensar no Leo depois que você voltar, aqui ele não arruma nada melhor do que você, pode deixar que eu vigio a Vanessa!

Tenho que ir logo pro clube, senão perco o sol. Quero voltar e já encontrar um e-mail seu, dá um jeitinho!

Ah, a Gabi comentou comigo que o Leo gravou um CD pra você. Fani, preciso dessa "set-list"! Escreve aí que eu quero ouvir tudo no YouTube, pra saber o que ele quis te dizer dessa vez!!

Um beijinho!

Natália ♥

*Fani, seu irmão te falou alguma coisa sobre mim? Aquele seu papo de "cuida bem da minha amiguinha", precisava disso? Fiquei sem graça demaaaaaais! Nem consegui olhar pra cara dele depois. Só dei umas olhadinhas quando vi que ele não estava olhando, ele tava gato demais com aquele cavanhaque, aff!!

De: Priscila <pripriscilapri@aol.com>
Para: Fani <fanifani@gmail.com>
Enviada: 07 de janeiro, 11:21
Assunto: Oiê!

Oi, Fani!

Espero que você tenha chegado bem na Inglaterra! Estou escrevendo porque nem deu tempo da gente conversar depois que você leu a carta do Leo. As respostas para as nossàs dúvidas estavam nela? Acho que sim, porque pelo beijo que o Leo te deu, ai, ai... de tirar o fôlego, parecia mesmo um filme com final feliz!

Amiga, o que eu te disse no banheiro é sério, tenho certeza de que vocês dois vão ser muito felizes quando você voltar, mas agora não fica pensando só nele, tá? Aproveita muito tudo aí, sei que ele vai te esperar, o Rodrigo falou de novo comigo que o Leo está apaixonado por você, então, relax! Pode contar comigo, te enviarei relatórios do que estiver acontecendo por aqui, você sabe que o Leo conta tudo pro Rodrigo, que por sua vez me conta tudo!

Olha, por que vocês não combinam que cada um pode ficar com quem quiser enquanto você estiver viajando? Tipo um namoro aberto? Bom, isso seria o que eu faria, acho que o Rodrigo concordaria comigo, afinal um ano sem beijar ninguém é duro, né, amiga?

O importante é você aproveitar a vida! Quem me dera estar no seu lugar!

Um grande beijo!

Priscila

Annie Braddock: Há uma crença popular entre os antropólogos que diz que você deve mergulhar em um mundo desconhecido a fim de compreender verdadeiramente o seu próprio.

(O diário de uma babá)

Parece que eu estou em um sonho. Não. Parece que eu estou em um filme. Um filme sem legendas.

Desde que entrei naquele túnel, que nos leva ao avião, foi como se um dublê tivesse tomado o meu corpo e estivesse fazendo as cenas para mim. Meu assento era ao lado do de um menino que também estava indo fazer intercâmbio, o Luiz Carlos, que eu já conhecia dos encontros de orientação. Ele ficou preocupado comigo de verdade! Também não era pra menos, eu não conseguia parar de chorar! A aeromoça também ficou meio aflita, veio me perguntar se eu estava com medo, disse que eu não precisava me preocupar porque estava tudo correndo muito bem no voo. Ela me deu até uma barrinha de cereal a mais. Eu tive vontade de falar pra ela que o meu problema não era no estômago, e sim no coração! Mas eu não disse nada, só continuei chorando e olhando Belo Horizonte ficar cada vez menor pela janelinha do avião...

Nós descemos no Rio de Janeiro para fazer conexão, o Luiz Carlos se despediu de mim, já que ia pegar um avião para a Nova Zelândia, e depois a moça da companhia aérea me levou até dentro do meu avião com destino à Inglaterra, não sei se ela faz isso com todos os menores de idade ou se foi só por pena da minha cara de choro.

Nesse novo avião havia mais cinco intercambistas de várias partes do Brasil indo para a Inglaterra, três meninos e duas meninas. Nenhum deles estava chorando como eu, mas todos tentaram me consolar. Eles ficaram me contando sobre a cidade da Inglaterra para onde cada um deles estava indo, me dizendo como eu era sortuda por estar indo pra Brighton (segundo eles, a cidade onde tem mais balada no mundo!) e inventando um monte de brincadeiras para me distrair, mas foi só quando começou a passar o filme *A noiva cadáver* (dei cinco estrelinhas), que ainda nem tinha estreado em BH, que eu me concentrei em outra coisa além das minhas lágrimas.

Depois acabei dormindo e quando acordei já estava quase na hora de o avião pousar em Londres. Foi a conta de tomar o café da manhã que a aeromoça serviu, dar uma passadinha no banheiro pra escovar os dentes e arrumar o cabelo, e o avião pousou. Anotei o e-mail dos outros intercambistas, e aí cada um foi procurar a sua mala.

Nessa hora, me senti como o Macaulay Culkin em *Esqueceram de mim*. Eu olhava para um lado, para o outro e não via ninguém conhecido, pessoas tão diferentes das que eu estava acostumada a ver, outras roupas, outros cabelos...

Fiquei esperando as malas passarem, pensando em como ia fazer para carregar tudo. Mas aos poucos a esteira foi ficando vazia e nem sinal das minhas. Comecei a procurar os outros intercambistas, para ver se algum deles ainda estava esperando também, mas não avistei mais ninguém. Um desespero gigante começou a tomar conta de mim!

Cheguei perto de uma moça, que estava usando um crachá do aeroporto, para perguntar se todas as malas já tinham chegado, mas foi só quando eu falei "oi" é que me lembrei que ali não era bem "oi" que eu deveria falar e sim "hi"! A moça me olhou, falou qualquer coisa que eu não tenho ideia do que seja e, vendo que eu estava com o meu uniforme de intercambista cheio de bandeirinhas brasileiras, perguntou: "Brasil?", ao que eu fiz que sim vigorosamente com a cabeça.

Ela então chamou um senhor de terno que estava por perto, também com crachá, e falou algo naquela língua que deveria ser inglês, mas que naquele momento me pareceu grego! Ele se virou para mim e falou com um sotaque, mas graças a Deus, em português: "Olá, precisa de alguma ajuda?".

Eu quase comecei a chorar de novo, dessa vez de felicidade, por encontrar alguém que pudesse me entender. Eu expliquei a ele que já estava esperando as minhas malas há um tempão, mas que elas ainda não tinham aparecido, e que eu estava meio desesperada porque pessoas que eu ainda não conhecia me esperavam do lado de fora e eu estava morrendo de medo delas irem embora.

O senhor, que pelo crachá se chamava Mr. Thompson, pediu para ver a minha passagem e me deixou esperando ao lado da moça do balcão, enquanto ele checava o que estava acontecendo. Depois do que pareceram horas, mas que na verdade não deve ter sido mais do que cinco minutos, ele voltou e pediu que eu o acompanhasse até o guichê da companhia aérea. Só na hora em que chegamos lá é que eu entendi que realmente minhas malas não tinham vindo no mesmo avião que eu, haviam sido extraviadas e estavam perdidas em algum lugar do mundo...

Enquanto eu preenchia um formulário para que eles pudessem tentar localizá-las, o Mr. Thompson foi até o serviço de informações do aeroporto e pediu para que eles chamassem pelo som o nome dos meus pais ingleses – Mr. Kyle and Mrs. Julie Marshall – já que naquelas alturas eles não deviam estar mais na saída do desembarque.

Ao ouvir o chamado pelo alto-falante, comecei a olhar para todos os lados, esperando ver o rosto daquelas pessoas que eu só conhecia por foto. Um minuto depois, avistei dois meninos lourinhos apostando corrida em minha direção. O menor chegou primeiro e por pouco não me derrubou. Em seguida chegou o maiorzinho que, arranhando um espanhol, disse: "Buenas tardes, señorita! Soy Teddy! Bienvenida!".

Eu não sabia se ria ou se chorava. Logo atrás chegou uma menina bonita, alta, seguida de um casal também muito bonito. Ali estava a minha nova família, as pessoas com quem eu iria passar um ano.

Depois de trocar abraços e sorrisos sem graça, eles me ajudaram a terminar de preencher os papéis, a companhia aérea prometeu que no dia seguinte eu receberia em casa as minhas malas, e então fomos para o estacionamento.

Logo na saída do aeroporto tive meu primeiro choque cultural. Nunca senti tanto frio! Eu costumava dizer que era friorenta, porque vivia com as mãos geladas ao menor sinal de vento, mas naquele momento descobri que frio era uma sensação que eu ainda não tinha passado na vida! O meu blazer era bem quente e, antes de sair para a rua, eu tinha colocado também uma blusa de lã que tinha levado na bolsa de mão, mas o blazer e a blusa não foram suficientes. Parecia que mil facas cortavam minha pele, eu comecei a respirar com dificuldade e quando soltava o ar, uma fumaça se formava na minha frente. Em outra situação eu teria achado aquilo superlegal, mas naquela hora eu só queria entrar em algum lugar mais quente, antes que eu virasse boneco de neve!

A Tracy, minha nova irmã, reparou, tirou imediatamente um cachecol que estava usando e o colocou em torno do meu pescoço e do meu nariz. Notei, mesmo sem entender o que eles estavam falando, que os pais pediram para os meninos apressarem o passo para que a gente chegasse mais rápido ao carro. Assim que entramos, eles ligaram o aquecedor, e só aí é que realmente a gente foi conversar. Ou pelo menos eles conversaram, e eu fiquei fazendo que sim com a cabeça.

Eu sempre ouvi dizer que o inglês britânico era mais bonito, mais correto... mas ninguém tinha me dito que era mais difícil! Eu estudei cinco anos de inglês, sempre tiro total nas provas do colégio, entendo perfeitamente qualquer filme de Hollywood sem precisar de legenda... mas ninguém nunca me preparou para a língua que falam neste país! Parece tudo, menos inglês. Mas, pelo visto, é isso mesmo que eu vou ter que aprender, se não quiser ficar muda durante um ano.

Com muita paciência e mímicas (e as poucas palavras de espanhol que meu "irmão" insistia em falar comigo, por mais que eu explicasse que no Brasil é português que a gente fala), eles me disseram que a gente ia dar uma volta por Londres para que eu já pudesse ter uma ideia da cidade antes de ir pra Brighton. Eles falaram que eu devia estar doida pra conhecer a capital da Inglaterra. Eu estava doida apenas pra conseguir entender direito o que eles estavam falando e pra parar de sentir frio, mas apenas sorri e agradeci. Em seguida, perguntaram se eu estava com fome e nem esperaram que eu respondesse, os meninos já começaram a brigar opinando sobre o restaurante onde iríamos almoçar. Foi só nessa hora que eu percebi que para eles já era hora do almoço. Eu ainda estava no fuso horário brasileiro, para mim eram oito e meia da manhã! Mas na Inglaterra já era hora de almoçar.

Demos as tais voltas por Londres. Passamos em frente ao Palácio de Buckingham, e eu comecei a me sentir realmente na terra da rainha. Confesso, porém, que eu nem me emocionei ao ver o Big Ben devido à preocupação com a minha mala (eu não conseguia parar de pensar no que iria vestir depois de tomar banho... eu já estava com aquela roupa há umas 15 horas!), à falta de intimidade com aquelas pessoas totalmente novas na minha vida e – claro – à saudade que eu já estava do Brasil. Mas tentei sorrir e me mostrar muito agradecida.

Finalmente, depois de almoçarmos em um restaurante árabe (que graças a Deus tinha aquecedor), eles disseram que iam me levar para casa, pois eu devia estar bem cansada e querendo dormir um pouco. Acertaram em cheio. Voltamos para o carro e rodamos pela cidade até pegar uma estrada bem bonitinha. Eu ficava olhando tudo, tentando não perder nenhum detalhe, reparei que tinha um pouco de neve em alguns pontos, e eles me disseram que tinha nevado há uma semana, mas que o frio ainda não tinha deixado descongelar tudo.

Depois de uma hora e meia de viagem, chegamos a Brighton. Eles fizeram questão de dar uma voltinha comigo pela cidade, pude ver de longe os pontos turísticos que eu já tinha pesquisado na internet, fiquei com vontade de ter comigo a minha máquina de retratos que estava dentro da mala, mas com certeza eu teria muito tempo para aquilo depois.

Quando chegamos em casa, já eram quatro da tarde pelo horário inglês. Eles moram no topo de uma colina, e a casa é bem bonitinha. Toda branquinha, de dois andares, com um campinho de futebol atrás e um balanço na frente. Abrimos a porta e demos de cara com um gato bem peludo, me olhando assustado. Ele miou e saiu correndo pela porta, e aí quem ficou assustada fui eu, mas eles se apressaram a me explicar que ele era assim mesmo, adorava dar umas voltinhas pela rua, mas sempre voltava, ao anoitecer, pra comer e dormir no sofá da sala.

Eles me mostraram o quarto onde eu ia ficar, todo cor-de-rosa, com cortinas branquinhas, cama de casal e uma escrivaninha. A Tracy foi até o quarto dela e trouxe uma pilha de roupas para me emprestar. Ela falou que, enquanto minha mala não chegasse, eu podia usar o que quisesse e pedir mais se tivesse necessidade, que eu não precisava ter vergonha.

O menino mais novo, Tom, me pegou pela mão e me levou até o quarto dele para que eu conhecesse e disse que só estava bagunçado por causa do Teddy, com quem ele (infelizmente, segundo ele) dividia o local. Em seguida, ele e o irmão saíram me mostrando todos os cômodos da casa, e fiquei feliz por eles estarem me tratando tão bem, mas também muito sem graça por essa intimidade instantânea.

A minha mãe inglesa me trouxe toalhas e me ensinou a ligar o chuveiro. Ela disse que eu poderia chamá-la de Julie ou *mum*, qual eu me sentisse mais à vontade (decidi que a chamaria de Julie... afinal, mãe é uma só – mas eu não falei isso pra ela). Em seguida, perguntou o que eu gostava de comer e falou que eu podia pegar o que quisesse na geladeira.

Foi só então que eu me lembrei que precisava avisar aos meus pais que tinha chegado. Já deviam ser duas horas da tarde no Brasil e eu ainda não tinha dado notícia nenhuma. Coloquei a minha "cara de pau" e fui pedir a eles para usar o telefone. Eles não só disseram que sim, como também me ajudaram a telefonar, me mostrando os códigos que eu teria que discar antes do número da minha casa.

Eu realmente fiquei surpresa. Tudo estava correndo melhor que o esperado.

Desde a noite anterior, no avião, eu não tinha mais chorado, mas foi só ouvir o "alô" da minha mãe que tudo foi (literalmente) por água abaixo. Eu nem consegui responder. No lugar, só saíram lágrimas e mais lágrimas. A minha mãe, percebendo que era eu, começou a gritar para o meu pai pegar a extensão. Os dois começaram a me fazer milhões de perguntas ao mesmo tempo, como era a família, como era a casa, como era a comida, como tinha sido no avião... eu tentava responder em meio à choradeira, mas meus novos irmãos estavam me olhando de longe com os olhos arregalados, sem entender o motivo de tanto drama, então eu falei depressa que só tinha ligado pra avisar que tinha chegado bem, contei sobre as malas que não chegaram e avisei que depois eu telefonaria com mais calma, pra contar tudo direito, mas que eles não precisavam se preocupar porque pelo visto a família era realmente muito bacana. Meus pais pareceram ficar felizes, mas eu desliguei me sentindo desolada, daria tudo pra tê-los por perto naquele momento.

Exausta pelas emoções dos dois últimos dias, pedi desculpas pelo choro à minha nova família, expliquei que era só saudade e avisei que iria tomar banho. Em seguida vesti as roupas da Tracy, escovei os dentes, dei boa noite para todo mundo e me deitei, embora fossem apenas sete horas da noite.

Só quando já estava pegando no sono foi que eu me lembrei que tinha prometido mandar e-mails pra Gabi e pra Natália assim que chegasse... elas teriam que esperar até o dia seguinte.

Chorei até quase cair no sono. De repente, no que eu achei que já era um sonho, uma voz veio à minha cabeça: *"Eu vou te esperar, isso é só trailer..."*.

Comecei a repassar cada minuto desde que o Leo tinha ido à minha casa se despedir de mim. Minha tristeza pensando que ele não iria ao aeroporto, minha euforia ao ler a carta que ele me escreveu, a surpresa ao vê-lo na minha frente e, finalmente, a felicidade daquele beijo.

Agora a gente estava a milhares de quilômetros de distância, mas, se ele fosse mesmo me esperar, todo aquele sofrimento valeria a pena. Pulei da cama, abri a minha bolsa de mão, peguei a foto dele, dei um grande beijo, coloquei-a debaixo do travesseiro e dormi, me lembrando daquele sorriso com covinha que eu havia aprendido a amar tanto...

De: Cristiana <cristiana.acb@gmail.com>
Para: Fani <fanifani@gmail.com>
Enviada: 07 de janeiro, 15:22
Assunto: A ficha caiu

Minha filhinha, você acabou de telefonar. Não sei por que, mas somente agora a ficha caiu, ainda não tinha realmente sentido que você não ia voltar daqui a pouco para jantar com a gente... Você está do outro lado do mundo e vai ficar um ano por aí. Estou um pouco melancólica, mas já vai passar.

Fiquei muito preocupada com as suas malas, mas eu e seu pai vamos entrar em contato com a companhia aérea e resolveremos tudo pra você. Um absurdo deixarem justamente as suas malas se perderem! Enquanto isso você pode comprar algumas roupas novas para os primeiros dias, mas tenha bom gosto, filha! A primeira impressão é realmente muito importante, e você vai conhecer muita gente nova nessas primeiras semanas. Seu pai está pedindo para você tomar cuidado com o câmbio, libra não é real, lembre sempre de fazer a conversão pra ver quanto realmente está gastando!

Gostaria de saber também a primeira impressão que você teve da família que está te recebendo. No telefone você falou muito rápido, e estou muito curiosa, quero detalhes. Qualquer coisa me fale que eu converso com o diretor do seu programa de intercâmbio e peço para que te troquem de lugar! Não aceite nada que você não mereça, minha filha! A Beatriz, aquela amiga minha do curso de Francês, me contou que a filha da vizinha dela, durante seu intercâmbio, teve que dormir em uma cama cheia de pulgas porque a família tinha um cachorro pulguento que costumava dormir exatamente na cama que deram a ela. Imagine você que coisa desagradável! Inaceitável isso! Me avise sobre qualquer coisa parecida que eu tomarei providências! Não tem pulgas na sua cama, tem?

Fani, tenho que te dizer algo muito importante. Eu vi o que aconteceu entre você e o Leonardo, todo mundo viu. Minha filha, por favor, eu gosto muito do Leo, mas tenha bom senso, esqueça esse garoto durante um ano! Já chega o Alberto, que veio com uma conversa esquisita no carro, na volta do aeroporto, falando que estava querendo pedir transferência da faculdade pra cá, mesmo que para isso tenha que mudar de curso. Diz ele que está com saudade de morar em Belo Horizonte! Acho que ele esqueceu que o motivo de ter ido estudar em Divinópolis foi exatamente porque não conseguiu passar no vestibular de Medicina das universidades daqui! Se isso não for por causa de alguma mulherzinha, nem sei o que pode ser! Imagine, mudar de curso! Ele não vai fazer isso nem por cima do meu cadáver! Por isso é que eu te digo, não deixe que o Leonardo atrapalhe a sua vida! Quando voltar, vocês conversam e, caso ele não esteja namorando ninguém na ocasião, vocês resolvem o que fazer. Pegue esse CD que ele te deu (aquele que você não deixou nem que eu colocasse dentro da sua mala com medo de extraviar, parecia que você estava adivinhando) e deixe pra escutar só quando voltar. Aproveite seu intercâmbio por inteiro, sem amarras aqui. Você tem sua vida inteira pra namorar um brasileiro, agora deve arrumar uns namoradinhos internacionais. Pensando bem, nada de namorados internacionais, arrume só uns paquerinhas, precisamos que você queira voltar daqui a um ano, você tem um vestibular de Direito pela frente, foque nisso desde já.

Dê notícias assim que puder. Saudades imensas.

Mamãe

De: Juliana <jujubinha@mail.com.br>
Para: Fani <fanifani@gmail.com>
Enviada: 07 de janeiro, 16:00
Assunto: Saudade da tia Fani

Tia Fani, o papai está escrevendo para mim. A gente está no seu quarto e está tudo vazio sem seus DVDs. Eu queria o filme da Branca de Neve emprestado, mas o papai falou que não sabe onde você escondeu, você pode falar pra ele pegar pra mim, por favor? Eu prometo que não vou estragar.

A Josefina está aqui também, acabei de dar uma folhinha de alface pra ela, eu acho que ela riu pra mim, mas o papai falou que tartarugas não riem! Mas as tartarugas ninjas do desenho dão risada! Eu queria levar a Josefina pra minha casa, mas meu pai falou que eu tenho que pedir pra você também.

Não esquece a minha Barbie, eu quero a do castelo de diamantes.

Beijo!

Juju

De: Alberto <albertocbelluz@bol.com.br>
Para: Fani <fanifani@gmail.com>
Enviada: 07 de janeiro, 18:52
Assunto: Segura firme aí!

Olá, irmãzinha!

Mamãe e Papai falaram que conversaram com você mais cedo, pena que eu tinha saído, queria ter falado com você também!

E então, qual é a primeira impressão da terra da rainha? Já tomou umas "pints" em algum "pub" por aí? Cuidado, dizem que a cerveja da Inglaterra é mais forte do que a nossa...

Fani, eu precisava te perguntar uma coisa, sei que eu devia estar escrevendo apenas pra falar sobre sua nova vida aí, mas é que eu também preciso dar um rumo pra minha vida aqui, e só você pode me ajudar.

A Natália, sua amiga... ela falou alguma coisa sobre mim depois do Réveillon? Porque, você sabe, rolou aquele clima de "Feliz ano novo, adeus ano velho" no clube, todo mundo se beijando... mas eu não sei se pra ela foi apenas coisa do momento, sacou? Ela comentou alguma coisa sobre mim? E aquele carinha de quem ela vivia falando, o tal de Mateus, ela ainda tá na dele?

Espero que você me responda logo... eu não tinha pensado nela desde o Réveillon, mas, quando a vi no aeroporto de minissaia, me deu a maior vontade de fazer uma 'sessão-remember'... hehehe, tá vendo, vou mesmo tomar conta da sua amiga enquanto você estiver fora... nem precisa se preocupar!

Se cuida aí, cuidado pra não engordar, viu? Nada de descontar a saudade na comida. Ah, por falar em descontar, que história é essa de o Leo te dar um beijo na boca? Só não soquei a cara dele porque parecia que você estava gostando muito. Mamãe tá cismada que você vai ficar trancada no quarto só ouvindo um tal CD que ele te deu, mas se eu fosse você pegaria esse CD e arremessaria na praia, estilo frisbee, tá ligada? Lembre que sua vida é aí agora. Ah, ouvi dizer que a praia daí tem pedra em vez de areia, é sério isso?

Beijão.

Alberto

2

Emily Friehl: Essa é a sua viagem e ela está acontecendo bem agora!

(De repente é amor)

Sabe quando a gente dorme tão profundamente que acorda sem saber onde está? Eu estava no meio de um sonho engraçado, em que corria de um lado para o outro, procurando alguma coisa que eu não sabia o que era. De repente, no sonho, começou a chover, e eu entrei na primeira porta que vi. Era um cinema, estava cheio de gente, e o filme que estava passando eu nunca tinha visto na vida. Eu me sentei na única cadeira vaga para assistir, mas exatamente nessa hora a tela escureceu e todo mundo se levantou para ir embora. Eu fiquei lá sozinha, olhando fixamente para a tela vazia, até que vozes vindo de algum lugar distante me tiraram do transe. Eu tampei os ouvidos para não ouvir mais nada, só que nesse momento percebi que elas não estavam apenas no meu sonho, mas em algum lugar fora do quarto.

Acordei assustada, olhei para cima e não vi minhas estrelinhas pregadas no teto, virei para o lado e não vi meu computador, os móveis estavam totalmente diferentes, e de repente eu me lembrei. Eu não estava em casa.

Levantei depressa, suspirei ao lembrar das minhas malas extraviadas, coloquei outra das roupas da Tracy e fiquei pensando no que iria fazer.

Eu precisava ir ao banheiro e estava morrendo de fome, mas sem a menor coragem de sair daquele quarto. Acho que eu nunca tinha tido tanta vergonha na vida! O que eu iria dizer a eles? E se já fosse muito tarde e eles estivessem esperando que eu acordasse há horas? Peguei meu relógio correndo e lembrei que o horário que ele marcava ainda era o do Brasil. Sete da manhã. Isso significava duas coisas. Primeiro que eu tinha dormido por doze horas! E segundo que já eram onze da manhã na Inglaterra! Minha vergonha aumentou!

Respirei fundo, abri a porta e saí na ponta dos pés em direção ao banheiro. Mal tinha colocado a cara pra fora do quarto e ouvi um grito, naquela língua que eu ainda não entendia como podia ser inglês! Meu irmãozinho, aparentemente, tinha acabado de avisar para a casa inteira com seu berro (acho que até a vizinhança ficou sabendo) que eu tinha acordado e veio correndo me dar bom dia.

Eu sorri, brinquei com o cabelo dele, pedi licença para ir ao banheiro e fiquei lá dentro respirando fundo uns cinco minutos. Quando saí, ele estava de prontidão na porta. Me pegou pela mão e me levou até à cozinha, onde a Julie e a Tracy estavam lavando louça. Ao me verem, as duas vieram me dar um abraço, perguntaram se eu estava com fome, se tinha dormido bem, e eu fui ficando cada vez mais sem graça com toda aquela atenção que estava recebendo.

Depois de oferecerem todas as comidas existentes na casa (eu só tomei um copo de leite), elas disseram que as minhas malas já tinham chegado. Aquilo me deixou tão feliz! O Tom disse que queria me ajudar a levar tudo para o meu quarto, e as duas me contaram que ele estava tão empolgado com a minha chegada que nem quis ir ao mercado com o pai e o irmão dele.

Passei umas duas horas arrumando todas as minhas coisas no armário. Quando eu estava quase acabando, a Tracy veio me chamar para a gente dar uma volta na cidade e almoçar por lá mesmo. Eu estava doida pra ligar o meu notebook pra ver se já tinha algum e-mail e ainda não tinha tido tempo de escutar o CD do Leo, mas não tive como dizer não para ela.

Descobri que a minha nova casa ficava em um bairro perto do centro de Brighton, então a gente saiu a pé mesmo. A Tracy estava fazendo de tudo para me familiarizar e falava tão devagarzinho que eu estava até conseguindo entender algumas frases. No caminho, encontramos algumas colegas dela, e ela me apresentou como *"my Brazilian sister"*. Eu, que ainda não estava me considerando a irmã brasileira dela, comecei a me sentir pelo menos uma amiga.

Ela me mostrou as ruas principais, e a cada passo eu me surpreendia. A cidade era cheia de barzinhos, lojinhas, parecia mesmo uma cidade de praia. Ela perguntou se eu gostava de McDonald's, e eu me senti feliz por poder comer algo familiar.

Em seguida, ela me levou até a praia. Fiquei surpresa ao constatar que não tinha areia, e sim pequenas pedrinhas redondas! Apesar do frio, muitas pessoas estavam sentadas em cima dessas pedras, tomando sol, embora de roupa! A Tracy falou que ia me levar até o *Brighton Pier*, que, segundo ela, era pra onde o pessoal da nossa idade saía à noite, já que não nos deixam entrar nas boates. Chegando lá, entendi o porquê de as pessoas gostarem do local! Não era um simples píer, e sim uma espécie de shopping aberto com vista para o mar! Nele, além de vários carrinhos de cachorro-quente, pipoca, crepes, havia um parque de diversão e um salão de jogos eletrônicos! Lembrei-me imediatamente da Gabi e da Natália, seria tão divertido estar com elas ali!

A Tracy prometeu que voltaríamos em alguma noite, para que eu visse tudo iluminado e em funcionamento, e em seguida voltamos para casa.

Quando chegamos, descobri que os meus novos avós estavam esperando para me conhecer. Fui acometida por nova crise de vergonha, mas, pra disfarçar, fui até o meu quarto e peguei uma caixa de Sonho de Valsa que eu tinha trazido para dar de presente, e então a atenção foi desviada de mim para os "bombons deliciosos do Brasil", traduzindo as palavras deles.

Eles me contaram que moravam em Londres, que eu podia passar quantos fins de semana quisesse na casa deles para conhecer a cidade, percebi que a Tracy ficou muito animada com isso e se ofereceu imediatamente para me acompanhar, para que eu pudesse ter uma guia.

Em seguida, jantamos. Depois eles pediram para ver as minhas fotos, eu corri para buscá-las, mas, quando abri a primeira página do meu álbum, aquele aperto no coração que vinha me angustiando desde que saí do Brasil e que ainda não havia sentido naquele dia voltou com força total.

A primeira foto era uma em que eu, a Gabi e o Leo tiramos no corredor do colégio. Ela costumava ficar em um porta-retratos no meu quarto, mas eu fiz questão de trazê-la. Eles perguntaram quem era quem na foto, eu respondi que os dois eram meus melhores amigos, e aí eu me lembrei que o Leo não era mais apenas o meu melhor amigo, mas, antes de falar qualquer outra palavra, comecei a chorar novamente.

Dessa vez meus irmãos não ficaram só olhando, o Tom veio por trás e me deu um abraço, que o Teddy e a Tracy imitaram. Isso apenas fez com que eu chorasse mais. Eu ficava só pedindo desculpas, mas eles disseram que estava tudo bem.

Quando eu consegui me acalmar um pouco, perguntei aos meus pais ingleses se poderia ligar para o Brasil de novo, que eu certamente pagaria por cada um dos telefonemas, eles disseram que não era pra eu me preocupar com isso e que podia ligar quando quisesse, não precisava pedir.

O telefone da minha casa tocou, tocou, tocou, mas ninguém atendeu. Isso me deu uma raiva, misturada com tristeza, misturada com ciúmes... Onde eles estariam em pleno sábado à noite, que não ficaram de prontidão esperando pelo meu telefonema? Mais lágrimas.

Desliguei, fui novamente para a sala, expliquei que não tinha ninguém na minha casa, e então a Julie, para me animar, perguntou se eu gostaria de ver um DVD, que pelo que eu tinha escrito nos meus e-mails era o meu *hobby* preferido.

Eu fiquei tão grata por aquilo que quase dei um beijo nela! Eles não tinham muitos filmes, na verdade eu já tinha visto todos, mas escolhi *Encantada*, que era um filme que eu sabia que poderia me animar naquele momento e inclusive estava na lista dos filmes que eu precisava comprar para a minha coleção. Eu falei isso para eles, e o Kyle, meu pai inglês, respondeu que então eu não precisava mais comprar, que aquele DVD agora era meu.

Eu estava ficando cada vez mais sensibilizada pelo esforço que eles estavam fazendo para me agradar e comecei a assistir ao filme até feliz, mas eu ainda devia estar muito cansada porque, sem querer, peguei no sono no sofá mesmo. Quando acordei, a casa estava escura, em silêncio, e um edredom me cobria. Nos meus pés, um gatinho dormia profundamente. Agradecida pela companhia, me virei para o lado e adormeci novamente ali mesmo, rezando para que a manhã demorasse bastante a chegar.

De: Leonardo <soueuoleo@gmail.com>
Para: Fani <fanifani@gmail.com>
Enviada: 08 de janeiro, 22:31
Assunto: Saudades.

Oi, minha linda...

Que saudade! Eu tenho checado meu e-mail de hora em hora pra ver se você me escreveu alguma coisa, mas já estou cansado de ler esse "nenhuma mensagem".

Tá tudo bem? Eu queria ligar pra sua casa pra saber se você deu notícias, se chegou bem, mas estou meio sem graça com seus pais e irmãos, acho que você sabe por quê... e também não quis ligar pra Gabi, ela e a Natália estão muito interessadas em saber da nossa vida, e prefiro guardar só pra mim o que nós conversamos, o que eu estou sentindo... Na verdade nós nem conversamos direito, e eu estou me sentindo meio confuso, tudo aconteceu muito de repente. Só sei que tem alguma coisa aqui dentro que faz com que eu fique muito feliz, mas ao mesmo tempo muito triste. E um pouco revoltado também. Acho que eu já estou com ciúmes de você e com inveja dessas pessoas à sua volta... mas não é pra você ficar convencida, viu?

Você jura que me escreve quando ler meu e-mail? Queria escrever mais, mas não quero tomar seu tempo, você deve estar muito ocupada conhecendo pessoas e lugares novos...

Eu tenho quase um mês de férias pela frente. Ainda bem, vai ser muito estranho olhar para o lado e não te ver na sala... mas ao mesmo tempo estou sem saber o que fazer com esse tempo livre. Engraçado, eu não tinha problema pra encher o meu tempo antes, mas agora parece que está tudo sem graça aqui.

Promete que vai escrever? (Ih, já falei isso, mas realmente estou com saudade e quero saber se tá tudo bem com você.)

Beijo enorme (aliás, não canso de me lembrar de como o seu beijo é bom!!!)

Leo

De: Leonardo <soueuoleo@gmail.com>
Para: Fani <fanifani@gmail.com>
Enviada: 10 de janeiro, 15:11
Assunto: Muitas saudades.

Oi, Fanizinha!

Você recebeu meu outro e-mail? Estou começando a ficar preocupado... tá tudo bem aí?

Encontrei a Natália no clube e ela me falou que sua mãe avisou para ela que você chegou bem e que a família parece ser legal. Ufa, que alívio! Como você não deu sinal de vida, já estava achando que seu avião tinha caído, até assisti ao Jornal Nacional pra ver se não passava a notícia... Hahaha, brincadeira, viu! Sei que você deve estar totalmente sem tempo, fazendo um tanto de amizades novas...

Eu pesquisei sobre Brighton na internet, você já foi naquele castelo grandão que tem aí? Cuidado quando for, eles vão querer te roubar pra ser a princesa dele! :)

Beijo gigante, me escreve!!!

Leo

De: Leonardo <soueuoleo@gmail.com>
Para: Fani <fanifani@gmail.com>
Enviada: 13 de janeiro, 18:10
Assunto: ???????

Fani, o que tá rolando? Você tem recebido meus e-mails? Tenho entrado todos os dias nas redes sociais pra ver se você aparece, mas nem sinal.

Não resisti e acabei ligando para a Gabi e a Natália pra saber se você tinha escrito pra elas. Como as duas estavam muito esquisitas no telefone, acabei ligando pra sua casa também, achei que elas estivessem me escondendo alguma coisa, mas sua mãe falou que você está cada dia melhor, se adaptando muito rápido.

O que aconteceu então? Sua casa não tem internet? Quando as aulas começam? Será que no seu colégio tem um computador que você possa usar? Quem sabe você não leva o seu laptop pra algum shopping, certamente eles devem ter wireless... Bom, desnecessário eu te escrever isso, se você estiver lendo certamente arrumou um jeito de se conectar.

Hoje faz exatamente uma semana que você viajou... e que semana demorada! Se o resto do ano for assim, não sei como vou fazer. Você sabe se nas regras do seu programa de intercâmbio dizia algo sobre você receber visitas? Será que eu poderia te visitar??? Nossa, estou achando que a Inglaterra é o Rio de Janeiro... até parece que meu pai me daria uma passagem internacional, deve ser muito caro! Mas e se eu vendesse meu equipamento de som? Talvez desse pra eu pagar uma parte, e, de repente, se eu pedir, a minha avó (aquela que sempre me dá dinheiro de aniversário) me dê o presente deste ano adiantado e aí talvez eu consiga pagar o restante... Mas de qualquer forma daria pra eu ir só em julho, pois as aulas já começam em algumas semanas.

Bom, nem sei se você quer que eu vá te visitar, estou ficando meio encanado com esse seu sumiço... tá tudo bem com a gente, Fani? Tipo... você se arrependeu do que rolou no aeroporto? Será que no avião teve tempo pra pensar e viu que não era nada disso, descobriu que quer ser só minha amiga mesmo? Você não gostou do meu beijo, foi isso???

Se quiser que voltemos a ser só amigos, por mim tudo bem........ mas dê notícias, por favor. Estou preocupado com você e com muita, muita saudade. Da minha amiga. E da minha namorada...

Quero te falar uma coisa, mas estou sem graça. Mas vou falar assim mesmo, porque essa semana eu tive certeza disso.

Eu te amo. Acho que desde o primeiro dia que te vi.

Mil beijos!

Leo

3

> _Raposa:_ Relaxe. Eu sou um dos mocinhos.
> _Sr. Castor:_ Bem, você se parece muito com um dos vilões.
>
> (As crônicas de Nárnia - O Leão, a Feiticeira e o Guarda-Roupa)

Os primeiros dias passaram voando. Tantos lugares, pessoas e informações novas, eu mal acordava e já me levavam para conhecer cada centímetro de Brighton. Além disso, minha nova família fez questão de me contar todos os detalhes da vida de cada um deles para que eu realmente me sentisse em casa, então era assunto que não acabava mais. Até comecei a entender mais o inglês deles e já estava mais solta para falar.

Foi exatamente uma semana depois que cheguei que o conheci. Eu e a Tracy fomos a uma sorveteria, ela estava me explicando como era a escola, que começaria na segunda-feira seguinte, e de repente eu ouvi alguém falando em português atrás de mim.

"Olha essas duas gostosas!", ele disse para um outro menino, provavelmente sem saber que alguém mais além deles pudesse entender aquela língua. Eu me virei no mesmo instante e também percorri o local com os olhos para ver de quem ele estava falando.

A sorveteria estava vazia, o que me fez perceber – e ficar imediatamente com o rosto vermelho – que as "gostosas" a quem ele se referia éramos eu e a Tracy. Mas foi na hora em que olhei para o rosto dele é que eu realmente fiquei envergonhada. Era o menino mais bonito que eu já tinha visto na vida.

Ele, por outro lado, ao perceber que eu estava olhando, não ficou nem um pouco tímido. Veio direto em nossa direção e se apresentou em inglês: "Hello, my name is Christian, this is my cousin Alex. Nice to meet you both!".[*]

A Tracy se derreteu no mesmo instante. Estendeu a mão para os dois, falou que também era muito legal conhecê-los, convidou-os pra sentar e já engatou um papo, sem que eu tivesse tempo de falar pra ela o que ele tinha dito a nosso respeito.

Ele nos contou que estava morando em Londres, na casa dos tios, os pais do Alex, há dois anos. Veio passar férias, apaixonou-se pela cidade e resolveu ficar lá, onde tinha terminado o colégio e agora iria começar a faculdade. Em nenhum momento ele mencionou que era brasileiro, e eu resolvi ficar quieta, pra ver o que mais ele ia falar, antes de contar a minha nacionalidade.

O primo dele, que também era bonitinho, embora perto do Christian ficasse um pouco apagado, falou que estava no último ano do colégio e que tinha tentado convencer o Christian a tirar um ano de folga para que os dois entrassem juntos na faculdade, mas que não teve sucesso, já que o Christian não via a hora de as aulas começarem. A Tracy, toda conversada, contou que ela já sabia que, quando terminasse, iria ficar

---

[*] Olá, meu nome é Christian, este é o meu primo Alex. Muito prazer em conhecer vocês.

um ano viajando. Pelo que eu entendi, dar um tempo depois da escola era um costume comum na Inglaterra, ao contrário do Brasil, onde a gente corre direto para a faculdade.

O inglês deles era fácil de entender, o que facilitou nossa conversa, e quando reparamos já eram quase cinco da tarde. Eu perguntei pra Tracy se nós não devíamos ir pra casa, e ela falou que nós deveríamos era aproveitar ao máximo o último sábado de férias. Na mesma hora, o Alex perguntou se então a gente não gostaria de ir ao píer ver o pôr do sol. Ele explicou que os dois só tinham ido passar o dia em Brighton, que já voltariam pra Londres no ônibus das 19h e que adorariam ter a nossa companhia até esse horário.

Eu comecei a ficar meio incomodada com aquela situação, primeiro porque não tinha revelado que também era brasileira, depois porque eu já tinha percebido que não era só amizade que aqueles dois queriam e, principalmente, porque, a cada minuto que passava, eles pareciam ficar mais bonitos e simpáticos.

A Tracy já estava se levantando para ir com eles até o píer quando eu a puxei e pedi que ela viesse antes comigo ao banheiro. Apesar de já estarmos bem mais íntimas do que no primeiro dia, ela me olhou meio assustada. Percebi na hora que esse costume de amigas irem juntas ao banheiro para fofocar é coisa do Brasil e que ela não tinha entendido por que eu precisava que ela fosse comigo... mas acho que, pela minha cara, ela percebeu que era coisa séria e resolveu me seguir.

Assim que entramos no banheiro, eu disse pra ela que de jeito nenhum ia ao píer com aqueles dois, que eu tinha percebido que o Christian era brasileiro e escutado ele dizer que nós éramos "bonitas" antes de se aproximarem. Isso só serviu pra deixar a Tracy mais animada. Ela perguntou de qual dos dois eu tinha gostado mais e falou que, se eu não me importasse, ela iria dar bola pro Alex, que era exatamente o tipo de menino que ela gostava, lourinho com os cabelos um pouco encaracolados. Eu falei que ela podia dar bola para os dois, que o problema era exatamente esse, que eles eram dois e nós éramos duas, que eu sabia que ia sobrar pra mim e que odiava ter que dar fora em alguém.

Ela perguntou por que eu teria que dar o fora nele, e então eu me lembrei que não tinha contado a ela sobre o Leo.

Eu não tinha contado pra ninguém.

No terceiro dia em Brighton, eu acordei e percebi que tudo lá era perfeito, a família me tratava muito bem, a cidade era linda, e eu tinha tudo pra viver um ano maravilhoso, mas que não ia conseguir se ficasse me lembrando do Brasil o tempo todo. Comecei a me acostumar com o fato de que aquela saudade iria me acompanhar durante todo o ano, mas que eu não podia deixar que ela me impedisse de aproveitar a minha nova vida; afinal, eu tinha escolhido aquele caminho para mim. Especialmente, eu entendi que, se ficasse pensando ou falando no Leo (a parte mais importante da minha antiga vida), não conseguiria seguir com aquele intercâmbio, a dor era muito grande, me dava vontade de entrar no primeiro avião a cada lembrança dele que vinha à minha cabeça. Então, numa espécie de defesa involuntária, eu comecei a fugir de qualquer coisa que fizesse com que eu me lembrasse dele. Foi sem querer a princípio, apenas comecei a desviar o meu pensamento quando a imagem dele vinha e passei a reparar que, ao pensar em outras coisas, imediatamente aquela dorzinha no meu coração ia embora. Mas depois, passei a fazer isso de propósito, passei a não deixar que ele nem chegasse perto dos meus pensamentos e, desde então, nenhuma lágrima havia caído.

A Gabi e a Natália tinham me escrito a semana inteira perguntando o que estava acontecendo, querendo saber o motivo pelo qual eu ainda não havia escrito para ele, já que ele ligava para elas quase todos os dias pra saber se eu tinha dado notícia – o que elas tentavam disfarçar falando que eu estava sem tempo e que só sabiam de mim através do que a minha mãe contava. O que era a maior mentira, já que eu vinha escrevendo todos os dias para as duas, narrando todos os detalhes de tudo que eu fazia, mas sem tocar no nome do Leo. E a minha mãe falou que ele chegou a ligar lá pra casa no meio da semana perguntando sobre mim, que ela tinha ficado até com pena da voz envergonhada dele, mas feliz por perceber que eu tinha seguido o conselho que ela havia me dado, de esquecê-lo durante este ano.

Como se aquilo fosse possível. Eu poderia morar dez anos fora. Poderia ficar sem vê-lo por toda a vida. Mas não teria como esquecê-lo nunca. E era por esse motivo que eu estava tentando a todo custo pelo menos não deixar que ele povoasse o meu pensamento. Não tinha lido os e-mails que ele vinha me mandando e muito menos escutado o CD que ele tinha me dado, com medo de que aquela depressão dos dois primeiros dias voltasse.

Mas, naquele momento, não tive como não lembrar. Não pensar no Leo não queria dizer que eu quisesse ficar com outra pessoa. Muito pelo contrário. Eu desejava ficar só com ele pelo resto da minha vida. Mas eu queria que o resto da minha vida começasse dali a um ano. Se eu deixasse que o Leo ficasse na minha cabeça, não iria achar graça em nada, porque coisa nenhuma no mundo tinha comparação com ele.

Não tive tempo de explicar essas coisas para a Tracy porque ela já estava me puxando para fora do banheiro, empolgadíssima.

Os meninos estavam nos esperando na porta da sorveteria e abriram sorrisos ao nos ver. Mesmo sem vontade, comecei a caminhar com eles em direção ao píer.

A Tracy deu um jeito de ficar ao lado do Alex, e os dois foram conversando animadamente. Eu e o Christian ficamos um pouco pra trás, e um silêncio constrangedor tomou conta de nós. Quando a gente já estava quase chegando, ele perguntou de onde eu era, pois tinha percebido que eu tinha um sotaque diferente.

Eu sorri para ele e falei: "Belo Horizonte, conhece?".

Ele parou de andar.

"Você é brasileira?", ele perguntou sério. "Estava fazendo hora com a minha cara?"

"Não", eu respondi ficando séria também. "Você também não falou que era brasileiro. Por que eu deveria falar?"

"Eu teria falado se soubesse que você também era do Brasil. Como você soube que eu não era inglês?"

Eu fiquei meio sem graça. Ele percebeu.

"Não vai dizer que me ouviu te chamando de gostosa, ouviu?"

Eu fiquei mais sem graça ainda, mas não tive como não rir.

"Você não parece brasileira", ele falou. "É muito clarinha, tem esse cabelo escorrido, é toda tímida... e, além disso, fala inglês muito bem!"

"Brasileiras não podem ter cabelo liso e falar inglês? Que preconceito é esse?", eu respondi, já ficando séria novamente.

"Calma! Preconceito nenhum. É só que eu não esperava encontrar uma brasileira bem aqui. Sei que têm muitos em Brighton, mas os brasileiros geralmente andam em bandos, sempre estão falando português... a gente reconhece de longe! Além disso, sua amiga te chamou de Stephanie, e esse não é um nome muito comum no Brasil."

"Meu nome é Estefânia. O apelido é Fani. Mas a Tracy me chama de Stephanie, por mais que eu peça pra ela não me chamar assim."

Ele começou a rir.

"Do que você está rindo?", eu perguntei.

"Nada", ele respondeu sem conter o sorriso.

"Fala agora!"

"Nossa, que braveza!", ele disse, sem parar de sorrir. "É só que eu tinha acabado de falar para o meu primo – que realmente é inglês e muito patriota – que as inglesas nunca vão ser tão gatas quanto às brasileiras. E aí eu te vi na sorveteria e achei que tivesse me enganado... mas parece que eu estava certo, não é?"

Eu só faltei cavar um buraco pra enfiar a cabeça no chão.

"Ei", ele falou pegando no meu queixo, pra levantar o meu rosto. "Não precisa ficar com vergonha. Nossa, você é muito tímida mesmo, não posso nem te elogiar?"

Eu fiquei mais sem graça ainda. "Olha, eles já estão lá na frente", eu apontei, pra mudar de assunto.

"Acho que sua amiga não está reclamando...", ele falou, sem tirar os olhos de mim.

"Ela não é minha amiga, é minha irmã."

"Sua irmã?", ele perguntou dando uns passos pra trás. "Ela também é brasileira, com aquele cabelo quase branco de tão louro?"

"Não... na verdade ela é minha *host-sister*. Eu estou fazendo intercâmbio aqui, morando na casa dela."

"Intercâmbio! Que bacana! Chegou tem muito tempo?"

"Exatamente uma semana..."

"Nossa, mas seu inglês já está muito bom! Apesar do sotaque americano!"

"É que eu aprendi a falar inglês vendo filmes", eu falei meio sem paciência.

"Hein?"

"Filmes! Sou louca por filmes de Hollywood, tanto que meu sonho é estudar Cinema. Por isso sempre escutei inglês americano! Apesar de ter feito cursinho de inglês por vários anos, sempre tive como referência o inglês falado nos Estados Unidos."

Ele me olhou admirado e começou a falar comigo em inglês. Inglês britânico. Perguntou quantos anos eu tinha, me contou que tinha acabado de fazer 19; perguntou de onde eu era no Brasil, me disse que era de São Paulo; perguntou se eu já estava com saudade da minha família; me explicou que se sentia em casa, já que a tia dele, a mãe do Alex, que era brasileira e casada com um inglês, o tratava como filho; perguntou se eu estava gostando de Brighton; me falou que eu precisava também conhecer Londres direito.

Fomos interrompidos pelo grito da Tracy, avisando que a gente já tinha perdido o sol se pôr e que agora estávamos perdendo a lua, que estava maravilhosa.

Nos juntamos a eles na ponta do píer e, em silêncio, ficamos olhando a lua cheia. Senti uma paz como eu ainda não havia sentido naquele país.

Foi o Alex quem voltou a falar. Ele perguntou se a gente não animaria ir a Londres no fim de semana seguinte, já que a Tracy tinha contado a ele que os avós dela moravam lá. Eu não respondi, mas, pela expressão da Tracy, não tive a menor dúvida de onde iria ser meu próximo final de semana.

Um pouco antes de sete horas, eles disseram que tinham que pegar o ônibus para voltar. Eles nos deram o telefone da casa deles, e a Tracy prometeu que, se a gente fosse mesmo a Londres, eles seriam os primeiros a saber.

Nos despedimos com beijinhos, e o Christian disse que esse tinha sido um final de férias perfeito, que tinha certeza de que isso daria sorte para a faculdade dele, que também começaria na segunda-feira.

Curiosa, eu perguntei qual era o curso que ele ia fazer.

"Cinema", ele disse com um grande sorriso.

Eu olhei surpresa para ele, que já estava andando em direção à rodoviária. Ele me deu uma piscadinha e sumiu pela noite de Brighton.

De: Diretora Clarice <dcasf@escolar.com.br>
Para: Fani <fanifani@gmail.com>
Enviada: 16 de janeiro, 18:01
Assunto: Resposta à sua solicitação
Anexo: historicoecb.pdf

Prezada Estefânia,

Conforme solicitado, encaminhamos em anexo o seu histórico escolar para validação das matérias em seu colégio no exterior. Esperamos que tudo corra bem durante o seu ano.

Atenciosamente,

Diretora Clarice Albuquerque da Silva Fagundes

De: Augusto Personal <augusto@fitness.com.br>
Para: Fani <fanifani@gmail.com>
Enviada: 17 de janeiro, 08:22
Assunto: Re: avaliação física recente
Anexo: avaliacaoestefania.doc

Querida Estefânia,

Nós da academia Fitness Esporte Saudável desejamos muita sorte para você! Ficamos muito felizes em saber que você vai continuar malhando, mesmo na Inglaterra, parabéns pela determinação! Lembre-se também de manter uma alimentação saudável e equilibrada. Estou enviando a sua última avaliação física, como você pediu.

Abraços,

Augusto T. Junior
Personal Trainer
Diretor da Fitness Esporte Saudável

De: Teacher <teacher@englishsuperschool.com.br>
Para: Fani <fanifani@gmail.com>
Enviada: 17 de janeiro, 11:48
Assunto: Carta de recomendação
Anexo: recomenda.txt

Hello Fani my dear!

Estou mandando a carta de recomendação que você pediu. Escrevi que você sempre foi uma das nossas melhores alunas e que seu nível de inglês é avançado, incluindo gramática e conversação. Espero que isso possa te ajudar a conseguir a vaga para assistente de direção no teatro da escola que você mencionou. Apenas não entendi o que você falou a respeito da língua exótica que falam em Brighton, foi isso mesmo que você quis dizer?

Beijinhos, no próximo e-mail me escreva em inglês, quero acompanhar o seu progresso.

Mariana
English Super School's Teacher

4

> Terri Fletcher: Estar nesse lugar
> é difícil, assustador e a melhor
> coisa que já me aconteceu!
>
> (Na trilha da fama)

Sabe Hogwarts, a escola do Harry Potter? Eu achava que aquela história da divisão dos alunos por casas era invenção da autora, só que descobri que isso não é ficção. A minha escola inglesa também é dividida em quatro casas, e no primeiro dia de aula ficamos sabendo de qual delas iremos participar. Durante o ano letivo, as quatro casas recebem pontos, seja por atividades esportivas, notas, seja por bom comportamento, e, no fim do ano, a casa que tiver maior pontuação ganha um prêmio, que geralmente é uma viagem para a França!!! Imagine! Bem que podiam inventar essa moda no Brasil também! Se bem que eu descobri que a França é mais perto da Inglaterra do que Minas Gerais é do Rio Grande do Sul.

A diferença da minha escola – que se chama Brighton Hill – para Hogwarts é que não é um chapéu seletor que indica quem vai para cada casa, e sim a ordem alfabética. Sendo assim, eu fui para a casa Eagle. As outras três também têm nomes de animais: Unicorn, Tiger e Dragon.

No primeiro dia de aula eu pude ir sem uniforme, já que sou estudante de intercâmbio e ainda não tinha comprado, mas todos os alunos já estavam devidamente *fantasiados*. Sim, me senti em uma festa à fantasia em que todas as meninas usavam roupas de colegial, igual à Britney Spears no clipe de "Baby one more time". Os meninos vestiam o mesmo modelo que elas, blusa polo branca com a gola virada por cima da blusa de lã azul escura, ambas com o escudo do colégio, mas, em vez da saia pregueada (em uma altura respeitável, segundo o regulamento da escola) e da meia-calça preta das meninas, eles usavam uma calça comprida da mesma cor. Os sapatos eram de couro, de amarrar. Tive vontade de rir, mas me lembrei que no dia seguinte eu também teria que estar vestida daquele jeito, então guardei o riso para mim.

Temos quatro matérias obrigatórias, que são Inglês, Matemática, Ciências e uma língua estrangeira (entrei em Espanhol) e temos que escolher mais quatro, de acordo com nosso interesse. Eu escolhi Teatro, Mídia, História e Culinária. No último ano, não somos obrigados a fazer Educação Física.

Meu horário ficou assim:

HORA	SEGUNDA	TERÇA	QUARTA	QUINTA	SEXTA
8:40	Registro	Registro	Registro	Registro	Registro
9:00	Matemática	Ciências	Teatro	Matemática	Ciências
10:00	Matemática	Ciências	Teatro	Matemática	Ciências
11:00	Intervalo	Intervalo	Intervalo	Intervalo	Intervalo
11:20	Teatro	Mídia	Culinária	História	Culinária
12:20	Intervalo almoço	Intervalo almoço	Intervalo almoço	Intervalo almoço	Intervalo almoço
13:00	Inglês	Espanhol	História	Inglês	Espanhol
14:00	Inglês	Espanhol	Mídia	Inglês	Espanhol
15:00	FIM	FIM	FIM	FIM	FIM
15:10	Ginástica	Clube de Teatro	Ginástica	Clube de Teatro	Ginástica

Além das aulas normais, a escola oferece vários cursos extras no período de 15h às 16h30, como, por exemplo: dança, futebol, artes... Nesse horário também acontecem os encontros de todos os clubes.

Eu entrei atrasada na primeira aula, já que tive que ficar um tempão na secretaria escolhendo as minhas matérias, pois eu estava entrando no meio do ano letivo. Os demais alunos já tinham escolhido o horário desde o ano anterior, pois, na Inglaterra, as aulas começam em setembro.

A professora de Matemática, ao ler o bilhete que a orientadora educacional me deu para que eu não fosse penalizada pelo atraso, fez questão de me apresentar para a sala inteira. Eu quase morri de vergonha, mas pelo menos isso serviu para uma coisa boa. Bastou que a professora falasse que eu era do Brasil para que uma menina que estava sentada lá atrás, mascando chicletes, acenasse para mim e fizesse sinal para que eu me sentasse na carteira ao lado dela.

Eu fui bem depressa, pensei que ela fosse alguma amiga da Tracy – que infelizmente não era da minha sala, por ser um ano mais nova –, mas tive a maior surpresa ao me sentar.

Eu olhei para a menina, que pediu que eu esperasse. Fiquei observando enquanto ela escrevia alguma coisa. Ela era morena clara, tinha os olhos bem escuros e o cabelo cortado em estilo chanel, com franjinha. Ela terminou de escrever e jogou um papel em cima da minha mesa.

Oi, coleguinha! Meu nome é Ana Elisa. Muito prazer! bem-vinda a brighton Hill! Maravilha encontrar outra brasileira nesta escola chata! se bem que nós temos sorte, já que grande parte das adolescentes inglesas estuda em colégios só pra mulheres, já imaginou?

Eu abri um sorriso do tamanho do mundo! Não estava acreditando na minha sorte. Eu sei que nas orientações do programa de intercâmbio eles falaram umas 50 vezes para a gente fugir de brasileiros para aprender melhor a nova língua, mas naquele momento nada poderia ter me deixado mais feliz. Uma brasileira na minha escola! Uma brasileira que gostava de passar bilhetinho! Respondi ao bilhete.

Nem acredito! Você também é intercambista? Está em Brighton há quanto tempo?

Ela escreveu novamente.

Moro em Brighton há seis meses, mas antes morei um ano e meio em Londres. Meu pai foi transferido para a Inglaterra, e mesmo aqui a gente tem que ficar mudando de cidade, por causa do projeto dele. Ainda bem que é meu último ano de colégio, não vejo a hora de voltar para o Brasil. Já falei pro meu pai que eu vou fazer faculdade lá, por bem ou por mal. Sou de Brasília, e você?

Quando eu estava escrevendo a resposta, a professora começou a andar em nossa direção. A Ana Elisa falou rapidamente pra eu guardar os bilhetes e deixar pra gente conversar no intervalo, porque os professores da Inglaterra eram muito menos tolerantes do que os do Brasil.

A matéria que eles estavam vendo em Matemática era a mesma que eu havia aprendido na oitava série, por isso fiquei analisando meus horários e imaginando como seriam as matérias opcionais que eu iria cursar. Na hora da escolha delas, me perguntaram quais eram os meus *hobbies* e o que eu pretendia fazer na faculdade (respondi Cinema às duas perguntas), a coordenadora falou que eu deveria então estudar Mídia (que é basicamente Rádio e TV), para aprender um pouco sobre audiovisual, e Teatro – pois, se eu conversasse com o professor, poderia pedir para, em vez de atuar (o que eu já tinha dito para ela que não iria fazer nunca nessa vida), ajudá-lo na produção e na direção do espetáculo, pois isso me daria uma boa base também para Cinema. Porém, ela disse que eu precisaria estar com o inglês bem afiado, pois o professor não teria tempo de ficar me explicando tudo. Além dessas duas, escolhi História, que é uma matéria de que eu sempre gostei, e Culinária, pra ver se quando eu voltar para o Brasil a minha mãe para de falar que eu não sei fritar nem um ovo. Depois da escola, eu ainda ia participar do clube de teatro, duas vezes por semana (todos os alunos são obrigados a entrar em pelo menos um clube), e, nas três tardes livres, resolvi que iria fazer academia, por puro medo de engordar, como acontece com a maioria das intercambistas.

O sinal bateu, a Ana Elisa perguntou qual era a minha próxima matéria, eu disse que era Teatro, ela falou que a dela era Computação e me explicou que, nas escolas inglesas, os alunos é que mudam de sala, e não os professores, então eu precisava trazer todo meu material.

"Me contaram que ia chegar uma brasileira nova no colégio, mas não imaginei que fosse do último ano também, pensei que seria mais nova", ela me falou enquanto a gente caminhava. "Que bom, agora tenho companhia na sala!"

Eu sorri para ela, que já estava falando novamente.

"Tem alguns outros intercambistas no colégio, mas, do Brasil, só nós duas. Sou muito amiga de uma menina da Bélgica e de um menino da Austrália, na hora do almoço vou te apresentar a eles."

Eu senti que mais uma vez tinha dado sorte. Além da ótima família e da cidade linda, já tinha feito amizade no primeiro dia de aula.

"Você é doida de vir fazer intercâmbio na Inglaterra", ela disse, contrariando os meus pensamentos.

"Por quê?", eu perguntei curiosa. "Até agora tudo está saindo muito melhor do que eu esperava."

"Em primeiro lugar", ela respondeu, "porque as pessoas aqui são muito sistemáticas. Preocupam-se demais com o horário, não saem sem olhar a previsão do tempo, se a roupa tem um fio puxado não serve mais... e, em segundo, porque tudo na Inglaterra é muito antigo, parece que a gente está dentro de um livro de História. Eu, se fosse fazer intercâmbio, escolheria um país mais moderno, como o Canadá ou os Estados Unidos."

"Acontece", eu disse para ela, lembrando dos motivos que tinham me feito escolher a Inglaterra em primeiro lugar, "que eu já estive duas vezes nos Estados Unidos com os meus pais e, além disso, eu adoro filmes épicos. Por isso, eu sonhava conhecer exatamente esse cenário antigo de que você falou...".

"Ah, então você precisa visitar algumas outras cidades do interior! Brighton não tem nada de épico! Podemos combinar de pegar um ônibus ou trem em algum fim de semana desses e passear por elas, tem várias cidades aqui perto que nos fazem achar que voltamos no tempo!", ela falou animadamente. "Isso se te autorizarem... esse negócio de ser intercambista é meio complicado, eu só tenho que pedir permissão aos meus pais, já você vai ter que pedir para os seus pais daqui, para os de lá, para o diretor do programa de intercâmbio, pro presidente do Brasil, pra rainha da Inglaterra..."

Eu comecei a rir. O sinal tocou exatamente nesse momento. Ela me mostrou onde era minha próxima aula e combinamos de nos encontrar de novo na hora do intervalo do almoço. Entrei na sala, que na verdade era o teatro da escola, me sentindo uma outra pessoa, mais feliz, mais desinibida, dona do meu nariz.

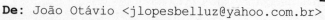

De: João Otávio <jlopesbelluz@yahoo.com.br>
Para: Fani <fanifani@gmail.com>
Enviada: 18 de janeiro, 09:31
Assunto: Saudade

Oi, filha,

Tudo bom aí?

Sua mãe falou que até hoje eu não te escrevi nenhum e-mail, mas é que, como conversamos pelo Skype quase todos os dias, achei que não tivesse necessidade, mas ela falou que você deve estar achando que eu não estou com saudades! O que é um absurdo. Tanta saudade, filha! Esse apartamento fica vazio sem você. Mas saber que você está bem aí é um grande consolo, confesso que eu estava preocupado antes de você viajar. Você vem me surpreendendo a cada dia. Aquela última novidade, da peça em que vai atuar, foi muito além das expectativas, logo você, tão tímida. Você realmente está de parabéns, nós sempre devemos nos superar.

Filha, aproveite intensamente, faça novas amizades, mas um conselho de pai: não perca o contato com seus amigos daqui. Afinal, um dia você vai voltar.

Beijos saudosos,

Seu pai

De: Inácio <inaciocb@mail.com>
Para: Fani <fanifani@gmail.com>
Enviada: 18 de janeiro, 20:10
Assunto: Notícias?

Oi, Fani!

Como vai a Inglaterra, muito frio ainda?

Escreve pra gente de vez em quando, a mamãe sempre dá notícias, mas aposto que tem coisas que você não conta pra ela...

Gostou mesmo da escola? Ouvi dizer que você tem uma nova amiga. Cuidado pra não causar ciúmes na Gabi, hein... Mas - claro - você tem mesmo que fazer novos amigos aí.

E Leo, Fani? O menino já rodou? A mamãe falou que você nem fala sobre ele quando vocês conversam, e que ele, por sua vez, continua ligando lá pra casa perguntando sobre você... Olha, cuidado pra não magoá-lo, sei que ele gosta muito de você e merece consideração... Não fique brava comigo, só estou falando que, caso você conheça algum cara novo por aí, lembre-se primeiro de colocar um ponto final nessa sua história com o Leo... Nem sei se vocês estavam namorando, ninguém me explica nada direito, mas eu senti que tinha algo de sério acontecendo aquele dia no aeroporto. Então, a palavra-chave é respeito, pois acima de tudo vocês eram amigos.

Bom, não te escrevi pra dar sermão, mas é que eu e você temos uma ligação, e eu sinto quando preciso te falar alguma coisa (ou puxar sua orelha).

Por aqui tudo bem, seus sobrinhos estão levadíssimos, como sempre. Vamos passar uma semana no sítio dos pais da Cláudia, antes de as aulas da Juju voltarem. Por falar nisso, a Cláudia está mandando um beijo e falando que é pra você não me dar ouvidos, que é pra aproveitar a vida e não se casar com o primeiro namorado, como ela fez, pois enquanto eu fico no computador me divertindo, ela tem que carregar um menino em cada braço. Como se pagar contas via internet fosse diversão.

Beijo, Fani! Dê notícias. Aproveite, mas com moderação.

Inácio

De: Maria Carmem <mcarmem55@hotmail.com>
Para: Fani <fanifani@gmail.com>
Enviada: 19 de janeiro, 08:03
Assunto: Um favor

Querida Fani,

Quem te escreve aqui é a Maria Carmem, obtive seu e-mail através das anotações do Leonardo. Ele não sabe que estou te escrevendo e peço que isso seja um segredo entre nós.

Espero que esteja tudo bem com você, que sua viagem esteja sendo do seu agrado.

Estou lhe escrevendo para pedir um favor. Sei que não é da minha conta, mas gostaria de saber se você combinou alguma coisa com o Leonardo. Entendo que vocês são muito amigos, mas eu sou mãe, percebo também que o elo entre vocês sempre foi muito além disso, especialmente nos últimos tempos. Dessa forma, gostaria de saber se vocês fizeram alguma espécie de trato, se você pediu a ele que não saísse enquanto estivesse fora, se exigiu que ele ficasse trancado em casa durante a sua viagem. Porque – caso você não saiba – é exatamente isso o que ele está fazendo. Desde que você viajou, o Leonardo não foi mais o mesmo. Aquele sorriso constante no rosto dele se foi. Ele acorda, se tranca no quarto na frente do computador, almoça, vai trabalhar com o pai, volta, fica ouvindo músicas com o fone no ouvido e dorme. Os amigos ligam chamando-o para sair, mas ele sempre diz que está ocupado. Não vejo a hora de as aulas começarem, para pelo menos ele ter algo mais em que pensar.

Por esse motivo resolvi te escrever, para saber se isso faz parte de algum pacto entre vocês, e – caso seja – pedir que, por favor, sugira a ele que o desfaçam. Tenho certeza de que você não gostaria de ver o seu amigo como ele está. Estou realmente preocupada. Se ele continuar assim, cogitarei a hipótese de levá-lo a uma psicóloga.

Muito obrigada desde já.

Maria Carmem

5

Nathaniel: Eu sempre a tratei como uma rainha, mas, ultimamente, venho sentindo que ela tem um outro lado. É como se eu não a conhecesse mais.
Terapeuta: Você precisa chamá-la para uma conversa e descobrir o que ela realmente sente por você.

(Encantada)

Aconteceu na sexta-feira. Eu estava em casa, depois da aula, jogando Playstation com os meus irmãozinhos, enquanto a Tracy insistia para que eu largasse aquilo e a ajudasse escolher uma roupa para ir a Londres no dia seguinte. Eu estava tentando ao mesmo tempo destruir os inimigos no jogo e falar para ela que não precisava se preocupar com a roupa, já que eu não tinha a menor intenção de ir a Londres, que eu sabia perfeitamente que o motivo dela querer ir para lá não era nem ver os avós, nem me mostrar a cidade.

De repente, o telefone tocou.

Como só agora eu estou começando a entender melhor a língua, ainda não me sinto à vontade para atender ao telefone, então, continuei a duelar, tendo que aguentar os meus irmãos gritando, explicando o que eu deveria fazer a cada passo, quase ficando louca sem saber a qual dos dois obedecer.

A Tracy entrou na frente da televisão e falou que achava que era telefone para mim, já que o meu nome era a única coisa que ela tinha conseguido entender.

Dei o controle para o Teddy continuar o jogo e fui correndo atender. Quem poderia estar me ligando à uma hora daquelas? Cinco horas da tarde, as únicas pessoas que tinham meu telefone eram meus pais, mas eles nunca me telefonariam tão cedo em um dia de semana, no Brasil ainda era praticamente hora do almoço.

Eu atendi e quase caí pra trás ao ouvir aquela voz. Mais tarde, no meu quarto, fiz questão de anotar tudo, tentando lembrar cada detalhe do telefonema.

Fani: *Hello?*

Leo: *Então é verdade. O avião não caiu. Pensei que as pessoas estivessem escondendo o pior de mim.*

Fani: *Leo!*

Leo: *Ah, ainda lembra da minha voz.*

Fani: *Você é doido de me ligar a essa hora? Sabe quanto custa cada minuto nesse horário? Sua mãe vai te matar!*

Leo: *Ela que me obrigou a ligar.*

Fani: *Ah... por isso que você ligou?*

Leo: *É, por isso. Se eu não ligasse, ela falou que ela mesma ligaria.*

Fani: *Acredito.*

Leo: *Hein?*

Fani: *Sei que ela ligaria. Você devia colocar senha no seu computador, algumas pessoas podem ler seus e-mails e ter acesso ao seu catálogo de endereços, sem você nem ficar sabendo.*

Leo: *Do que você tá falando?*

Fani: *Nada, deixa pra lá. Tá tudo bem com você, Leo?*

Leo: *Não, não tem nada bem comigo. E com você?*

Eu fiquei calada, pensando o que dizer. Estava tudo muito bem até aquele momento. Mas, de repente, tudo escureceu. Aquela voz fez com que meu coração disparasse como não acontecia desde o dia em que eu tinha saído do Brasil, fez com que eu tornasse a sentir aquele amor imenso que eu vinha a todo custo tentando abafar. Aquela voz fez com que eu ficasse, ao mesmo tempo, extremamente feliz, pois ela é o som preferido dos meus ouvidos, mas também morrendo de tristeza, pois eu queria tanto, tanto estar com ele, mais do que tudo nessa vida; entretanto, isso só seria possível dali a vários meses. Aquela voz fez com que eu sentisse exatamente o que não queria. Saudade. E saudade, eu descobri, não tem nada de romântico, como os poetas costumam descrever. Saudade é ruim, dói, sufoca, faz com que nada tenha graça e que a gente fique pensando na pessoa que a provocou o tempo todo. Mas eu não disse nada disso, ele voltou a falar primeiro.

Leo: *Acho que você está ótima, não tem tempo nem pra me escrever um e-mail rapidinho pra dizer que está viva...*

Fani: *Leo, não é nada disso. É que tanta coisa aconteceu desde que saí do Brasil, que eu estou meio desorientada.*

Leo: *Imagino. Deve ter acontecido muita coisa mesmo. Pois aqui não aconteceu nada, está tudo igual.*

Fani: *Parece que não está tudo igual por aí...*

Leo: *Fani, você realmente está bem, nada de ruim aconteceu com você, não ficou doente, não foi atropelada, não tem pais ingleses carrascos que estão te prendendo no alto de uma torre?*

Fani: *Credo, Leo! Claro que não. Está tudo ótimo. E meus pais são maravilhosos.*

Leo: *Entendo.*

Fani: *Entende o quê?*

Leo: *Entendo tudo agora. Entendo que você não está nem aí para o que está acontecendo no Brasil, que virou a página da sua vida, que está tudo tão perfeito que nem lembrou de me avisar que não quer mais saber de mim, nem como amigo! Achei que você fosse aparecer depois do meu último e-mail, já que eu te ofereci a minha amizade de volta, me rebaixei, falei que nós poderíamos voltar a ser o que éramos, caso você tivesse se arrependido do que rolou... Disse coisas pra você que nunca tinha dito pra ninguém! Mas você por acaso se deu ao trabalho de responder? Nada! Deve ter ficado rindo da minha cara, contando para suas novas amiguinhas inglesas! Ou, quem sabe, amiguinhos ingleses!*

Fani: *Leo...*

Leo: *É isso mesmo. E pensar que eu fiquei duas semanas pensando que alguma coisa de muito grave tivesse acontecido com você! Estava a ponto de roubar um avião para ir te ver! E você me diz que está tudo bem, não, que está tudo ótimo!*

Fani: *Leo, desculpa! Na verdade eu nem li esse e-mail que você falou!*

Leo: *Não leu?????*

Fani: *Não... eu não quis ler.*

Leo: *Ah, não quis??? Quer dizer que você tem lido e-mails, mas a marcação é só com os meus?*

Fani: *Leo, me escuta, deixa eu explicar...*

Leo: *Eu perdi duas semanas da minha vida pensando em um fato que aconteceu por apenas dois minutos, mas que eu achei que tivesse tido tanta importância pra você quanto pra mim, e você quer que eu te escute? Pois me escute você. Da próxima vez que for destruir o coração de alguém, pense duas vezes. Você pode estar lá dentro.*

Fani: *Leo, por favor...*

Eu comecei a chorar.

Leo: *Não preciso que você tenha pena de mim, Fani! Você me conhece, sabe que eu esqueço rápido, muita gente gosta de mim, tenho vários amigos de verdade, eles vão fazer de tudo para me distrair.*

Não vou mentir pra você, estou magoado, estou triste, mas vai passar. Graças a Deus tenho um ano inteiro antes de te ver, até lá não vou nem lembrar de que algum dia gostei de você.

Fani: *Leo, não faz isso...*

Leo: *A respeito dos e-mails, por favor, delete sem ler, se é que você já não fez isso. Eles não significam mais nada.*

Eu estava chorando demais pra conseguir falar qualquer coisa. Percebi que do outro lado ele estava chorando também.

Leo: *Tchau. Aproveite bastante seu ano na Inglaterra. Aliás, tenho certeza de que você já está fazendo isso.*

E desligou.

De: Tracy <tmarshallstar@hotmail.com>
Para: Fani <fanifani@gmail.com>
Enviada: 20 de janeiro, 19:51
Assunto: Hang in there

Dear Stephanie, all relationships go through rough times. You just have to hang in there. I'm so happy you've trust me your problems. I'm here to help you. I really consider you as a sister already. Anything you need, I'm in the room beside yours! Eu gostou muinto você!! (Bad portuguese! You will have to teach me more!)

Tracy*

De: Teddy <teddymarshall@mail.co.uk>
Para: Fani <fanifani@gmail.com>
Enviada: 20 de janeiro, 19:55
Assunto: Hola

Querida Fanny, mi hermana me pidió que te escribiera para decirte que te queremos mucho y que no queremos verte llorar. Ella también me pidió que te dijera que um verdadero amor es aquel capaz de tocar tu corazón desde el outro lado del mundo.
Besos!

Teddy**

---

* Querida Stephanie, todos os relacionamentos atravessam momentos difíceis. Segure firme aí. Eu estou feliz por você ter me contado os seus problemas. Estou aqui para te ajudar. Eu realmente já te considero uma irmã. Qualquer coisa que você precisar, estou no quarto ao lado! Eu gosto muito de você!! (Português ruim! Você vai ter que me ensinar mais!) Tracy.

** Querida Fanny, minha irmã pediu para eu te escrever pra dizer que nós gostamos muito de você e não queremos te ver chorar. Ela também

De: Tom <tom_marshall@mail.co.uk>
Para: Fani <fanifani@gmail.com>
Enviada: 20 de janeiro, 20:01
Assunto: Love you

Love you, Fanny! I want you to be happy!

Tom***

---
pediu para eu falar que um verdadeiro amor é aquele capaz de tocar seu coração mesmo do outro lado do mundo. Beijos! Teddy.
*** Te amo, Fanny! Eu quero que você fique feliz! Tom.

6

> _Carolina jovem_: Você não fez isso comigo! Você não mandou embora o grande amor da sua vida!
> _Carolina_: O grande amor da minha vida... Não é coincidência demais, com tantos homens no mundo, o grande amor da minha vida ter aparecido justo na minha vida?
>
> (A dona da história)

No ano passado, na época em que eu achava que gostava do Marquinho e, de repente, descobri que ele era casado, foi como se o mundo tivesse acabado. Chorei tanto que cheguei a pensar que tinha gastado todas as lágrimas do meu estoque, que nunca mais fosse chorar na vida. Poucos dias depois, porém, descobri que o que eu julgava ser uma paixão nada mais era do que um capricho. Superei o Marquinho tão rápido que tive dúvidas se realmente eu havia gostado dele algum dia ou se tinha inventado aquilo para fazer as aulas ficarem mais interessantes.

Hoje, mais do que nunca, tenho certeza disso. De que eu não sabia o que era amor, de que eu não sabia o que era *sofrer* por amor.

Logo que o Leo desligou o telefone, sem deixar que eu explicasse nada, me sentei no chão, coloquei o rosto entre meus joelhos e fiquei lá, calada, chorando baixinho, até que a Tracy, o Teddy e o Tom vieram perguntar o que tinha acontecido, se alguém tinha morrido. Eu não conseguia nem mesmo responder a eles, a sensação que eu tinha era que alguém havia morrido, sim... eu.

A Tracy já devia ter passado por coisa parecida, pois fez com que eu levantasse e me puxou em direção ao quarto dela, falou para os meninos não se preocuparem, que era assunto de mulher, e eles voltaram para o jogo, comentando como meninas são choronas.

No quarto dela, desabei. Entre soluços, contei tudo, desde o início, expliquei como eu tinha descoberto que estava apaixonada pelo meu melhor amigo, na época em que ele começou a namorar outra menina, e também que antes disso ele é que gostava de mim, mas eu não tinha reparado, e que, quando tudo se encaixou e nós dois pudemos nos declarar, eu viajei. Falei para ela que eu tinha passado o tempo inteiro no avião e os dois primeiros dias da Inglaterra só pensando em voltar para casa, pra poder ficar com ele, mas que eu sabia que aquela viagem seria muito importante para a minha vida, para o meu futuro, que meus pais tinham investido muito e que eu devia a eles ficar na Inglaterra até o final do ano. Expliquei que, por isso, a única solução que eu havia encontrado tinha sido bloquear o Leo dos meus pensamentos, do contrário eu não conseguiria seguir com o intercâmbio, pois, toda vez que ele me vinha à cabeça, eu quase morria de tristeza e não achava graça em mais nada. Para completar, disse que desde que tinha começado a evitar pensar nele, eu tinha passado a adorar Brighton, e que ela e a sua família estavam me fazendo muito feliz. Mas que eu pensava que, dali a um ano, tudo fosse voltar ao que era antes, que eu poderia deixar o Leo provisoriamente guardado, escondidinho, e que, quando voltasse, nós poderíamos viver plenamente aquele amor, que tudo ficaria ainda mais forte pelo tempo reprimido. Não tinha passado pela minha cabeça que ele pudesse brigar comigo antes de o ano acabar, que não fosse querer saber mais de mim.

Ela me ouviu atentamente e, quando eu terminei de explicar, pegou as minhas mãos e falou que eu era muito corajosa, que ela nunca teria tido força para fazer intercâmbio se estivesse tão apaixonada assim por alguém. Eu chorei ainda mais, minha vontade realmente era de pedir ao meu pai que me deixasse voltar no primeiro avião. Na verdade, eu fiz exatamente isso, quando, à noite, percebi que não ia ter jeito do choro parar mesmo.

Eu tinha pedido pra Tracy não contar para a família dela o motivo da tristeza, então ela só falou para eles que era saudade do Brasil. A Julie, ao ouvir isso, disse que era pra eu telefonar para a minha casa, que talvez escutando a voz dos meus pais isso melhorasse um pouco.

Eu liguei, minha mãe ficou realmente assustada, já tinha duas semanas que eu não derramava uma lágrima sequer, e ela achava que eu só choraria novamente quando tivesse que voltar para casa, em um ano, por ter que sair daquele lugar que eu parecia estar gostando tanto. Eu pedi para ela chamar meu pai e, quando ele atendeu, eu só consegui implorar para voltar pra casa, para ele vir me buscar rápido, exatamente como eu fazia quando tinha sete anos de idade e ficava com medo de dormir na casa das minhas amiguinhas.

Meu pai falou que aquela crise de saudade era normal, que depois de um tempo iria passar, que tinha certeza de que eu se eu voltasse iria me arrepender no dia seguinte. Eu disse que não, que ia arrepender era de perder a minha vida, ao que ele respondeu que não tinha ninguém vivendo mais naquele momento do que eu, que todo mundo estava com inveja do fato de eu estar conhecendo outros lugares, fazendo novas amizades, tendo experiências diferentes... Ele falou que naquele momento eu podia fazer o que quisesse, que era dona de mim, que eu poderia até voltar, mas que ele tinha medo de que eu não me perdoasse no futuro. Quando eu disse que não me perdoaria era se ficasse ali, ele me propôs um trato. Falou que era pra eu tentar por mais 15 dias. Que se no dia em que interassem quatro semanas da minha chegada na Inglaterra eu ainda quisesse voltar, ele mesmo marcaria a minha passagem de volta.

Aquilo me animou um pouco, 15 dias eu aguentaria esperar, e além disso daria tempo de pensar no que fazer para o Leo me entender.

Fui para o meu quarto e fiquei umas duas horas chorando, sem conseguir dormir. Em um ímpeto, acabei lendo os e-mails que o Leo mandou que eu deletasse, e – como eu já esperava – eles me fizeram ficar mais triste ainda. Ele me amava. Não. Ele *tinha* me amado. E eu consegui destruir todo o sentimento dele! Eu realmente merecia sofrer. Não, eu merecia *morrer*, bem velha e solitária, como castigo por ter feito isso com ele!

Em seguida, fui até o armário e tirei do fundo da minha mala o CD. O CD que ele gravou para mim no dia da minha partida. Fiquei passando a mão pela capa azul e de repente criei coragem. Ouvi música por música: "Lucky", "Here without you", "Você", "Please don't go", "Love song", "O que eu sempre quis", "I promisse myself", "Far away", "Grão de amor", "Right here waiting", "Wherever you will go". Cada uma mais linda do que a outra, e, em cada uma delas, a letra dizia que ele iria me esperar, que sentiria saudade e que eu sempre iria ser o seu amor. E agora nada mais daquilo importava. Eu podia jogar o CD fora, assim como tinha feito com o amor dele.

Pensei em entrar nas redes sociais e pedir para a Gabi e a Natália telefonarem e convencê-lo a me escutar, para que eu pudesse pelo menos tentar me explicar. Mas eu conhecia o Leo muito melhor do que elas. Eu sabia que ele não iria ouvir uma palavra do que elas dissessem, que desligaria o telefone no minuto em que elas pronunciassem o meu nome. Pensei até em ligar eu mesma para ele, por mais que tivesse que vender até as roupas do corpo pra pagar o telefonema, mas sei que eu não conseguiria falar nada, ia ficar só chorando, e, além disso, ele poderia brigar mais ainda comigo. Corria também o risco da mãe dele atender, e – depois do e-mail que ela me mandou – eu não teria coragem nem de falar "alô".

Fiquei pensando, olhei em direção à gaveta onde eu havia escondido a foto dele, debaixo de várias camadas de roupas, e lembrei que lá também estava a carta do aeroporto. A carta que tinha feito com que eu entendesse a razão por ele ter ficado tão distante antes da minha viagem, que me fez descobrir que aquele suposto descaso era puro medo de sofrer.

Fiquei parada uns 30 segundos, pensando e olhando em direção à gaveta, e, de repente, entendi tudo. Nós éramos mais iguais do que eu imaginava. No fim do ano, o Leo tinha se afastado de mim para evitar o sofrimento. Exatamente o que eu estava fazendo agora. Na época, eu o havia odiado por essa atitude, sem entender o motivo, julgando ser apenas indiferença. Ele também tinha todo o direito de estar com raiva de mim agora.

Levantei correndo, peguei um caderno dentro da minha mochila, respirei fundo e comecei a escrever. Ele não havia me mandado uma carta contando o motivo da sua fuga? Pois agora ele iria entender a razão da minha.

7

Céline: Vou lhe cantar uma valsa
Que saiu do nada, dos meus pensamentos
Vou lhe cantar uma valsa
Sobre um caso de uma noite
Você foi meu naquela noite
Foi tudo que sonhei a vida inteira
Mas agora você se foi, você foi para longe
Jamais esquecerei esse caso de uma noite
Meu coração será seu até quando eu morrer...

(Antes do pôr do sol)

Era uma vez uma Menina. Uma Menina muito boba. Muito boba porque ela achava que vivia dentro de um filme. Geralmente, nos filmes, tudo acontece meio magicamente. E ela pensou que a vida fosse assim também. Mas acabou descobrindo, da pior maneira possível, que vida não tem nada a ver com cinema. Nos filmes, os atos dos personagens sempre são perdoados, os mal-entendidos só servem pra causar suspense e deixar tudo mais bonito no final. Porém, na vida, um simples ato sem pensar, pode fazer com que não haja final. Pode fazer com que um filme de romance, vire uma trama de terror.

****

Querido Leo,

Nesse momento, você deve estar em BH, provavelmente no seu quarto, com o seu equipamento de som bem na sua frente. Suplico-lhe que vá até ele, coloque aquele CD que eu gravei para você e que, enquanto ele toca, leia essa carta até o final, mesmo que você esteja com muita raiva de mim, mesmo que a visão da minha letra te provoque vontade de fazer um aviãozinho com o papel e arremessá-lo pela janela. Eu quero te pedir que leia essa carta como o meu melhor amigo faria... porque, nesse momento tão triste, é exatamente dele que eu sinto mais falta, porque eu sei que - como sempre - ele teria alguma frase mágica para me falar que faria com que o meu sorriso voltasse.

Essa menina do começo da carta realmente é uma boba, Leo. Uma boba que acreditou naquele provérbio que diz que "quando os olhos não veem, o coração não sente". Provérbios são feitos para generalizar situações, para que pensemos que tudo é sempre igual. Pois eu devia saber que nenhum ditado se aplica a algo tão grande quanto é o amor que eu sinto por você.

Eu quero te contar o que aconteceu. O que eu tentei te falar no telefone. O que eu devia ter te dito desde que cheguei aqui.

Sabe o filme do "Mágico de Oz"? Pois é. De certa forma, eu estou em Oz. Aqui é lindo, as pessoas são felizes e me tratam como se eu fosse uma princesa.

Descobri que, antes de voltar para casa, eu terei que percorrer uma longa estrada de tijolos amarelos.

Porém, quando eu tinha apenas começado a caminhada, uma bruxa muito malvada apareceu. Essa bruxa se chamava "Saudade", e eu percebi que, se não desse um jeito de exterminá-la de primeira, eu nunca conseguiria ir até o final para ganhar o par de sapatinhos vermelhos que me levariam de volta pra casa. Por isso, resolvi fazer como a Dorothy, que derreteu a bruxa de Oz com um balde de água fria.

Em vez de derreter, eu achei melhor colocar a minha bruxa no freezer, escondê-la no fundo do meu coração, e resolvi que só a tiraria de lá quando eu pudesse descongelá-la com o calor do Brasil. A partir daí, "Oz" virou um lugar muito mais fácil de se viver. Fiz amizade com espantalhos, homens de lata e leões, que eu sei que me acompanharão durante todo o percurso. Mas eu não preciso chegar ao fim do caminho para saber o que a Dorothy demorou tanto para descobrir: "Nenhum lugar é melhor do que a própria casa".

Eu posso viajar para onde for, posso conhecer o mundo inteiro, mas nenhum lugar nunca será como Belo Horizonte. Apenas por um motivo: é lá que o meu amor está.

Leo, peço milhões de desculpas por não ter te explicado antes. Fui covarde. Tive medo de não conseguir ouvir sua voz, de ler seus e-mails, de ouvir seu CD. Desde que eu cheguei, a ideia fixa de voltar para casa começou a me acompanhar, eu só queria estar com você, eu não achava nada bom, era como se tudo aqui estivesse em preto e branco. As pessoas me tratavam superbem, mas eu as odiava por elas não serem você.

No terceiro dia, quando acordei, comecei a chorar mais uma vez e, de repente, me lembrei. Lembrei que você nunca me deixava ficar triste. Que inventava milhões de brincadeiras para me alegrar, que dizia que pra tudo tinha solução. O choro parou. Eu me lembrei de você falando que para não ficar triste, era só não lembrar do motivo da tristeza. E foi o que fiz... Parei de pensar em você. Contraditoriamente, você - a pessoa que mais me faz feliz no mundo - naquele momento era também a que me fazia mais triste.

Foi esse o motivo. Foi por isso que eu não te escrevi, não te liguei, não te dei notícias, não li seus e-mails, não ouvi o seu CD. Pensar em você doía demais. Ainda dói. Essa dor só vai passar quando eu puder não só pensar em você, mas te ver, te tocar, te beijar...

Leo, nessas poucas semanas que fiquei aqui, só pude comprovar o que eu já sabia, mas que nunca te falei com palavras, apenas com as músicas desse CD que - se você atendeu o meu pedido do começo da carta - você deve estar escutando: Não existe nada no mundo mais bonito que você. Nada tem mais graça que o seu sorriso. Nada é maior do que o amor que eu sinto.

Te peço agora o que eu deveria ter pedido desde que cheguei. Me espere. Não por um ano, porque agora tenho certeza de que eu não resisto a todo esse tempo longe de você. Te peço que me espere apenas por mais duas semanas, que é o tempo que o meu pai pediu para eu ficar aqui, antes de concordar com a minha volta.

Até lá viverei das suas lembranças...

Milhões de beijos e milhões de saudades!

Fani

De: Gabriela <gabizinha@netnetnet.com.br>
Para: Fani <fanifani@gmail.com>
Enviada: 21 de janeiro, 10:31
Assunto: Carta??

Fani, que história é essa que é para eu te avisar assim que o Leo receber uma carta que você mandou pra ele? Por que não mandou um e-mail, como as pessoas normais fazem? Esses castelos da Inglaterra estão te fazendo voltar no tempo? E como você espera que eu saiba quando ele vai receber, quer que eu fique de plantão a semana inteira checando todas vezes que o correio passar na casa dele?

Definitivamente, você não está bem.

→ Gabi ←

P.S.: Caso você possa interessar por alguma coisa além dos seus problemas, saiba que o Cláudio passou no vestibular, está se mudando pra BH e me pediu oficialmente em namoro.

De: Cristiana <cristiana.acb@gmail.com>
Para: Fani <fanifani@gmail.com>
Enviada: 21 de janeiro, 15:10
Assunto: Não quero saber

Fani, não quero saber dessa história de você voltar para casa. Seu pai é muito compreensivo com você, te mimou demais na vida, e por isso você acha que pode fazer tudo o que quer. Compra uma roupa e não gosta? Larga pra lá. Vai a um bar e está ruim? Pega um táxi e vai embora. Viaja para a Inglaterra e tem uma crise de saudade? Pega o primeiro avião de volta. Nada disso, mocinha. A vida não faz todas as nossas vontades. Não quero nem imaginar o que as pessoas diriam, algo como: "A filha da Cristiana não deu conta de ficar no exterior e voltou!". Pois a filha da Cristiana é muito forte e vai ficar um ano, sim. Vai ter um ano muito feliz, voltar mais experiente que qualquer uma da mesma idade. E falando o melhor inglês também.

Mamãe

De: Natália <natnatalia@mail.com>
Para: Fani <fanifani@gmail.com>
Enviada: 22 de janeiro, 11:29
Assunto: Oláááá

Oi, Fani, essa é a última semana de férias, vai ser muito chato não te encontrar todo dia no colégio quando as aulas voltarem!

Queria te falar que ontem à noite o Leo foi ao Sexta-Mix, achei até estranho, tinha dias que ele não aparecia no clube. Eu fui com a Júlia, ele veio em nossa direção, nos cumprimentou, eu achei que – como sempre - ele fosse perguntar de você, mas ele não tocou no seu nome. Acho que devia estar com vergonha, afinal, ele me ligou uns dez dias direto querendo saber notícias suas, e eu só falando que não sabia de nada.

Ele estava com aqueles amigos chatos dele... Eu não queria te contar isso, mas toda hora ele ia conversar com umas meninas que estavam lá. Ele falava algumas coisas, e elas todas riam muito, você sabe que o Leo sabe fazer graça como ninguém quando quer, né? Não sei se era impressão minha, mas eu acho que ele ficava olhando para ver se eu estava prestando atenção. Será que ele queria que eu contasse pra você, pra te provocar ciúmes? Bom, estou contando, mas não fica com ciúmes, tá?

Beijinhos!!

Natália ♥

*Sabe quem me ligou quinta-feira perguntando se eu gostaria de tomar um sorvete em qualquer dia desses? Começa com A...

8

*Joan Carlyle: Você não pode fazer isso.
Você está desistindo do seu sonho.
Casey Carlyle: Não, mãe. Eu estou
desistindo do seu sonho.
Agora eu vou atrás do meu.*

(Sonhos no gelo)

O fim de semana se arrastou. A Tracy, que nem tocou mais no assunto de passar o sábado em Londres, cansou de me chamar para dar uma volta no píer, ou ir à casa das amigas dela, e acabou por me deixar sozinha no quarto, onde eu fiquei checando o e-mail de três em três minutos, por mais que eu soubesse que a minha carta ia demorar pelo menos uns cinco dias pra chegar (embora eu tivesse gastado três vezes mais dinheiro para mandar como encomenda urgente)!

No colégio, a Ana Elisa falou que eu nem parecia a mesma pessoa que ela tinha conhecido na semana anterior, disse que eu estava diferente não só no jeito (segundo ela, muito mais séria e sem graça), mas também fisicamente (cheia de olheiras e com o cabelo sem brilho). Eu agradeci a ela pelos "elogios" e passei todas as aulas da semana escrevendo poemas e tentando lembrar as frases dos filmes que falavam sobre saudade.

No sábado seguinte, quando eu já estava enlouquecendo sem notícias e fazendo plantão nas redes sociais, por mais que eu soubesse que o Leo odeia mensagens instantâneas (ele diz que não tem paciência de ficar digitando), a Gabi apareceu.

Gabizinha está Online

Funnyfani: Gabi!!!!!!!!!! Eu nem acredito que consegui te encontrar!! Conectei a semana inteira e nunca aparecia ninguém!

Gabizinha: Ué, tenho coisa mais importante pra fazer das minhas férias, né?

Funnyfani: Credo, Gabi. Nem tá com saudade de mim?

Gabizinha: Na verdade eu estava, sim. Estava morrendo de saudades. Mas você só me escreve pra perguntar sobre o Leo, nem quer saber se está tudo bem comigo, te contei que o Cláudio me pediu em namoro e você nem comentou nada!

Funnyfani: Desculpa, Gabi... eu achei o máximo vocês estarem namorando, mas é que eu estou realmente ansiosa! Preciso saber se o Leo recebeu a minha carta! Você conseguiu descobrir pra mim????

Gabizinha: A Natália que tá cuidando disso. Eu não encontro com o Leo, não sou sócia desse clube de vocês, esqueceu? Só ia quando você pegava convite pra mim. Mas, pelo que sei, todos os dias o Leo tem ido lá, a Natália disse que sempre que eles se encontram ela dá um jeito de perguntar pra ele sobre a carta, mas que pelo visto ele ainda não recebeu nada.

Funnyfani: Ai, meu Deus. A Natália não podia ser mais sutil? Não era pra chegar e perguntar, era pra descobrir meio assim, por acaso...

Gabizinha: E como ela ia descobrir por acaso, Fani?? Queria que ela invadisse a casa dele no meio da noite e revirasse o quarto sem que ele acordasse?

Funnyfani: Gabi... eu sei que eu não mereço, mas faz um favor imeeeeenso pra mim, por favor.......

Gabizinha: Ih, lá vem.

Funnyfani: Liga pra Natália e pede pra ela ficar online agora... daqui a pouco tenho que me deitar, mas se eu não tiver alguma notícia, não vou conseguir dormir *mais* uma noite!

Gabizinha: Fani, para com isso! Você mora em Brighton agora! Desliga do Brasil! Essa briga com o Leo foi ótima, você não percebe? Agora você não deve mais nada a ele, arruma logo um namorado inglês e deixe o Leo pra quando você voltar!

Funnyfani: Caramba! Você andou conversando com a minha mãe?? Que chatura isso de vocês ficarem mandando que eu esqueça o Leo até voltar para o Brasil! Vocês não percebem?? Quem está me esquecendo é ele!

Gabizinha: Você não estava nem um pouco preocupada com isso até ele telefonar e te dar uma bronca merecida, né? Todo mundo te avisou que era pra ter consideração com ele e você nem aí. Só sabia falar de "píer", de escola que tem casas estilo Harry Potter, de meninos bonitos que moram em Londres, da amiguinha nova...

Funnyfani: Gabi, eu só quis te contar tudo o que tem acontecido por aqui, ué! Achei que você estivesse interessada em saber, mas, se não estiver, é só me avisar que eu não falo mais nada. Aliás, não precisa preocupar mais com isso. Em uma semana eu estou de volta.

Gabizinha: O quê?!?!?!?!?

Funnyfani: Não vou mais te falar dessas coisas, já que nós estaremos juntas de novo e teremos os mesmos assuntos! Ah, Gabi, aquela história de mudar de colégio, você desistiu disso mesmo, né? Quero continuar sendo da sua sala!

Gabizinha: Fani, para tudo agora! Como assim?? Teve um lapso no tempo e só eu não percebi?? Que eu saiba, nós ainda estamos em janeiro e, pelos meus cálculos, você só volta daqui a uns 11 meses, um pouco antes do Natal! Eu vi sua passagem de retorno!

Funnyfani: Eu pedi pro meu pai me deixar voltar antes.

Gabizinha: Hahaha, até parece. Seu pai não vai concordar com isso nunca! Muito menos a sua mãe!

Funnyfani: A minha mãe não pode exigir que eu fique aqui! E o meu pai já até concordou. Ele só pediu para que eu fique mais 15 dias. Hoje já é o oitavo, só tenho que aguentar até o próximo sábado. Aí vou tentar remarcar minha passagem pro domingo, nem vou perder aula.

Gabizinha: Fani, isso é brincadeira, né?

Funnyfani: Gabi, o que está acontecendo? Você não vai ficar feliz se eu voltar??

Gabizinha: Lógico que não!

Funnyfani: Gabi! Você é minha melhor amiga! Você devia estar dando pulinhos de alegria!

Gabizinha: Exatamente por eu ser sua melhor amiga é que eu quero o seu bem! Você imagina a barra que vai ser se você retornar??

Funnyfani: Que barra, Gabi? Tudo vai voltar a ser como antes, nossa vida de sempre, bilhetinhos, shopping, clube, telefone...

Gabizinha: Fani, presta atenção no que você está falando! Você quer trocar um ano na Inglaterra por essa vidinha ridícula que a gente tem aqui?

Funnyfani: Não tem nada de ridícula a nossa vida! Você nunca reclamou!

Gabizinha: Fani, você vai fazer 17 anos daqui a dois meses, já está na hora de ser mais responsável, né? Querer voltar por causa de bilhetinho é demais!

Funnyfani: Não é por causa de bilhetinho... é por causa de vocês! Eu quero minhas amigas de volta! E quero minha família de verdade! E o Leo também.

Gabizinha: Fani, sua família e suas amigas vão continuar aqui exatamente do jeito que você nos deixou. A gente não vai te esquecer! Em um ano tudo vai voltar ao normal!

Funnyfani: Mas eu não quero esperar um ano! E o Leo? O Leo não vai me esperar um ano! Estou desesperada com medo dele não me esperar nem os tais 15 dias!

Gabizinha: Fani, o Leo vai entender! Ao contrário de você, ele é muito maduro!

Funnyfani: Gabi, eu quero voltar...........

Gabizinha: Fani, você estava tão feliz aí... eu estava – sinceramente – até com ciúmes!

Funnyfani: Mas isso foi antes. Agora eu me lembrei de tudo o que eu estou perdendo!

Gabizinha: Eu mato o Leo por ter te ligado!

Funnyfani: Ele não tem culpa de nada! Mais cedo ou mais tarde eu não resistiria e ouviria o CD, ou leria os e-mails dele! E sei que ia acabar querendo voltar!

Gabizinha: Ah, finalmente você leu tudo? E, pelo amor de Deus, conta aí o que ele gravou! Te perguntei isso no primeiro dia!

Funnyfani: Gravou cada música mais linda do que a outra, não posso nem lembrar que eu começo a chorar.

Gabizinha: Ótimo, não lembre mesmo. Jogue tudo fora. Você não precisa de mais estímulos pra querer ir embora!

Funnyfani: Gabi, liga pro meu pai e peça pra ele deixar que eu volte amanhã... não quero esperar mais sete dias! E a Natália, pediu pra ela ficar online?

Gabizinha: Liguei e ela não está em casa, parece que foi ao cinema. Nem me convidou! Não que eu fosse, porque eu estou saindo com o Cláudio nesse minuto. Opa, ele chegou. Tenho que desligar.

Funnyfani: Cinema!!!! Eu quero ir ao cinema com a Natália!!! Gabi, não deixa de ligar pro meu pai antes de sair, por favooor! E pede pra Natália entrar aqui quando chegar! Aonde você e o Cláudio estão indo??

Gabizinha: Fani, vai dormir... já devem ser onze da noite aí... depois você conversa com a Natália. Você tá precisando descansar a cabeça.

Funnyfani: Estou chorando aqui... não me abandone, fica conversando comigo...

Gabizinha: Fani, não faz isso, tenho que ir e fico desesperada de te deixar assim. Cadê sua irmã Tracy? Chama ela pra ver um DVD com você...

Funnyfani: Eu não quero ver DVD nenhum com ela, só com você!!!!

Gabizinha: Tenho que ir, Fani. Amanhã conversamos. Desculpa, mas o Cláudio está me esperando lá embaixo.

Funnyfani: Fui trocada pelo Cláudio!

Gabizinha: Você nunca vai ser trocada por ninguém. Mas seu momento é aí agora. Esqueça o Brasil e curta a Inglaterra! Te adoro, não esqueça disso. Beijo! Fui!

Funnyfani: Espera, Gabi!!

Gabizinha não pode responder porque está Offline.

De: Natália <natnatalia@mail.com>
Para: Fani <fanifani@gmail.com>
Enviada: 29 de janeiro, 10:20
Assunto: Oi

Oi, Fani,

A Gabi me ligou ontem morrendo de preocupação com você... Eu tava no cinema e ela ligou tantas vezes que eu até saí no meio pra atender.

Ela falou que você está querendo voltar... Puxa, Fani, não sei nem o que te dizer... claro que eu quero que você volte, eu estou morrendo de saudade! Mas eu não posso ser egoísta, né? Eu quero o seu bem e eu acho que o melhor pra sua vida é você passar um ano aí... Mas saiba que – seja quando for – eu estarei no aeroporto te esperando.

Estou indo para o clube, tenho que aproveitar pra pegar bastante sol. As férias estão acabando, e eu preciso chegar bem bronzeada no primeiro dia de aula! Com certeza irei encontrar o Leo lá e obrigá-lo a me falar se recebeu a sua cartinha. A Gabi disse que você pediu pra eu ser discreta, mas acho que desespero e discrição não andam muito juntos... Mas não se preocupe, das outras vezes que eu perguntei, ele não pareceu dar muita importância. Falou que não sabia de carta nenhuma e mudou de assunto.

Se ele disser que recebeu, pode deixar que eu descubro o que ele achou, nem que eu tenha que arrancar a língua dele! Te mando outro e-mail mais tarde.

Beijo!!!

Natália ♥

De: Alberto <albertocbelluz@bol.com.br>
Para: Fani <fanifani@gmail.com>
Enviada: 29 de janeiro, 13:15
Assunto: O que tá rolando??

E aí, irmãzinha!

Tô sabendo que a barra tá pesada aí, né? Me contaram que você está querendo voltar, que história é essa? Perguntei pra mamãe e ela falou que você não vai voltar coisa nenhuma e o papai disse que tem certeza de que você está apenas brincando. Sei não, pelo que eu ouvi, parece que você está muito certa dessa volta...

Deixa eu te dar um toque de irmão mais velho: amor é igual ônibus... se você perde um, é só esperar um pouquinho que chega outro!

Você tem só 16 anos, não tá na hora de se amarrar em ninguém seriamente. Eu sei que você acha que o cara é o amor da sua vida, mas, se for mesmo, não vai fazer diferença você voltar agora ou daqui a uns meses, afinal, vocês vão ter a vida inteira pra ficar juntos.

Aproveita! Caramba, você tá em Brighton! Já viu o Fatboy Slim circulando pela night aí?? Descola um CD autografado pro seu brother!

Kisses!

Alberto.

P.S.: Assisti a um filme ontem à noite que você ia adorar: "O diário de uma babá". Filme de mulherzinha, se encontrar o DVD aí pode comprar, sei que você vai querer tê-lo em sua coleção.

De: Natália <natnatalia@mail.com>
Para: Fani <fanifani@gmail.com>
Enviada: 29 de janeiro, 17:10
Assunto: Notícias

Oi, Fani, como prometi, vim dar notícias.

Encontrei o Leo no clube. Fui até ele, mesmo que ele estivesse – como sempre – com os amigos insuportáveis. Você não vai acreditar, o Buldogue ficou paquerando a Júlia! Ela, claro, nem aí pra ele. Quando percebeu que realmente não estava agradando, ele começou a chamá-la de gorda! Menino ridículo!

Bom, eu parei na frente do Leo e disse que precisava falar com ele em particular. Ele foi comigo até a lanchonete, e aí eu disse que já sabia que ele tinha recebido a sua carta, que era pra ele me falar logo o que tinha achado. Eu falei também que não aguentava mais esse climinha entre vocês dois, que iria dar um jeito de vocês fazerem as pazes, mesmo que eu precisasse levá-lo até a Inglaterra.

Ele falou que só teria como fazer as pazes se tivesse brigado com você e que não foi bem isso o que aconteceu. Você tinha me dito que ele tinha brigado com você, Fani!! Fiquei com a maior cara de tacho! Eu perguntei então o que tinha acontecido, e ele disse que apenas percebeu que vocês dois estavam querendo coisas diferentes nesse momento e que ele não queria te atrapalhar, mas que em nenhum momento brigou com você.

Eu perguntei da carta, e ele falou novamente que não sabia de carta nenhuma, mas que não era pra você se preocupar porque ele estava muito bem.

Depois disso, eu nem tive coragem de falar mais nada. Voltei pro meu sol, e ele foi nadar.

Ah, Fani, quer saber? Desencana, tá? O Leo não me pareceu com raiva de você, mas acho que sacou que o melhor pra vocês dois é dar um tempo por enquanto. Assim, ninguém sofre...

Acho que você devia perceber isso também.

Aqui, aquela história de voltar pro Brasil é mentira, né? Parece que sua família não está acreditando nisso...

Fica bem. Qualquer novidade, pode deixar que te escrevo urgente! Uma droga essa diferença de fuso horário de 4 horas, nunca te encontro online!

Beijinhos!!!

Natália ♥

9

> _Beatrix Potter_: Histórias nem sempre terminam onde seus autores pretendem. Mas há uma alegria em segui-las, onde quer que elas nos levem.
>
> (Miss Potter)

Lembro que uma vez li uma reportagem que dizia que quando uma música gruda em nossa cabeça sem razão, ela provavelmente quer nos dizer alguma coisa, e a reportagem sugeria que prestássemos atenção na letra para descobrir que coisa era esta.

Tem uma semana que _Resposta_, do Skank, não sai da minha mente.

> _"Bem mais que o tempo_
> _Que nós perdemos_
> _Ficou pra trás_
> _Também o que nos juntou_
> _Ainda lembro_
> _Que eu estava lendo_
> _Só pra saber_
> _O que você achou_
> _Dos versos que eu fiz_
> _Ainda espero_
> _Resposta..."_

Não precisava nem prestar atenção para saber o que essa música queria me dizer. Por mais que eu tentasse abafar, ela ficava o tempo todo me lembrando que eu não tinha recebido uma resposta e que, cada vez mais, o que havia me unido ao Leo vinha se perdendo.

Duas questões me torturavam:

1. Se ele tinha recebido a carta.

2. Se (no caso dele ter recebido) ainda estava me esperando ou se já havia me esquecido.

Telefonei a semana inteira pra minha casa avisando que eu não tinha mudado de ideia e que eles podiam providenciar a minha volta. Meu pai insistia que era pra eu esperar que completasse um mês da minha chegada, conforme o nosso combinado, e minha mãe nem queria conversar mais comigo.

As coisas também não iam muito bem com a minha família da Inglaterra. Depois que eu avisei que iria voltar para o Brasil, os meninos começaram a me olhar como se eu fosse uma traidora, e a Tracy, ao contrário dos primeiros dias, parou de me convidar para sair e só se dirigia a mim para falar o básico. A Julie me chamou para conversar, perguntou se era algo que eles tivessem feito, ao que eu respondi que não era nada com eles, que o problema era comigo, a culpa era unicamente da saudade imensa que eu estava sentindo da minha antiga vida. Ela ficou triste, mas se ofereceu para me ajudar em qualquer necessidade, fazer as malas, levar ao aeroporto, o que eu precisasse. Fiquei sensibilizada. Por mais que eu quisesse voltar, não queria que ficassem com uma má impressão de mim. Nas duas semanas que passei ali, eles tinham feito com que eu realmente me sentisse parte da família, e, agora, por mais que eu estivesse aliviada por partir, não conseguia deixar de sentir uma certa tristeza em deixá-los. Eu agradeci muito a ela, disse que se precisasse de alguma coisa avisaria, e ela falou que se eu mudasse de ideia todos eles ficariam muito felizes.

Na sexta-feira, quando faltava só um dia para que o prazo que o meu pai havia me dado expirasse, a Ana Elisa me mandou um bilhetinho durante a aula de Matemática.

Fani, queria te chamar para ir lanchar lá em casa hoje depois da aula. É importante!

A Ana Elisa era a única pessoa com quem eu vinha conversando desde que tinha resolvido voltar para o Brasil, somente ela não havia mudado o jeito comigo. Os meus pais, a Natália e a Gabi vinham me dando o maior gelo, acho que numa tentativa de eu achar que eles ficariam assim pra sempre, caso eu voltasse. Mas eles não iriam me enganar.

Ok... Mas você não poderia adiantar o motivo? Fiquei curiosa.

Ela virou o bilhete e escreveu atrás.

Não dá. Lá em casa eu te explico.

Eu guardei o bilhetinho e passei o resto da aula imaginando o que ela teria pra me falar de tão importante que não pudesse ser no colégio mesmo. No final, em vez de pegar o meu ônibus junto com a Tracy, avisei a ela que iria lanchar na casa da Ana Elisa e que mais tarde a mãe dela me levaria em casa. Ela fez que sim com a cabeça e nem comentou nada.

Eu nunca tinha ido à casa da Ana Elisa. Tudo o que eu sabia era que ela é filha única, que o pai é consultor de empresas, e a mãe, psicóloga.

Ela morava do outro lado da cidade. A casa dela era cor-de-rosa, bem menor do que a minha, e com uma escadinha que levava à porta.

Mal entramos e a mãe dela apareceu, toda feliz.

"Fani, querida!", ela veio em minha direção com os braços abertos. "Escutei tanto sobre você! Que alegria finalmente te conhecer!"

Eu, que não tinha escutado quase nada sobre ela, fiquei surpresa. Ela era bem mais velha do que eu esperava. A minha mãe é supernova, tem pessoas que perguntam até se ela é minha irmã. Mas a mãe da Ana Elisa poderia se passar por avó dela.

Eu sorri sem graça, ela falou que o lanche já estava pronto e que era pra gente acompanhá-la até a cozinha.

Chegando lá, senti um cheiro delicioso, que eu demorei uns cinco segundos para reconhecer.

"Pão de queijo!", eu falei, surpresa, ao avistar aquela guloseima familiar, que eu costumava comer todos os dias e que até então não tinha percebido o quanto estava sentindo falta.

"Sim, aqui a gente sempre tem pão de queijo", a mãe dela disse. "Fazemos questão de nos manter uma família brasileira, mesmo tão longe do Brasil."

Eu sorri para ela, já mais à vontade, e nos sentamos à mesa, que, além de pão de queijo, tinha bolo de chocolate e suco de laranja.

"Deixa eu apresentar formalmente porque a minha mãe nem deu chance para isso", a Ana Elisa falou. "Fani, essa é a Agnes, minha mãe. Mãe, essa é a Estefânia – mais conhecida como Fani –, minha amiga."

"Muito prazer, Fani!", a mãe dela fez uma pequena mesura, para fazer graça da formalidade da Ana Elisa.

Eu respondi: "Muito prazer, dona Agnes", abaixando um pouco a cabeça, imitando-a no cortejo.

"Ah, nada de dona. Pode parar com essa bobeira! Me chame só de Agnes!"

Eu sorri para ela, e em seguida começamos a lanchar.

"Então, Fani", a Ana Elisa falou depois de um tempo. "Eu comentei com a minha mãe que você está fazendo intercâmbio, mas que decidiu voltar para o Brasil, por razões, hum... sentimentais. Aí ela pediu que eu te chamasse aqui, porque queria conversar com você..."

Por essa eu não esperava. Imaginei que ela tivesse me convidado pra falar alguma coisa sobre o colégio, eu não precisava de nada que me desviasse da minha resolução, já tomada, de voltar.

"Pois é, Fani", a Agnes entrou na conversa. "A Aninha me contou exatamente o que aconteceu, que você estava adorando Brighton e que, de repente, resolveu voltar por causa de um rapaz..."

Eu olhei para a Ana Elisa com vontade de trucidá-la! Que direito ela tinha de sair relatando minha vida para os outros, ainda que os "outros" fossem a mãe dela?

Mas eu não tive tempo de matar ninguém. A mãe dela continuou a falar.

"Eu pedi a ela que te convidasse pra vir aqui em casa, porque eu queria contar umas coisas pra você."

Eu suspirei e fiquei imaginando o que aquela senhora teria para me contar.

"Por grande parte da minha vida, eu morei com os meus pais em uma fazenda, no interior de Goiás. Na fazenda ao lado, morava um moço muito bonito, chamado Antônio César."

Eu comecei a entrar na história dela, como se fosse um daqueles filmes antigos a que eu gostava de assistir.

"Eu e o Antônio César fomos criados como irmãos. Desde pequenos brincávamos juntos, éramos mesmo muito amigos, os melhores, não fazíamos nada sem que o outro estivesse junto."

Olhei para a Ana Elisa, e ela estava completamente absorvida pela narrativa da mãe. Imaginei que ela já devia ter escutado aquela história várias vezes.

"Quando eu fiz 16 anos, o Antônio César, que já tinha 18, se mudou. Ele foi fazer faculdade de Administração na Europa. Só naquele momento eu percebi que ele não era apenas um irmão para mim. Senti tanta falta dele, que foi como se de repente o ar tivesse sido tomado de mim."

Ela já tinha a minha atenção completa.

"Depois de quase um ano, ele voltou, para passar férias na fazenda. Bastou que nós nos olhássemos para que eu soubesse que ele sentia o mesmo. Corremos em direção um ao outro, nos abraçamos e, sem que percebêssemos, já estávamos nos beijando. Foi o meu primeiro beijo."

Eu suspirei. Notei que a Ana Elisa também estava com uma expressão sonhadora, como se estivesse assistindo a um filme.

"Nós juramos que nunca mais iríamos nos separar. Percebemos que pela vida inteira tínhamos sido muito mais do que amigos, já nos amávamos e apenas não havíamos percebido isso antes."

Ela olhou para ver se eu estava acompanhando e continuou.

"Passamos um mês nos amando intensamente. Fugíamos da nossa família, namorávamos nos celeiros das fazendas, pois sabíamos que as nossas famílias nunca aprovariam, considerariam aquilo até incestuoso, pois sempre havíamos sido vistos como irmãos."

Eu teria que filmar aquela história, quando já fosse uma diretora de cinema.

"O Antônio César resolveu que não queria mais voltar para o exterior. Convocou os pais para uma reunião e explicou que não queria mais estudar fora, disse que sua vontade era de cuidar da fazenda, como o pai, e viver disso pelo resto da vida. O que nós não esperávamos era que o caseiro tivesse nos visto juntos e contado para o pai dele, que, por sua vez, ficou uma fera. Disse a ele que não permitiria que sua vida fosse prejudicada por causa de uma mulher, que não deixaria que o Antônio César se tornasse um caipira como ele."

Eu e a Ana Elisa nem piscávamos.

"O Antônio César disse ao pai que o admirava muito e que queria manter a tradição familiar e também ser um fazendeiro. O pai dele não quis nem saber. Avisou que no dia seguinte o mandaria de volta para a faculdade e que dessa vez iria colocá-lo em regime de internato, para que ele não pudesse retornar durante as férias. Além disso, chamou os meus pais para conversar e contou a eles tudo sobre o nosso namoro secreto. Meus pais, como eu previa, ficaram horrorizados, me proibiram de sair de casa e eu não pude nem me despedir do Antônio César."

Meus olhos já estavam cheios d'água.

"Eu, que era uma adolescente sonhadora, fiquei revoltada. Me entreguei aos estudos e nunca mais namorei ninguém. Passei muitos anos sem vê-lo. Todos os dias eu esperava que o correio passasse, em vão. Foram anos sem ter notícias. Perdemos o contato completamente."

Ela parou um pouco e perguntou se a história estava muito chata, se eu queria que ela parasse. Eu disse que era a história menos chata que eu já tinha escutado na vida e que estava louca para saber o final. Ela continuou.

"Muitos anos se passaram. Eu recusei todos os pretendentes que meus pais tentaram arrumar para mim e me tornei – para os padrões da época – uma solteirona. Quando meu pai faleceu, minha mãe resolveu vender a fazenda e nos mudamos para a cidade, para morar com uma tia. Essa minha tia era uma mulher muito moderna e fez todo o esforço que lhe foi possível para que eu continuasse os meus estudos, mesmo que já tivesse mais de 30 anos. Passei no vestibular e cursei Psicologia. Quando me formei, comecei a dar aulas."

Ela olhou para o horizonte, como se estivesse se lembrando dos detalhes.

"Alguns anos depois, fui convidada para participar de um congresso de Psicologia Empresarial na França. Viajei muito animada, eu nunca havia saído do Brasil. Mas eu nem imaginava o que me esperava..."

Eu prendi a respiração.

"Ao chegar ao auditório do hotel, me sentei com o programa na mão, mas nem tinha tido tempo de folheá-lo quando o palestrante começou a falar. Ao ouvir aquela voz, foi como se eu tivesse voltado no tempo. Ele estava muito diferente, já não era uma criança, mas eu reconheceria aquele rosto mesmo que tivessem se passado mil anos. Olhei rápido para o programa e lá estava: Antônio César Abrantes. Quase desmaiei."

A Ana Elisa segurou a mão dela, para dar força, e a Agnes a afagou, como se dissesse que estava tudo bem.

"Esperei o final da palestra, criei coragem e fui falar com ele, sem saber o que iria dizer, sem saber ao menos se ele iria se lembrar de mim. Quanta bobagem! Quando nossos olhares se encontraram, foi como se o mundo tivesse congelado à nossa volta. Umas pessoas estavam tirando algumas dúvidas com ele, mas eu podia ver que ele não escutava nada. Ele pediu licença, veio em minha direção, falou meu nome e foi como se realmente voltássemos 20 anos. Eu sorri, tímida, ele sorriu, completamente desinibido, me abraçou e eu percebi que não iria me permitir perdê-lo novamente."

Sem perceber, eu comecei a chorar, não sabia se por ela, por mim, pelo reencontro dos dois...

"Ele me convidou para tomar um café, e colocamos o assunto de todos aqueles anos em dia. Ele disse que havia tentado me escrever várias vezes, mas que, como eu nunca respondia, parou depois de um tempo. Eu contei a ele que nunca havia recebido nada, por mais que ficasse esperando todos os dias pelo correio. Chegamos à conclusão de que nossas famílias interditaram as cartas. Ele me contou que havia sido casado, mas que já tinha se separado há vários anos e que não tinha filhos. Falou ainda que não se passava um dia sem que pensasse pelo menos um pouquinho em mim. Eu contei tudo da minha vida sem graça para ele, e, desde então, nunca mais nos largamos."

Eu suspirei.

"Eu voltei para o Brasil apenas para buscar a minha mudança. Nos casamos na França logo em seguida e desde então temos vivido essa vida de caixeiros-viajantes, já que ele dá cursos por toda a Europa. Alguns anos mais tarde, a Aninha nasceu e resolvemos dar um tempo no Brasil, para que ela pudesse ter uma infância normal. Porém, já há algum tempo, voltamos para cá, pois a Europa é bem melhor para nós profissionalmente."

"Só para vocês mesmo!", a Ana Elisa se intrometeu. "Eu odeio esse frio, por mim não sairia nunca do Brasil!"

Eu nem prestei atenção ao comentário dela. Só ficava repassando cada palavra da linda narrativa que tinha acabado de ouvir. A voz da Agnes interrompeu meus pensamentos.

"Fani, eu pedi pra Ana te chamar aqui hoje porque eu achei que essa minha história pudesse te servir de exemplo", ela falou, me olhando séria. "Eu não sei se, se o Antônio César e eu tivéssemos conseguido a aprovação de nossas famílias, teríamos ficado juntos até o final, tão unidos como somos hoje. Nós éramos muito novos quando nos envolvemos. Eu precisei passar minha vida sozinha para me tornar o que sou, ele teve que batalhar muito, se casar, para saber que definitivamente a mulher da vida dele sou eu. E, hoje, nós temos certeza de que ninguém pode nos afastar. Nosso amor atravessou décadas. E nada nunca mais vai nos separar."

Novamente meus olhos se encheram de água.

"Eu só te peço que não despreze o destino", ela disse, também com os olhos marejados. "Quem garante que, caso você volte para o Brasil, algo não aconteça que te separe para sempre desse menino por quem você está tão apaixonada? Aí, além de perdê-lo, você ficará também sem o seu intercâmbio. Daqui a alguns anos, quem garante que você não o culpará por ter te privado dessa oportunidade?"

Mesmo sem querer concordar, eu prestei atenção às palavras dela.

"Seu momento agora é aqui. Seu destino quer que você viva longe de casa nesse momento, para que possa se tornar uma mulher mais forte. E acredito que o seu menino também tenha que viver o destino dele lá, sem você, por ora. Mas se vocês forem mesmo destinados um para o outro, eu te garanto: pode demorar o tempo que for, mas, no momento do reencontro, será como se o tempo não tivesse passado. Esse amor que vocês sentem voltará com muito mais intensidade. E esse sentimento fará com que vocês enfrentem o mundo para ficarem juntos."

Eu passei a chorar abertamente. A Ana Elisa me abraçou e a mãe dela segurou as minhas mãos.

"Fani", ela falou, "te conheci hoje, mas já te considero uma filha, pois sei exatamente o tamanho da dor que você está sentindo aí dentro". Ela colocou uma mão em cima do meu coração. "Peça a Deus que te ilumine, preste atenção nos sinais que Ele te mandará e se permita ficar aqui mais alguns dias. Tenho certeza de que sua intuição te dirá exatamente o que fazer."

Eu voltei para casa completamente inquieta. Aquela história havia mexido comigo. Segui o conselho dela, rezei muito antes de dormir e acabei caindo no sono, sem nem fechar as cortinas.

No dia seguinte, acordei com o sol batendo em meu rosto. Fiquei olhando para o teto e, de repente, minha visão foi atraída para a escrivaninha ao lado da minha cama. Em cima do meu laptop estava uma carta. Eu tinha chegado tão abalada na noite anterior que só consegui pensar em me deitar logo. Pulei da cama, peguei o envelope, e lá estava a resposta que eu vinha esperando há dias, o sinal que eu havia pedido.

10

Fantasma do coração de pedra: Você não sabe o que é a dor de um amor nunca realizado. Eu não importaria de ter perdido a vida se isso não significasse ter perdido também o meu amor.

(Fica comigo esta noite)

Fani,

Recebi a sua carta e quis responder da mesma maneira, já que, pelo que entendi, você não está lendo os meus e-mails e não quero que a Gabi e a Natália sejam intermediárias. Prefiro que o que eu vou escrever fique apenas entre nós.

Acho que você está sendo um pouco dura consigo mesma. A vida pode ser como um filme, sim. Ou, talvez, sejam os filmes que imitem a vida das pessoas que têm sorte... que sabem agarrar a felicidade quando a encontram. Sempre te considerei uma delas. Por favor, não me faça mudar de opinião.

Fiquei feliz ao perceber que você continua com esse jeito de estrela de cinema, se sentindo como uma personagem a cada um dos seus passos. Mas não te vejo como a Dorothy neste momento. Te enxergo bem mais como Alice no País das Maravilhas, que, de repente, caiu em um mundo completamente desconhecido e vai precisar passar por diversas transformações, antes de descobrir que tudo não passou de um sonho. Lembra que assistimos a esse DVD na sua casa? Você inclusive anotou algumas partes, naquele seu caderno de frases de filmes. Acho que esqueceu deste diálogo, e ele pode ser tão útil pra você neste momento:

"Poderia me dizer, por favor, que caminho devo tomar para ir embora daqui?", perguntou Alice.

"Depende bastante de para onde quer ir", respondeu o Gato.

"Não me importa muito para onde", disse Alice.

"Então não importa o caminho que tome", disse o Gato.

"Contanto que eu chegue a algum lugar", Alice acrescentou.

"Oh, isso certamente você vai conseguir", afirmou o Gato, "desde que ande o bastante".

Fani, você ainda não andou o bastante. E acho que deve se preocupar com o caminho, escolher bem que direção vai tomar, senão corre o risco de caminhar em círculos e não chegar a lugar nenhum...

Por favor, não volte! Isso não seria bom para nenhum de nós dois. Espero que você fique bem quietinha aí e aproveite o máximo que puder. Entendeu, dona Fani? Não quero que você venha, não vou gostar se você voltar.

O destino não foi muito legal com a gente, fez com que descobríssemos nossos sentimentos tarde demais... ou, talvez, cedo demais. Não sei. Só tenho certeza de que foi no momento errado e que o melhor para nós dois, agora, é permanecermos apenas amigos. Essa minha decisão não vai mudar em nada se você abreviar sua viagem.

Não queria te deixar triste, mas preciso contar algo importante: Eu já estou com outra menina. Ela é muito bacana, tem me ajudado a te esquecer, e ficar com ela realmente tem feito muito bem para mim.

O seu momento é aí. Viva esse sonho maravilhoso de Alice, para que você não acorde antes da hora e perca as lições que pode aprender.

Mas lhe asseguro que continuaremos amigos pelo tempo que você desejar.

Gosto muito de você, sei que sempre vou gostar e, por isso mesmo, quero sinceramente que você seja feliz.

Um grande abraço,

Leo

De: João Otávio <jlopesbelluz@yahoo.com.br>
Para: Fani <fanifani@gmail.com>
Enviada: 04 de fevereiro, 15:30
Assunto: Orgulho

Filha,

Só escrevo para deixar registrado o quanto estou orgulhoso de você. Não tive dúvidas em nenhum momento de que você conseguiria superar essa crise de saudade.

Saiba que eu estou aqui, para o que você precisar. Foi muito duro te ver tão triste, eu realmente tive vontade de ir buscá-la para acabar com o seu sofrimento, mas foi bom não nos precipitarmos, conheço a filha que tenho e ela não costuma fugir dos problemas.

Perceber que você voltou a ser a Fani de sempre me encheu de alegria. Sua mãe, então, está faltando soltar foguete!

Beijos, muita saudade!

Papai

De: SWEP <josecfilho@smallworldep.com.br>
Para: Fani <fanifani@gmail.com>
Enviada: 04 de fevereiro, 17:00
Assunto: Intercâmbio

Estefânia,

Venho por meio deste e-mail pedir que em períodos de conflito, como esse que o seu pai me relatou que você acabou de atravessar, nos avise antes de relatar à sua família brasileira. Eles não devem se preocupar à toa. Um dos fundamentos do intercâmbio é exatamente que o jovem desenvolva confiança e autonomia para resolver sozinho os seus problemas.

Felizes em saber que você já venceu o primeiro mês. Ele é o mais difícil. Agora o difícil vai ser você querer voltar para casa.

Atenciosamente,

José Cristóvão Filho – Oficial de intercâmbio do Small World Exchange Program (SWEP)

De: Gabriela <gabizinha@netnetnet.com.br>
Para: Fani <fanifani@gmail.com>
Enviada: 05 de fevereiro, 11:10
Assunto: Curta a vida!

Fani, recebi os 50 e-mails que você me mandou de ontem pra hoje, não respondi antes porque não tive tempo, coisa que eu acho que você deve ter de sobra.

Que bom que você recuperou a sanidade! É óbvio que você tem que ficar aí! Como eu já tinha te dito, você estava adorando até aquele telefonema do Leo, e eu pretendo inclusive matá-lo por esse ato, amanhã, quando encontrá-lo no colégio, no primeiro dia de aula. Ah, sim, desisti mesmo daquela bobagem de mudar de escola. Vou sentir sua falta na sala, mas pelo menos não vou ter que me matar de estudar em um colégio muito mais apertado! Já chega o vestibular que está vindo aí! Preciso ter um tempinho para encontrar o meu namorado... (Meu namorado! Adorei escrever isso!)

Por falar em namorar, você disse umas 97 vezes que era pra eu não tocar no nome do Leo nunca mais na vida com você. Mas, se eu não fizer isso, como vou poder responder à sua acusação de que eu não te contei que ele estava namorando??

Bom, vou ignorar totalmente as suas ordens. Vou falar do Leo quando eu quiser, inclusive pretendo te enviar relatórios ocasionais sobre ele, afinal eu tenho certeza de que vocês vão voltar a ficar juntos quando seu intercâmbio terminar e não quero nessa época ter que ficar lembrando tudo o que ele fez por um ano para te contar (porque eu sei que você me obrigaria a isso). Se você não estiver a fim de saber sobre ele, delete meus e-mails sem ler.

Vamos ao assunto principal: como assim o Leo está namorando, Fani?? Será que eu vou ter que te lembrar que no ano passado eu te disse milhões de vezes o quanto ele era apaixonado por você e você que nem uma míope sem óculos, sem enxergar um palmo na frente do seu nariz?? Você acha que uma pessoa apaixonada esquece de um dia pro outro? É claro que ele não está namorando! Todo mundo saberia se isso fosse verdade! A Natália encontrou com ele praticamente em todos os dias das férias e ele sempre estava sozinho, no máximo com os amigos! E a primeira coisa que eu fiz, ao ler seus e-mails, foi telefonar pra perguntar se ela estava me escondendo alguma coisa, mas ela ficou tão horrorizada com a possibilidade quanto eu.

NÃO TEM A MENOR CHANCE DE ESSE NAMORO SER VERDADE. Ele inventou essa história, ok? Pra você não voltar. Mas se funcionou, mil pontos pra ele, vou dar é os parabéns quando o encontrar, eu devia ter pensado nisso antes.

Sei que você falou várias vezes que a carta do Leo não teve relação alguma com a sua decisão de ficar aí, e sim uma tal história que você ouviu da mãe dessa sua amiguinha nova, mas... tá querendo enganar quem, Fani? Só se for você mesma, né?

Olha aqui, não importa o motivo, o caso é que você tomou a decisão certa. Aproveite que o chilique passou e curta a vida!! Eu e a Natália até gritamos de alegria quando ficamos sabendo que você não ia mais voltar! E – antes que você fique com minhoca na cabeça – ficamos felizes porque te amamos e queremos seu bem, tá??? Não é porque (como você deve estar pensando) ninguém te quer por aqui.

Aproveite cada momento, faça novas amizades, só não dê o posto de melhor amiga pra tal da Ana Elisa, senão vai ter briga!

Beijos!!

→ Gabi ←

11

> _Halley:_ Você tem que aprender a andar.
> Você tem que aprender a falar.
> Você tem que usar aquele chapéu
> totalmente ridículo que a sua avó
> comprou pra você. Sua opinião não
> conta. E quando você cresce um pouco,
> mesmo que possa escolher os seus chapéus,
> você não pode escolher quando se
> apaixonar. Algumas coisas acontecem e
> você apenas tem que aceitá-las.
>
> (Meu novo amor)

Eu realmente não sei o motivo exato. Uma conjunção de fatores fez com que eu repensasse a minha decisão de voltar para o Brasil e desse mais uma chance para a Inglaterra. Claro que o causou mais impacto foi o que o Leo escreveu, mas, talvez, apenas isso não tivesse feito com que eu me decidisse com tanta certeza.

Antes mesmo de abrir a carta, eu já estava balançada. A história de amor da Agnes e do Antônio César, que atravessou anos, fez com que eu pensasse se não estaria me precipitando. Eles tiveram muito mais empecilhos do que eu e o Leo, e acabaram juntos no final. Comecei a ficar com medo de forçar um atalho e estragar tudo... Tive receio de que o destino tomasse o Leo de mim, numa espécie de castigo, por eu interromper algo importante na minha vida por causa dele. Mas eu não esperava que o próprio Leo tivesse se encarregando de estragar tudo ele mesmo.

No princípio, eu fiquei triste. Li a carta três vezes e, no fim, nem conseguia ler mais nada, a tinta já estava toda borrada pelas minhas lágrimas. Fiquei umas duas horas chorando sem parar, trancada no quarto. Quando finalmente resolvi tomar um banho, pra tentar lavar também a dor, me veio a raiva. Saí do banho, amassei a carta e rasguei em mil pedacinhos! Daí, comecei a chorar de novo, por ter feito aquilo. Comecei a colar as partes com durex e no meio, novo acesso de fúria fez com que eu embolasse tudo e jogasse pela janela. Eu não sabia o que pensar. Como o Leo pôde arrumar outra namorada tão rápido assim? Será que ele já a conhecia? Será que EU a conhecia? Será que ele tinha voltado para a Vanessa e apenas não quis me dizer que era ela???

Enquanto pensava essas coisas, olhei pela janela em busca da bolinha de papel que eu havia jogado e avistei o Brownie, o gato, brincando com ela no jardim. Desci correndo, antes que minha carta (ou o que tinha sobrado dela) fosse parar no estômago dele. Nesse momento, a Julie veio perguntar se eu queria comer alguma coisa, falou que só ela e o Kyle estavam em casa, os meninos tinham ido dar uma volta na praia e não me esperaram acordar, pois imaginaram que eu iria passar o dia inteiro fazendo as malas.

Eu olhei como se ela tivesse falado grego em vez de inglês. Malas? O que ela estava dizendo? De repente eu me lembrei que havia avisado para eles que esse fim de semana provavelmente seria o último que eu passaria lá, que, assim que o meu pai permitisse, eu compraria a primeira passagem que encontrasse. Ela deve ter reparado que eu fiquei meio confusa, falou que ia me deixar à vontade para fazer o que quer que eu tivesse ido fazer lá embaixo e que, se eu precisasse de alguma coisa, podia chamá-la.

Sorri para ela, corri até o jardim, tomei a bolinha do Brownie e voltei para o meu quarto. Desamassei o papel mais uma vez e fiquei ali, olhando para ele, pensando em nada nem sei por quanto tempo.

Comecei a me imaginar voltando para o Brasil. Certamente minha família e as meninas me esperariam no aeroporto, mas será que não me olhariam como se eu tivesse fracassado? E será que eu conseguiria chegar naquele local e não lembrar do dia da minha vinda, de tudo o que havia acontecido ali? Será que eu estava preparada para não ter o Leo me esperando?

Imaginei a minha volta para o colégio. A Vanessa e sua turminha certamente iriam passar vários dias falando que já sabiam que eu não aguentaria viver longe da barra da saia da mamãe, mas acredito que algumas pessoas iriam gostar, como a Gabi, a Natália, a Priscila, o Rodrigo, o Alan... mas *eu* iria gostar de encontrar o *Leo* todos os dias, depois de tudo, sabendo que não éramos mais nada um para o outro? Porque, com certeza, eu não teria como aceitar a amizade oferecida por ele no final da carta. Eu não queria nenhum prêmio de consolação. Já sabia o que era tê-lo mais do que como amigo. Os sentimentos tinham ido longe demais para voltar atrás. E – certamente – eu não estava preparada para vê-lo com ninguém!

A Gabi estava namorando. A Natália, agora que havia superado o Mateus, em pouco tempo arrumaria um namorado também. Eu realmente deveria voltar? Havia algum sentido nisso? Eu queria retornar exatamente para o ponto de onde tinha saído, mas pelo visto aquele lugar não existia mais. Em um mês tudo mudou. A vida de todos com quem eu convivia tinha andado. E eu não sabia se, onde eles estavam agora, teria espaço para mim.

Comecei a pensar na minha própria vida. O que eu tinha feito naquele mês?

1. "Conquistado novos amigos": Pelo menos uma amiga "de verdade", que nesse pouco tempo já tinha mostrado que se importava comigo. Certamente eu iria sentir falta da Ana Elisa.

2. "Recebido de presente uma nova família": Onde por sinal, todos me adoravam, pelo menos antes da minha crise, que fez com que eles se sentissem rejeitados.

3. "Aperfeiçoado o inglês": Já estava bem fácil falar, apesar de não entender algumas conversas ainda... e voltando é que eu não as entenderia mesmo.

4. "Conhecido duas cidades inglesas": Conhecido mal, diga-se de passagem. Como eu achava que teria um ano para decorar cada pedacinho de Brighton e Londres, eu não tinha me preocupado em conhecer tudo de uma vez só.

5. "Participado de uma escola totalmente diferente": Apesar de ser meio metódico, esse colégio inglês tem feito com que eu descubra coisas que eu não sabia a meu respeito, como o fato de que eu sou uma boa atriz (pelo menos foi o que o professor de Teatro disse no primeiro dia de aula, quando eu implorei para ficar nos bastidores e ele me obrigou a ler "com emoção" um texto de Shakespeare). Se eu fosse embora, pelo menos não teria que participar da peça do final do semestre... e nem sentiria novamente aquele friozinho gostoso na barriga, como o que eu senti quando me aplaudiram no final da minha leitura dramática.

Em comparação com as pessoas do Brasil, parecia que eu tinha feito até muita coisa. Eu não deveria estar com a sensação de ter "ficado pra trás". Seria mais correto dizer que eu estava na frente de muita gente. Quem das pessoas que eu conhecia tinha tido a oportunidade de viver tantas novidades em apenas um mês?

Ouvi gritos e risadas vindos lá de fora. Olhei pela janela e lá estavam a Tracy, o Teddy e o Tom, chegando em casa tão felizes. Eles tinham me dado a chance de viver aquela felicidade com eles e eu tinha amassado e jogado fora, como aquela bolinha de papel. Será que ainda havia tempo de recuperá-la, antes que fosse parar na barriga de algum gato? E será que eu a queria de volta?

Olhei novamente para os restos mortais da carta em cima da minha mesa. A última frase ainda estava visível: *"Quero sinceramente que você seja feliz"*.

Suspirei.

Ele podia ter certeza de que eu seria.

Amassei a carta mais uma vez, desci as escadas, acendi o fogão, joguei o papel na chama e deixei que queimasse, até o final. Com o cheiro de queimado, todos vieram perguntar o que estava acontecendo.

"Nada", eu respondi em inglês. "Só estou queimando essa ideia ridícula de voltar para o Brasil". Olhei para eles e sorri. "Minha casa agora é aqui."

De: Cristiana <cristiana.acb@gmail.com>
Para: Fani <fanifani@gmail.com>
Enviada: 07 de fevereiro, 14:56
Assunto: Estou satisfeita.

Minha filhinha, até hoje estou feliz por você ter desistido daquela ideia sem sentido de voltar para casa em tão pouco tempo! Como eu iria explicar para as pessoas? Graças a Deus você me poupou desse constrangimento.

Estou contente também em saber que a sua família inglesa recebeu a notícia tão bem quanto nós. Fiquei com receio de que eles já tivessem feito planos para um outro intercambista, mas adorei saber que eles disseram que nunca mais iriam receber alguém de outro país em casa, pois essa pessoa apenas faria com que eles tivessem saudade de você. Entretanto, fiquei um pouco enciumada por terem te levado para um jantar de comemoração... se eles já estão apegados a você dessa forma, imagino daqui a 11 meses! Lembre-se que sua família verdadeira está aqui, eles são apenas emprestados.

De qualquer forma, estou realmente muito satisfeita com você.

Beijo enorme, muita saudade!

Mamãe

De: Natália <natnatalia@mail.com>
Para: Fani <fanifani@gmail.com>
Enviada: 10 de fevereiro, 23:15
Assunto: Volta às aulas!

Oi Fani!!

Que saudadeeeeeeeeeeee!!!!!

Aquele colégio está um TÉDIO sem você!!!!

Tenho uma novidade!! A Gabi agora é da minha sala!!!! Olha que máximo! No dia da matrícula, quando ela me contou que não iria mais sair do colégio, eu mandei um bilhetinho para a diretora Clarice, solicitando que ela mudasse a Gabi de sala, já que com a sua viagem ela se sentiria muito sozinha. Ela me atendeu! Bom, pode ter a ver também com o sorteio que fizeram, com o intuito de destruir os grupinhos, para que a gente pare de conversar e estude mais. As duas salas estão bem misturadas agora. A Priscila e o Rodrigo ficaram na outra sala. A Júlia continua comigo. A Vanessa está muito brava, ela caiu na minha, e todas as amigas dela, na outra! Disse que vai fazer com que o pai dela converse com a diretora para que eles refaçam o sorteio! Coitada, ela realmente acha que o mundo gira em torno do umbigo dela! Mas já deve ter percebido que não é bem assim, porque até hoje, sexta-feira, ela continua (com a maior cara de bunda!) sentada sozinha lá na frente.

Ah, infelizmente o Leo ficou na outra sala, não vai dar pra te contar com detalhes o que ele tem feito... Ai, desculpa, a Gabi disse que você não quer que a gente fale do Leo, mas não dá... a gente olha para ele e lembra de você! E quando falamos sobre você, lembramos dele! Vocês são uma coisa só, não percebe??? São almas gêmeas, estão predestinados a ficarem juntos! Essa briguinha de vocês é apenas um intervalo, para que o filme tenha mais emoção!! Ó, viu só como eu estou falando a sua língua??? É que eu tenho ido muito ao cinema atualmente... agora mesmo acabei de voltar, vi um filme lindo, Fani, você ia amar, dá um jeito de assistir aí! Se chama: "O Caçador de Pipas".

Beijinhos!!!

Natália ♥

De: Alberto <albertocbelluz@bol.com.br>
Para: Fani <fanifani@gmail.com>
Enviada: 11 de fevereiro, 11:21
Assunto: Saudade da minha irmã!

Oi, irmãzinha!

Cara, que saudade! Não imaginava que fosse sentir sua falta assim! Você só sabia me encher o saco, mas agora que eu estou vendo o quanto eu gostava disso!

Cheguei ontem à tardinha em casa, não estou aguentando mais aquela faculdade em Divinópolis, estou tentando a todo custo uma transferência pra BH, mas tá difícil. Falei para a mamãe que ia transferir pra Veterinária e ela quase surtou! O jeito é continuar tentando!

Fiquei muito feliz quando soube que você vai continuar *speaking English* por mais um tempo! Vai ter que dar umas aulas pro seu *brother* quando chegar, ok???

Fani, estou escrevendo pra perguntar onde você colocou a minha carteirinha do clube. A mamãe falou que você deve ter guardado junto com a sua. Que história é essa? Tava emprestando para algum boy, é??? Por sorte eu sei que o Leo também é sócio, senão já saberia que ia ter que ir lá na casa dele pra fazer o resgate...

Por falar em Leo, fiquei sabendo que vocês terminaram... que chato, Fani. Gostava pra valer do cara. Mas eu acho que isso é fase, daqui a pouco vocês voltam. No fundo é bom, pra você aproveitar mais aí. Aposto que a sua decisão de ficar na Inglaterra não teve nada a ver com isso, né.............

Ah, deixa eu só te dar um toque, vi um filme bacana demais ontem à noite, você vai gostar, esqueci o nome agora, mas é a história de uns meninos que ficam perseguindo uns papagaios, tem até o livro, você deve saber de qual eu estou falando. Não perde, não. Pode comprar o DVD que esse vale a pena!

Bom, vê se responde logo porque eu tô doido pra ir pro clube! Tem uma gata que eu não vejo a hora de ver de biquininho...

Beijão!

Alberto

12

Arthur Abbott: Nos filmes existem as mulheres protagonistas e suas melhores amigas. Você, lhe asseguro, é uma mulher protagonista, mas não sei por qual motivo, está agindo como a melhor amiga.

(*O amor não tira férias*)

Parecia que eu tinha acabado de chegar à Inglaterra. E, ao mesmo tempo, era como se eu tivesse vivido a minha vida inteira ali. Depois de ter desistido da ideia de ir embora, me entreguei ao intercâmbio e passei a ter uma rotina. A cidade não tinha mais tanta novidade, e eu já sabia andar sozinha, sem precisar ficar o tempo todo pedindo informações. Mesmo que eu tivesse que perguntar, agora aquilo também não era mais problema, já que a língua ficava cada vez mais fácil. Eu realmente estava me sentindo em casa. Eu ainda ficava muito triste a cada vez que o Leo vinha em meus pensamentos, mas passei a fazer um esforço maior para esquecê-lo.

Na escola, eu e a Ana Elisa não nos desgrudávamos mais, mas não era só dela que eu era amiga. Todos os meus colegas ingleses, aos poucos, foram se aproximando, sempre ofereciam ajuda nos estudos e perguntavam do Brasil. Aliás, era nessas horas que eu sentia realmente a obrigação de desempenhar o papel de intercambista. Era muito chato ouvir coisas como: *"No Brasil vocês moram em árvores?"*. Algumas vezes eu tinha que me segurar para não ser grosseira na resposta (*"Ah, sim, moramos em árvores, sou filha do Tarzan e melhor amiga da Chita! Quer dar uma voltinha no meu cipó?"*), mas aproveitava essas ocasiões para mostrar minhas fotos de BH, com tantos prédios modernos, casas e shoppings, para explicar que o Rio de Janeiro não vivia só de samba e que Buenos Aires não era a capital do Brasil. As pessoas adoravam as informações e se mostravam cada vez mais curiosas com tudo o que eu tinha para contar. E eu comecei a me sentir cada vez mais orgulhosa do meu país.

Em um dia no final de fevereiro, eu acordei para ir à escola, olhei pela janela e levei um susto. O jardim estava completamente branco, coberto de neve. Eu nunca tinha visto neve na vida! Desci as escadas correndo e, só quando estava na porta, lembrei que estava descalça. Voltei correndo para o andar de cima, calcei o primeiro sapato que vi e desci novamente. A Tracy vinha saindo da cozinha e perguntou aonde eu ia com tanta pressa. Expliquei que queria tocar na neve, que nem imaginava a textura que tinha e que queria guardar um pouco antes que derretesse! Ela começou a rir, falou que no momento em que eu encostasse a mão, tudo viraria água, mas que eu não precisava de me afobar, já que, devido à nevasca inesperada, as ruas estavam todas escorregadias e tinham ligado da escola avisando que por esse motivo não iríamos ter aula naquele dia, que eu poderia brincar na neve o tempo que desejasse.

Corri para fora sorrindo e de cara levei o maior tombo! Por sorte, a neve estava bem fofa. A Tracy chamou o resto da família para ver a minha alegria, e, em pouco tempo, todos eles estavam lá comigo. Fizemos guerra com bolinhas, construímos um boneco (igual ao dos filmes, com nariz de cenoura e tudo!) e eu tirei mil fotos de cada momento! A Julie avisou que era pra eu aproveitar bastante, já que neve no fim de fevereiro é um pouco atípico e que ela achava que aquilo não ia durar muitos dias.

Quando minhas roupas ficaram insuportavelmente geladas, decidi entrar e tomar um banho muito quente. Em seguida, liguei o computador para baixar os retratos, eu queria mandar para todo mundo!

O programa de mensagens abriu automaticamente, e, para a minha surpresa, tinha uma pessoa conectada. No Brasil ainda eram sete da manhã, não imaginava que alguém estivesse na internet tão cedo assim, ainda mais em horário de aula, mas bastou que eu entrasse para que ela me chamasse para conversar.

Funnyfani está Online

Pripriscila: Fani!!!!!!!!!!!!!! Que alegria te encontrar aqui!! Que saudade! Já tem um tempão que você viajou e eu só te escrevi na primeira semana, que absurdo! Como está tudo aí?

Funnyfani: Oi, Priscila! Tudo bem por aqui... mas o que houve com você? Por que não está na aula?

Pripriscila: Fani, acordei tão gripada, mas tão gripada, que minha mãe proibiu que eu saísse da cama, que dirá de casa. Não consegui dormir de novo, então estou aqui, no maior tédio, com o notebook no colo. Que bom que você apareceu pra me fazer companhia!! Não vai me dizer que está gripada também?? Que horas são aí?

Funnyfani: São onze horas. Não, eu não estou gripada... pelo menos não "ainda"... Mas não estou bem certa de como o meu organismo tropical vai reagir depois de todas as horas que passei na neve hoje...

Pripriscila: Neve!! Que chique!! Ai, Fani, que inveja de você! E pensar que você cogitou a hipótese de voltar para o Brasil! Nossa, ainda bem que você mudou de ideia! Está tudo bem aí agora?

Funnyfani: Está, sim... o pessoal da família é muito legal, a escola também, e já estou bem melhor no inglês... e com você, tudo bom, tirando a gripe?

Pripriscila: Por aqui está tudo bem... ainda estou meio chateada porque eu e o Rodrigo não estamos na sala das meninas, mas não posso reclamar, pior seria se eu não tivesse caído na sala dele, né? Mas eu quero saber é de você! Muitos gatinhos por aí???

Funnyfani: Ah... nada demais... Os ingleses são até bonitos, mas são tão louros e branquinhos... você sabe que eu prefiro os morenos...

Pripriscila: Um moreno específico, né...

Funnyfani: ...

Pripriscila: Ai, desculpa! Você ainda não superou?

Funnyfani: Não superei o quê?

Pripriscila: Hum... achei que a Gabi e a Natália tivessem te contado.

Funnyfani: Contado o quê, Priscila? Que o Leo está namorando? Ele mesmo me contou. Mas a Gabi disse que é mentira, que não existe possibilidade dele estar namorando ninguém! No fundo, eu também prefiro pensar que não é verdade, mas tento nem refletir muito a respeito. Ele deve estar paquerando alguém e falou que era namoro só pra que eu me desligasse dele mais depressa, mas, você sabe, mesmo que seja apenas uma paquera, não tem jeito de não sentir uma pontinha de ciúmes...

Pripriscila: Ahn... Fani... não é paquera.

Funnyfani: Ah, pois é, eu também queria que não fosse, mas sou realista, não acredito que o Leo fosse *inventar* uma outra menina só para que eu não voltasse, não teria necessidade disso. Ele só precisava ter me pedido pra não voltar, só isso bastaria.

Pripriscila: Aposto que bastaria...

Funnyfani: Pois é, era só ele ter dito que estava tudo bem, que continuava me esperando, que em um ano tudo ia voltar ao normal... calma aí, você foi meio irônica?

Pripriscila: "Meio", não. Totalmente. Tenho certeza de que você já teria voltado se o Leo não tivesse te contado que estava namorando. E, por sinal, ele está.

Funnyfani: Ele está o quê?

Pripriscila: Namorando.

Funnyfani: Como assim??

Pripriscila: Fani! A gente só namora de um jeito, ué.

Funnyfani: Namorando quem, Priscila? Que história é essa?

Pripriscila: Não entendo que espécie de amigas a Natália e a Gabi são! Elas nunca te contam nada de importante? Se EU não tivesse aberto meu bico no aeroporto, não teria rolado nem um beijinho entre você e o Leo até hoje! E agora elas deixam que uma qualquer o roube bem na frente do seu nariz, sem que você tenha a chance de se defender!

Funnyfani: Uma qualquer, que uma qualquer é essa, Priscila?

Pripriscila: Bom... no fundo ela não é tão "qualquer" assim... a verdade é que ela é até bem legal. Desculpe a sinceridade, mas não vou mentir pra você, como as meninas estão fazendo!

Funnyfani: Quem é ela, Priscila? Eu conheço?

Pripriscila: Não, acho que não... ela é novata. Maria Luiza. Mas todo mundo chama ela de... "Marilu".

Funnyfani: Uma novata...

Pripriscila: É, o apelido é Marilu, porque Maria Luiza fica meio desproporcional pra ela, já que ela é muito baixinha. Ela é carioca, se mudou com a família para cá no começo do ano. Mas o Leo já a conhecia, tanto que até pediu pra mudar de sala pra ficar perto dela.

Funnyfani: Ele mudou de sala?? Mas a Natália me falou que não tinham permitido que ninguém mudasse depois do tal sorteio...

Pripriscila: Ah, mas foi armação da Vanessa. Ela inventou que estava com tendinite e que precisava ficar na mesma sala das amigas, já que só com elas tinha intimidade suficiente para pedir que copiassem a matéria no caderno dela também. Aí a diretora Clarice pediu um atestado médico e disse que ela teria que arrumar alguém da outra sala para trocar com ela, pois as duas classes tinham que ter o mesmo número de alunos. O Leo já tinha falado pra todo mundo o quanto queria ter caído na sala de lá, e aí foi fácil, a Vanessa e ele trocaram de lugar. Atestado pra ela é moleza, já que o pai é médico. Agora ela está na minha sala, e o Leo está na sala das meninas... e da Marilu.

Funnyfani: Essa Vanessa consegue atrapalhar a minha vida até de longe!

Pripriscila: Fani, não contei pra você ficar com raiva. Pensei que você já soubesse há muito tempo dessas coisas e não estivesse nem ligando... por favor, não volte pra cá por causa disso! Eu não me perdoaria nunca!

119

Funnyfani: Eu não vou voltar de jeito nenhum, Priscila, nem precisa se preocupar. Prometi a mim mesma que vou passar o ano inteiro aqui. Mas não tenho como não ficar chateada! Puxa, você disse que ele já conhecia a menina! Será que ele já estava com ela antes? Será que estava com nós duas ao mesmo tempo?

Pripriscila: Não, Fani, não é nada disso. O Leo contou tudo para o Rodrigo. A mãe da Marilu é amiga daquela tia dele que mora no Rio, e ela ligou pedindo uma indicação de escola, já que sabia que a tia do Leo tinha parentes em Belo Horizonte. Por coincidência, os pais do Leo estavam no Rio bem na época, no final do ano passado, e aí a mãe da Marilu foi encontrá-los, para pegar recomendações não só de colégio, mas de bairros para morar, restaurantes...

Funnyfani: Namorados pra filha...

Pripriscila: A Marilu, que já conhecia o primo do Leo, foi junto. O Leo também estava lá e ofereceu para ajudá-la a se enturmar em BH, falou que a apresentaria para os amigos, mostraria os lugares legais de sair... bom, acho que a época da mudança dela coincidiu com a briga de vocês.

Funnyfani: Sei.

Pripriscila: E aí deve ter sido isso... ele estava carente, ela sem amigos...

Funnyfani: Você disse que ela é legal?

Pripriscila: Ah, ela é uma fofa, Fani. Como eu estou na outra sala, ainda não tive a chance de conversar com ela direitinho, mas só pelo tempo que a gente se fala no intervalo deu pra ver que ela é uma gracinha. Supereducada, simpática...

Funnyfani: Bonita?

Pripriscila: Ah, ela é uma bonequinha... bem clarinha, a pele parece de porcelana. E passa a impressão de que realmente vai quebrar se não for tratada com cuidado. É toda meiguinha.

Funnyfani: E o Leo com ela?

Pripriscila: Ah, Fani, não quero ficar te falando essas coisas.

Funnyfani: Você começou, agora tem que terminar! Pode contar tudinho! Eles se beijam na frente de todo mundo?

Pripriscila: Ah, não, isso não. A Marilu é muito discreta. Mas eles ficam de mãos dadas.

Funnyfani: Ele parece estar... gostando dela?

Pripriscila: Fani...

Funnyfani: Pode falar...

Pripriscila: Ele parece estar muito feliz... Puxa, a Gabi me paga, não tinha que ter sido eu a te passar essas informações!

Funnyfani: Não tem problema, Priscila. As meninas devem ter ficado com medo da minha reação. Eu andei agindo como uma desequilibrada mesmo, a intenção delas deve ter sido me poupar...

Pripriscila: Mas, Fani... tem uma coisa...

Funnyfani: Fala...

Pripriscila: Eu nunca vi o Leo olhando para ela com aquele ar de adoração que sempre olhava pra você... é diferente...

Funnyfani: Diferente como?

Pripriscila: É menos platônico. Ele te olhava como se você morasse acima das nuvens. E olha para a Marilu como se ela estivesse ali ao lado dele mesmo.

Funnyfani: Antes eu tivesse ficado mais perto, né... essas nuvens acabaram me levando para muito longe.

Pripriscila: Ai, Fani, por favor, não fica triste. Olha, desculpa. Vamos mudar de assunto! E o seu irmão e a Natália, hein??? Você ficou enciumada ou feliz?

Funnyfani: Como???? Do que você está falando agora????

Pripriscila: Ai, outro fora! Fani, tenho que desligar, está na hora de tomar meu remédio pra gripe! Beijos, curta bastante a neve aí!! Me escreve pra dar notícias! E aproveite os lourinhos ingleses!! Tchau!

Funnyfani: Priscila, espera, o que tem a Natália e o...

Pripriscila não pode responder porque está Offline.

De: Gabriela <gabizinha@netnetnet.com.br>
Para: Fani <fanifani@gmail.com>
Enviada: 27 de fevereiro, 15:00
Assunto: Carnaval

Oi, Fani!! Nem sei se você sabe, mas estamos em pleno carnaval! Estou em Tiradentes, na casa da minha avó, o Cláudio está em São João del-Rei e todo dia vem pra cá! A cidade está tão cheia que nem tem como a minha avó vigiar, a gente some no meio da multidão! Pela primeira vez estou gostando de um carnaval! Daqui a pouquinho ele deve chegar, vou aproveitar pra responder seu e-email enquanto isso.

Fani, eu não falo mentira pra você! Apenas não te contei da Marilu porque eu continuo achando a mesma coisa: isso é um namoro totalmente "fake"! Mesmo que eles estejam realmente ficando juntos e tal, é óbvio que o Leo está com ela só pra não ter que ficar pensando em você o tempo todo! Além disso, é totalmente sem sal o jeito de um com o outro, eles parecem meio forçados, não tem aquela química que vocês dois tinham, mesmo na época em que ainda eram só amigos. É como se fosse um quebra-cabeça tentando encaixar a peça errada... não é natural, sabe? Com vocês, não... bastava olhar para os dois juntos e todo mundo via. Vocês pareciam até irmãos, de tanto que combinavam.

Mudando de assunto, já temos três semanas de aula, no começo foi muito difícil olhar para todos os lados e não te ver... mas como todo mundo caiu na mesma sala (menos a Priscila e o Rodrigo, que estão com medo de pedir pra trocar e acabarem separados), pelo menos dá pra distrair um pouco.

Não sou fofoqueira como a Priscila, mas vou te contar o que tem acontecido com algumas pessoas do colégio, já que você reclamou que eu não te atualizo:

Vanessa – Continua com as mesmas frescuras de sempre, mas graças ao bom Deus ela não é mais da minha sala e não tenho que ficar vendo o cabelo dela virar pra cá e pra lá o tempo todo. Ela e o Leo nem se falam. Ah, aliás, eles conversaram um pouquinho, mas só pra fazer a negociação da troca de sala. A diretora deixou que eles mudassem, por ser um caso isolado, mas agora todo mundo quer trocar com todo mundo...

Marquinho – Não mudou nada. Está idêntico. Mesmas roupas neo-hippies, mesmo cabelo comprido, mesma mão sem aliança, mesma falta de caráter. Mas continua também sendo um ótimo professor de Biologia, isso não posso negar. Você tem algum professor bonitinho aí?

Alan – Continua com os óculos quebrados. Continua se sentando no fundão. Continua gente boa.

Como você pode constatar, e como já diria o Leo Jaime: "Uou, uou, uou, nada mudou...".

Agora tenho que me arrumar, o Cláudio deve estar chegando! Nós descobrimos que atrás da igreja da Matriz não tem muito tumulto e dá pra namorar melhor. O Cláudio tem uma pegada daquelas, ai, ai!

Beijos!

→ Gabi ←

P.S.: 1 – Você fica bem de gorro, as fotos ficaram perfeitas, pode colocar no Instagram! Mas corta a tal Ana Elisa! Achei ela horrorosa. Você tinha dito que ela era bonita, ficou doida? Aposto que ela entrou na foto sem ser convidada!

P.S.: 2 – Não estou com ciúmes.

De: Inácio <inaciocb@mail.com>
Para: Fani <fanifani@gmail.com>
Enviada: 04 de março, 21:04
Assunto: Saudades!

Oi, Fani!

Que saudade! Tudo bom por aí?

Adorei suas fotos esquiando! A Juju agora fala todos os dias que quer ver neve e não para de perguntar por que não neva aqui! Nem sei o que responder...

Essa sua família daí é muito boa mesmo, né? Aproveitar os dias de neve para te levar pra esquiar no norte da Inglaterra foi realmente muito bacana da parte deles! Aposto que você nem sentiu falta do carnaval! Conseguiu ficar em cima do esqui mesmo ou foi só encenação para o retrato?

Aconteceu uma coisa chata ontem... quebraram o vidro do meu carro e roubaram o som, junto com todos os CDs. O alarme tocou, mas como eu e a Cláudia estávamos dentro de um restaurante não escutamos. Só descobrimos mais tarde, na saída. Por coincidência, adivinha quem chegou com toda a família no mesmo restaurante? O Leo. Como nós estávamos esperando o seguro lá fora, ele nos viu e veio nos cumprimentar. Ele foi muito educado, como sempre. Contou que no ano passado quebraram o vidro do carro do pai dele também, em uma festa em que vocês estavam. Ele falou sobre isso com uma expressão tão nostálgica... acho que se lembrou de você... Mas exatamente nessa hora chegou um casal de amigos dos pais dele com a filha, uma menina mais ou menos da sua idade, o Leo parecia bem próximo dela, fiquei imaginando se não seriam parentes... você sabe quem é? É uma menina bonitinha, bem baixinha...

Tirando esse problema do carro, tudo bem por aqui. Você viu a foto que eu mandei dos seus sobrinhos? Eles estão crescendo muito rápido, acho que já vão estar falando quando você chegar!

Adorei saber que você está gostando mais agora! Aproveite! Você só vai ter 16 anos uma vez na vida. Por falar nisso, o aniversário de alguém está chegando...

Beijo grande!

Inácio

De: Ana Elisa <anelisa6543210@hotmail.com>
Para: Fani <fanifani@gmail.com>
Enviada: 05 de março, 10:24
Assunto: Maravilha de viagem!

Oi, Fanny!

Estou escrevendo pra agradecer mais uma vez por ter me convidado para viajar com você e sua família para *Yad Moss*, passei os três melhores dias desde que cheguei na Inglaterra! Eu sempre viajo com os meus pais, mas é muito mais divertido com pessoas da minha idade!

Retiro o que eu tinha dito a respeito da sua *sister* Tracy ser meio afetada, ela realmente é dez! Adorei o fato dela ter te convencido a sair à noite para aquele pub, se não fosse por isso, a gente não teria conhecido aqueles franceses gatos!! Pena que eles ficaram rindo da nossa cara na hora em que inventamos de cantar em francês! Mas sabe que eu acho que nem foi por causa da nossa voz? Fui pesquisar no Google o significado de *"Voulez-vous coucher avec moi, ce soir?"*, crente que a gente tinha arrasado com o refrão de "Lady Marmalade", mas você nem queira saber o significado dessa frase... acho que não era por achar graça que eles estavam rindo, que bom que eles não nos levaram a sério...

Pode deixar que não vou contar pra ninguém do colégio a respeito dos seus tombos, vou dizer que foi o gato que arranhou o seu nariz!

Fanny, estou apaixonada pelo seu *little brother* Tom! Ele é um verdadeiro ursinho! E como é agarrado com você! Vai sofrer quando você tiver que ir embora... Aliás, se eu fosse você, não iria nunca mais, sua família inteira é um show! E eles te adoram! Absurdo você ter pensado em trocar essa vida maravilhosa por um garoto! Um garoto que te trocou por outra em um piscar de olhos!

Não adianta defendê-lo, como você sempre faz. Já disse tudo o que acho a respeito desse seu Leo: não conheço e mesmo assim não gostei.

Bom, nos vemos na escola amanhã.

Love ya!

Ana Elisa

13

Willy Wonka: O melhor prêmio é uma surpresa!

(A fantástica fábrica de chocolate)

Os dias de neve marcaram o final do inverno. A primavera chegou, e, com ela, a minha nova idade. No Brasil, o dia do meu aniversário marcava o começo do outono, mas agora eu estava no hemisfério Norte. Já não fazia tanto frio, e a cidade estava toda florida. Mas não foi só a nova estação que trouxe flores, o correio as entregou também.

Eu cheguei do colégio e dei de cara com elas. Rosas. Rosas cor de chá. Minhas preferidas. Procurei depressa um cartãozinho com o nome do remetente, mas não achei. Fui para o meu quarto e encontrei quatro cartões em cima da cama: um da Gabi, um da Natália, um do Inácio (com assinatura também da minha cunhada e o contorno da mãozinha de todos os meus sobrinhos) e um dos meus pais. Imaginei que as flores pudessem ter vindo junto com um deles. Liguei o computador, entrei direto no Facebook e até me assustei com a quantidade de recados desejando felicidades! Vários e-mails chegaram também, dos meus avós, das tias e das primas...

Nada do Leo. Com certeza ele já havia esquecido até o dia do meu aniversário. E pensar que no ano anterior ele tinha feito questão de comemorar a data, almoçou lá em casa, depois foi ao cinema comigo e com a Gabi, me deu um CD...

A lembrança do CD, com aquela capinha azul, fez com o que eu meu coração se contorcesse. Há um ano ele tinha gravado todas aquelas músicas lindas, e eu nem havia notado o que elas queriam dizer. Se eu ao menos tivesse percebido antes... talvez a situação agora fosse diferente... se a gente tivesse tido mais tempo...

Meus pensamentos foram interrompidos por uma batida na porta. A Tracy me chamou para ir até a cozinha lanchar, e, ao descer, tive a maior surpresa! Eles haviam enchido tudo de balões e feito um bolo! O Kyle e a Julie saíram mais cedo do trabalho para que também pudessem participar. E, como se não bastasse, eles chamaram também a Ana Elisa e a mãe dela! Ao me verem, todos eles cantaram em coro: *"Happy birthday to you, happy birthday to you, happy birthday Dear Fani, happy birthday to you!"*.

Em seguida, vieram me abraçar e me deram vários presentes. Comecei a abrir tudo, curiosa e feliz. Eu tinha imaginado que seria um aniversário um pouco sem graça, longe de todo mundo, e os meus pais já tinham dito por e-mail que eu poderia comprar de presente cinco DVDs com o cartão de crédito deles (eu comprei: *Sonhos no gelo, Antes do pôr do sol, Antes do amanhecer, De repente é amor* e *A fantástica fábrica de chocolate*), não imaginava que fosse ganhar mais alguma coisa!

O primeiro presente que abri foi o do Tom e do Teddy. Eles me deram um jogo de Playstation, das princesas da Disney! Eu disse que pelo menos naquele jogo tinha certeza de que iria ganhar deles! Depois, abri o da Tracy, que era uma blusa toda preta, com fotos de vários atores e atrizes e com uma frase escrita em prateado: *"I love Hollywood!"*. Meu sorriso quase ultrapassou a extensão do meu rosto! Perguntei onde ela tinha arrumado aquela blusa, e ela disse que tinha encomendado pela internet. Puxa, ela tinha realmente planejado o que me dar! Fiquei comovida. Depois, abri a caixa que o Kyle e a Julie me entregaram. Não acreditei. Era uma *webcam*, para eu poder conversar na internet vendo a minha família! Eles disseram que tinham interesses um pouco egoístas naquele presente, que já estavam pensando em uma forma de matar a saudade da "filha brasileira deles", quando eu tivesse que voltar para casa. Quase chorei, abracei todos eles e disse mais uma vez o quanto eles estavam me fazendo feliz.

"Fani, agora é a nossa vez", a Ana Elisa disse, pegando um embrulho da mão da mãe dela.

Eu abri com cuidado, era um pacote redondo, e quando tirei o papel, que surpresa! "Brigadeiros!!!", eu gritei, já pegando um e colocando na boca. "Onde vocês arrumaram brigadeiro em plena Inglaterra?"

"Nós fizemos, claro!", a Agnes disse, pegando um brigadeiro também. "Tem lojinhas de brasileiros em Londres, sempre que vou lá eu trago leite condensado e Nescau. Ficar sem brigadeiro é que não dá!"

Eu sorri e ofereci para todo mundo. Eles adoraram! Perguntaram se eu sabia fazer e – devido à minha resposta positiva – falaram que iam me levar até Londres para que eu fosse na tal loja comprar os ingredientes para preparar várias vezes para eles.

Mais tarde, o telefone tocou. Era a minha família. Não tive como não chorar um pouco ao ouvi-los cantando parabéns em conjunto do outro lado. Além dos meus pais, estavam o Inácio, minha cunhada e meus sobrinhos. Minha mãe comprou um bolo e chamou todo mundo lá em casa, pois – segundo ela – meu aniversário não podia passar em branco, mesmo que eu não estivesse presente fisicamente. Apenas o Alberto não pôde comparecer, já que mora no interior durante a semana, mas pediu para eles me desejarem muitas felicidades e que me dissessem para checar o e-mail, pois ele tinha mandado os parabéns virtuais.

Eu agradeci muito, falei que já tinha comprado meus DVDs de presente e que não precisava que eles tivessem se preocupado em mandar flores também.

Minha mãe pareceu um pouco sem graça, mas acabou falando que eles não tinham mandado flor nenhuma, que até gostariam de ter feito isso, mas que não sabiam como seria possível, já que não conheciam nenhum serviço de entrega de BH que levasse as flores até Brighton...

Logo que eles desligaram, o telefone tocou novamente. Atendi e ouvi dois gritos ao mesmo tempo: "Parabééééééééns!!!!".

Mesmo em uníssono, consegui distinguir de quem eram as vozes: Gabi e Natália. Comecei a chorar de novo, mas nem deu para elas perceberem, já que continuaram a falar meio juntas, sem nem me dar chance de responder.

"Fani, muita felicidade, muita sorte, muito amor, muita saúde, muita vida pra você!", a Natália desejou.

"E que você continue com esse jeitinho só seu, que encanta todo mundo que te conhece!", a Gabi falou, como se estivesse completando o que a Natália tinha dito.

"Que sua vida seja sempre como um filme com final feliz!", a Natália prosseguiu.

"É", foi a vez da Gabi, "mas com vários finais felizes!"

Eu parei de chorar e comecei a rir.

"Fani, estamos ligando muito rapidinho, meu pai nos deu três minutos!", a Natália falou depressa. "A gente só queria mesmo te desejar tudo de melhor e dizer que você está fazendo muita falta aqui!"

"Mas estamos orgulhosas de verdade de você!", foi a vez da Gabi. "Estamos te esperando! No ano que vem a gente vai ter que comemorar dobrado, sua festa de 18 vai ser de arrasar!"

Eu queria dizer que tinha acabado de fazer 17 e ela já estava pensando no próximo ano, mas resolvi aproveitar o tempo pra agradecer as rosas.

"Rosas?", a Gabi perguntou. "Eu mandei só um cartão... isso de dar flor é coisa de homem, já arrumou um namorado novo aí e nem contou pra gente? Explica essa história!"

"Eu também mandei só um cartão...", a Natália emendou, "puxa, devia ter pensado nisso, não acho que só homens podem mandar flores!"

"Então não foi nenhuma de vocês duas?", eu perguntei.

"Fani, temos que desligar", a Natália disse rápido. "Meu pai já fez sinal pra mim, avisando que acabou o tempo combinado. A gente conversa no fim de semana pelo Skype!"

"Faniquita, muita saudade, aproveite, toda felicidade do mundo, que a maturidade faça com que você fique menos encanada com tudo! Beijo enorme!", a Gabi se despediu.

"Tchau, Fani! Parabéns de novo! A gente te ama! Beijo!", e, com essa frase, a Natália desligou.

Fiquei um tempo com o telefone na mão, meio triste, meio feliz, morrendo de saudade delas. Fui até à cozinha, onde a Julie e a Tracy estavam comendo mais uma fatia do meu bolo, olhei para as rosas, que nós tínhamos colocado para enfeitar a mesa, e perguntei se elas sabiam como aquelas flores tinham chegado. A Julie disse que bem cedo, logo que nós saímos para a aula, a campainha tocou, e, quando ela foi atender, só havia o buquê no chão, que ela achava que um entregador apressado tinha deixado lá. Eu perguntei se por acaso não possuía um cartãozinho, e ela respondeu que tinha colocado na mesa do mesmo jeito que encontrou. Os outros cartões ela tinha recebido mais tarde, quando o carteiro passou.

Agradeci a elas mais uma vez, ajudei a lavar o resto dos talheres, disse que tinha sido um aniversário maravilhoso e pedi licença para ir para o meu quarto. Eu estava doida pra ler o e-mail que o Alberto tinha me mandado e também para ver se mais "alguém" tinha me desejado parabéns.

Para minha surpresa, vi que realmente alguém mais me desejava alguma coisa. Eu só não sabia o quê. Nem "quem".

De: Mundo DVD <atendimento@mundodvd.com.br>
Para: Fani <fanifani@gmail.com>
Enviada: 20 de março, 17:11
Assunto: Feliz Aniversário

Estefânia Castelino Belluz,

A equipe da loja virtual MUNDO DVD deseja a você um feliz aniversário.

Como você é uma ótima cliente, estamos lhe enviando um cupom-presente que te dará 15% de desconto na compra de qualquer DVD do nosso site.

Clique AQUI para resgatar o seu cupom.

Felicidades,

Equipe Mundo DVD

De: Alberto <albertocbelluz@bol.com.br>
Para: Fani <fanifani@gmail.com>
Enviada: 20 de março, 18:32
Assunto: Parabéns!!!

Fanizinha!

Parabéns, minha fofa!

Gostaria de ter participado da sua festinha hoje (fala sério, nossa mãe é louca, não é não?), mas - como você - eu também estou impossibilitado de ir para casa no momento em que desejar. Ainda preso nessa faculdade em Divinópolis! Estou pensando em transferir para Biologia, sei que para esse curso existem vagas em BH, o que você acha? Ouvi dizer que é sua matéria preferida... Você acha que eu daria um bom professor? (Não conta isso pra mamãe, ela morre se imaginar que eu estou cogitando a possibilidade de não virar um médico.)

Bom, mas esse e-mail não é pra falar de mim, é mesmo só pra te desejar toda a felicidade do mundo (deixa só um pouquinho pra mim!), pra dizer que eu tenho o maior orgulho de ser seu irmão e que a saudade está cada dia maior. Aproveite muito o seu dia! Eu li que com 17 anos você já pode dirigir na Inglaterra... então aprende logo e faz um filminho para nos mandar! Vou rir demais ao te ver guiando o volante do lado direito, isso deve ser difícil pra caramba! Esse Reino Unido tem cada uma...

Amo você! Parabéns novamente!

Alberto

P.S.: Vi um filme maneiríssimo no fim de semana passado: "P.S. Eu te amo". Vale a pena o DVD.

P.S.2: Achei a carteirinha do clube, estava na minha gaveta de cuecas.

De: Missing You <missingyou@mail.com>
Para: Fani <fanifani@gmail.com>
Enviada: 20 de março, 19:07
Assunto: Aqui está o seu presente.
Anexo: Linda.mp3

Seu presente é a música que está anexada. A letra segue abaixo:

Linda *(No Voice)*

Lembro aquele tempo que a gente se amava
Era fim de tarde e pra você cantava

Linda, você é meu sonho
Linda, você me deixa louco

Quanto tempo já passou
Não sei mais o que fazer, ter você no pensamento

Quanto tempo já passou
Sem te ver eu vou seguindo, pensando...

Deve estar tão linda
Como os raios do sol
A noite vem chegando
E eu aqui cantando

Linda, você é meu sonho
Linda, você me deixa louco

Tanto tempo já passou
Não sei mais reconhecer seu cabelo ao vento

Deve estar tão linda
Como os raios do sol
A noite vem chegando
E eu aqui cantando

Linda, você é meu sonho
Linda, você me deixa louco

Quanto tempo já passou
Não sei mais o que fazer, ter você no pensamento
Tanto tempo já passou
Não sei mais reconhecer seu cabelo ao vento

E controlar meu pensamento
Se ainda assim posso conseguir
Guiar meu coração...

14

> _Toni:_ Eu não sei como dizer o que eu quero te dizer, por isso eu estou escrevendo. Quando eu te vejo, eu não consigo tirar os meus olhos de você. Eu desejo ter os seus braços em volta de mim... E sentir o seu corpo contra o meu. Eu sei que você não sente o mesmo... E é por isso que eu não tenho coragem de assinar. Mas eu te amo mais do que as palavras podem dizer.
>
> (Admiradora secreta)

Eu não consegui dormir naquela noite. Após receber o e-mail com a música e ouvi-la umas 20 vezes sem parar, a primeira coisa que eu fiz foi responder para agradecer e perguntar se a pessoa tinha esquecido de assinar, pois eu estava muito curiosa para saber de quem era aquele "presente". A resposta veio na mesma hora:

O E-MAIL QUE VOCÊ MANDOU FOI DEVOLVIDO, POIS O DESTINATÁRIO NÃO EXISTE. VERIFIQUE O ENDEREÇO E MANDE NOVAMENTE.

Eu conferi e tentei mandar de novo, mas a resposta foi a mesma. A pessoa que havia mandado a música provavelmente tinha criado um e-mail só para aquele fim e em seguida cancelado a conta.

Era a canção mais bonita que eu já tinha escutado na vida. Por mais que tentasse, eu não tinha como deixar de imaginar se não seria o Leo o responsável pelo e-mail. Era quase óbvio, todas as pistas apontavam para ele:

1. Ele adora música e vive dando CDs de presente.
2. Ele não me desejou os parabéns e talvez quisesse fazer isso musicalmente.

Porém, havia algumas falhas nessas duas hipóteses:

a) Não era um CD. Era uma música solta. Qualquer um pode mandar uma mp3 por e-mail, eu e as meninas sempre trocamos músicas dessa maneira. Inclusive, pode ter vindo por engano, a pessoa que enviou a música simplesmente deve ter colocado o endereço errado e com isso acabou caindo na minha caixa de entrada, por acidente. E o e-mail falava que era presente, mas não necessariamente especificava que era de aniversário nem dizia o meu nome.

b) A letra da música falava apenas de saudade. Nem de longe me desejava felicidades pelo meu dia.

Passei a semana inteira curiosa. Na sexta à noite, não aguentei e mandei um e-mail para a Natália e a Gabi, pedindo que elas aparecessem na internet assim que possível. A Gabi respondeu que só poderia no dia seguinte, já que era aniversário da tia dela e, na hora em que chegasse, provavelmente eu já estaria dormindo há horas, pela diferença de fuso horário.

A Natália, porém, conectou quase que instantaneamente.

Nat está Online

Funnyfani: Ai, graças a Deus!

Nat: Oi, Fani! Entrei assim que vi seu e-mail. O que houve?

Funnyfani: Natália, me ajuda, por favor. Aconteceu uma coisa no meu aniversário, e eu não consigo parar de pensar nisso!

Nat: Aposto que é a história das rosas até agora...

Funnyfani: As rosas!! Nossa, até tinha me esquecido, acredita??

Nat: Então deve ser grave mesmo! Você estava toda cismada com essas flores... o que conseguiu desviar sua atenção delas?

Funnyfani: Um e-mail. Eu recebi, no dia do meu aniversário, um e-mail com uma música.

Nat: Um só???? Ai, Fani, você está precisando fazer mais amigos... No meu aniversário eu recebo tipo uns 50 e-mails com musiquinhas de parabéns tocando ao fundo!

Funnyfani: Não, nada desses fundos musicais bregas! Eu recebi uma música de verdade, Natália! Em mp3. Ela veio anexada. Uma música linda! E a letra dela é sobre saudade...

Nat: E de quem era o e-mail?

Funnyfani: Se eu soubesse estava fácil! Minha dúvida é exatamente esta! A música veio sozinha, no e-mail só estava escrito: "Aqui está o seu presente".

Nat: Só isso? Sem nome? Ah, mas é fácil, só olhar pelo endereço do e-mail!

Funnyfani: Natália, você está subestimando a minha inteligência? Claro que isso foi a primeira coisa que eu fiz! O remetente era "missingyou@mail.com". Eu respondi na mesma hora, perguntando de quem era, mas o e-mail voltou, veio escrito que aquela conta não existe.

Nat: Isso está parecendo vírus! Tem certeza de que esse arquivo da música não danificou seu computador?

Funnyfani: Não era vírus! A música tocou inteira e veio com a letra escrita. É do No Voice!

Nat: No Voice! Então deve ter vindo de BH! Será que não foi o Rodrigo que mandou? Afinal é da banda do irmão dele... vamos perguntar pra Priscila!

Funnyfani: Eu pensei nisso. Mas, se fosse do Rodrigo, por que ele não assinaria?

Nat: É uma música conhecida?

Funnyfani: Não, é uma música nova, nunca tinha ouvido na vida.

Nat: Se fosse um tempo atrás, eu iria achar que isso era coisa do Leo. Quem dá música de presente é ele...

Funnyfani: Pois é, eu imaginei a mesma coisa. Mas você acha que não tem mesmo possibilidade de ter sido ele?

Nat: Ai, Fani... sinceramente? Eu acho que não. Dói em mim te dizer isso, mas ele e a Marilu parecem estar apaixonadinhos... eles não se desgrudam um minuto! Estão sempre rindo, fazendo carinho um no outro, sentam juntos todos os dias...

Funnyfani: Mas a Gabi e a Priscila falaram que eles não combinam, que nós dois tínhamos muito mais a ver...

Nat: Ah, disso ninguém duvida, né? Mas o que eu quero dizer é que parece que ele já superou a relação de vocês, que está mesmo em outra... Se eu fosse você, não teria esperanças de que esse e-mail pudesse ser dele. Ele te escreveu mandando os parabéns?

Funnyfani: Não. Nem um recadinho no Facebook ele deixou!

Nat: Pois é...

Funnyfani: Mas esse foi exatamente um dos motivos que me fez pensar que o e-mail pudesse ser dele. Como se tivesse sido uma forma de me cumprimentar pelo aniversário.

Nat: Ele colocaria o nome, né? E além disso, depois de tudo, ele não te mandaria uma música! Especialmente uma música falando de saudade.

Funnyfani: Acho que você está certa... Mas se não foi ele, quem foi?

Nat: Pode ter sido engano, Fani. Por coincidência, chegou bem no dia do seu aniversário e você achou que fosse pra você...

Funnyfani: Eu já pensei nisso também. Mas preferia que a música tivesse sido enviada realmente pra mim...

Nat: Eu sei. E que fosse o Leo o responsável por isso. Fani, conselho de amiga: arruma um outro gatinho aí pra você. Não foi ele. Você conhece o Leo melhor do que ninguém. Ele nunca faria isso, namorar uma menina e dar em cima da ex. Esse não é o jeito dele. O Leo é todo íntegro.

Funnyfani: Eu sei... e eu nem me considero ex dele. Nem chegamos a namorar...

Nat: Pois é, então desencana. Faz assim, esquece essa música, deixa pra lá, pare de escutá-la (aposto que você já ouviu o que, umas 1.500 vezes?) e se concentre em encontrar o dono das rosas! Aposto que foi um mocinho aí de Brighton que te paquera e você nem sabe, porque fica só pensando no Leo!

Funnyfani: Não tem ninguém me paquerando aqui! Aposto que essas flores nem eram pra mim também!

Nat: Não tem ninguém porque você não dá abertura! Fani, é sério, para de pensar no Leo... pelo menos por enquanto. Quando você voltar, quem sabe ele não fica balançado e termina com a Marilu?

Funnyfani: Eu não quero que ele termine com ninguém! Não estou nem aí pra ele. Na verdade nem estou me lembrando mais dele... Só fiquei meio comovida por causa da música, porque realmente ela é linda. Aliás, o nome dela é "Linda".

Nat: Vou procurar saber que música é essa. Deve ser do novo CD do No Voice. Se duvidar, o e-mail era até de divulgação da banda e você está achando que é de um fã!

Funnyfani: Deve ser mesmo. Desculpa tomar seu tempo, Natália. Obrigada por ficar online. Não vai sair hoje?

Nat: Ah, hoje não, vou dormir cedo. Amanhã cedinho vou pro clube.

Funnyfani: Ahhhh, por falar em clube, tem um tempão que eu quero te perguntar uma coisa. Você tem visto o meu irmão?

Nat: O Inácio? Não... a última vez que o vi foi no aeroporto. Por que?

Funnyfani: Não estou falando do Inácio, e sim do Alberto! Mas já que você falou nele, lembrei de uma coisa que me deixou impressionada! Você lembra no ano passado, quando você me levou naquela cartomante?

Nat: Lembro, claro. A dona Amélia. Estou até querendo voltar lá.

Funnyfani: Lembra que ela disse que um dos meus irmãos ia ter um problema com um bem material? Pois então! Quebraram o vidro do carro do Inácio e roubaram o som, acredita? Será que era sobre esse roubo que ela estava falando?

Nat: Até fiquei arrepiada agora! Pode saber que sim! A dona Amélia acerta tudo! Está acertando comigo também!

Funnyfani: O que ela previu pra você mesmo?

Nat: Ah, várias coisas... depois eu te conto, nada importante, não...

Funnyfani: Ela não tinha dito que você ia namorar um menino mais velho? Por falar nisso, você não respondeu, você tem visto o Alberto??

Nat: Ah, de vez em quando eu vejo, no clube...

Funnyfani: No clube. E com quem você tem ido tanto ao cinema?

Nat: Ué, com um tanto de gente...

Funnyfani: Tipo quem?

Nat: Ai, Fani, sei lá! Com a Júlia, com a Gabi, com a minha mãe...

Funnyfani: Sei. Por acaso você já assistiu a "P.S. Eu te amo"?

Nat: Assisti, sim, no fim de semana passado. Que isso, Fani? Tá com ciúmes de mim ou dos filmes que eu vi? Por falar nisso, tem ido muito ao cinema aí?

Funnyfani: Não, mas tenho comprado muitos DVDs.

Nat: Ah, então você continua a mesma!

Funnyfani: É, quanto a isso, sim.

Nat: Não vai mudar seu jeito, Fani! Estou com saudade da minha amiguinha do jeito que ela é. Sonhadora e feliz.

Funnyfani: Vou ver o que posso fazer a respeito.

Nat: Tenho que ir! Minha mãe está me chamando pra lanchar. Beijos, Fani! A gente conversa depois.

Funnyfani: Beijo! E quando encontrar o meu irmão, diga que eu mandei um beijo pra ele também, viu...

Nat não pode responder porque está Offline.

De: Gabriela <gabizinha@netnetnet.com.br>
Para: Fani <fanifani@gmail.com>
Enviada: 25 de março, 11:57
Assunto: Música

Fani, a Natália ligou me contando a conversa de vocês ontem, me explicou sobre a música que você recebeu. Ela disse que te falou que acha que o responsável não deve ter sido o Leo... Sei que é triste, mas eu concordo com ela. Qualquer um pode ter mandado esse e-mail, *menos* o Leo. Ele faria questão de que você soubesse que era ele, se te mandasse qualquer coisa. Ainda mais depois de você ter escrito que estava disposta a voltar pra cá para vocês ficarem juntos e tal... Se ele quisesse, não ia ficar mandando musiquinhas anônimas, ia te falar na cara que estava com saudade, te esperando, que ainda gostava de você... Claro que eu continuo achando que ele está com saudade, te esperando e que ainda gosta de você, mas não acho que mandando um e-mail sem assinar seria a forma dele demonstrar isso. Vocês já passaram dessa fase, isso de mensagem anônima foi no ano passado, quando ele não sabia que você gostava dele.

Se fosse você, esqueceria isso de vez, largaria essa música pra lá, iria viver minha vida e me preocuparia com coisas realmente importantes...

Beijo grande, muita saudade!

→ Gabi ←

De: Priscila <pripriscilapri@aol.com>
Para: Fani <fanifani@gmail.com>
Enviada: 27 de março, 17:01
Assunto: Música

Oi, Fani!

A Natália me perguntou na aula hoje se eu sabia se o Rodrigo tinha te mandado um e-mail de aniversário, com uma música da banda do irmão dele. Nossa, ele tinha pedido pra eu te dar os parabéns, mas eu esqueci completamente! Ele te desejou tudo de melhor, tá? É que o computador dele está com defeito, então ele não está tendo como acessar a internet. Mas, sobre a música, perguntei, e ele me disse que não tem nem ideia de quem tenha enviado... com o computador dele estragado, não teria como ter sido ele mesmo.

Está tudo bem por aí? Aqui está mais ou menos, as provas já começaram, um saco! Quer trocar de lugar? Terceiro ano é muito chato, os professores só falam de vestibular o tempo inteiro! Como eu gostaria de ser você!

Beijinhos!!

Priscila

De: No Voice <novoice@novoice.com.br>
Para: Fani <fanifani@gmail.com>
Enviada: 30 de março, 14:23
Assunto: Música

Prezada Fani,

Agradecemos o seu interesse sobre o novo álbum da banda NO VOICE.

A música "Linda" de fato entrará no CD, mas não é da nossa conduta enviar músicas para o e-mail dos fãs; deixamos que eles próprios escutem as músicas em nosso site. "Linda" já está disponível para *download*, assim como as outras músicas. Sendo assim, algum dos seus amigos pode ter baixado e te enviado, mas lhe asseguramos que esse e-mail não partiu diretamente da banda.

Ficamos muito felizes por você ter gostado da música. Esperamos te ver no show de lançamento do CD. Acompanhe as novidades pelo nosso site.

Atenciosamente,

Produção No Voice
www.novoice.com.br

15

> Jonathan: Você podia me dar seu telefone, só pra garantir.
> Sara: Garantir o quê?
> Jonathan: A vida. Eu realmente passei momentos muito agradáveis com você e pode ser que eu nunca mais a encontre.
> Sara: Bem, se for pra ser, nós vamos nos encontrar. Agora não é a hora certa.
>
> (Escrito nas estrelas)

Depois de muitas horas em vão tentando descobrir o responsável pelas rosas e pela música, resolvi seguir o conselho das meninas e desencanar. Provavelmente tudo não passou mesmo de um grande engano, e eu perdendo tempo me iludindo, achando que eram presentes para mim... Mas, apesar de não ficar mais pensando nisso o tempo todo, a cada vez que ligo o meu computador não consigo deixar de ouvir a música, e quando as flores secaram, antes de jogar fora, acabei pegando uma delas e guardando dentro de um livro.

Na última semana de abril, o professor de Mídia avisou que na sexta-feira não assistiríamos a nenhuma aula, pois iríamos ter uma excursão. Como estávamos estudando técnicas de filmagem em televisão, ele nos levaria aos estúdios da BBC, a maior emissora de TV de Londres, para que pudéssemos ver na prática o que estávamos aprendendo.

Fiquei muito impressionada. A maior excursão que eu já havia participado no Brasil tinha sido para o zoológico, quando eu tinha oito anos!

O ônibus saiu da frente da escola. As famílias deveriam nos buscar seis horas da tarde, no mesmo local.

Enquanto íamos pela estrada, não tive como não notar o contraste entre os meus colegas ingleses e os do Brasil... O ônibus estava um silêncio só. Todos permaneceram sentados durante o trajeto, no máximo conversando bem baixinho com a pessoa ao lado. Fiquei imaginando se fosse o pessoal do meu colégio brasileiro que estivesse ali. Ninguém se manteria no lugar, todo mundo estaria cantando ou falando bem alto com os colegas, uma verdadeira festa. Senti saudade ao me lembrar da bagunça da minha antiga sala.

A viagem durou duas horas. Chegamos às 10 da manhã na BBC, e uma mulher e um homem muito bem vestidos estavam nos esperando. Eles nos levaram ao refeitório, uma espécie de cantina bem grande, para que pudéssemos tomar café da manhã, que parecia até de um hotel cinco estrelas. Em seguida, começamos realmente a excursão pela emissora.

Primeiro, eles nos levaram para conhecer a redação, onde as pautas dos noticiários eram feitas. Os jornalistas que trabalhavam lá se mostraram bem atenciosos, respondendo a todas as nossas perguntas e nos mostrando cada detalhe do processo.

Depois disso, fomos até a área onde os programas eram produzidos. Achei o máximo aquela agitação toda, pessoas falando ao telefone, outras escrevendo, outras circulando pra cá e pra lá... à medida em que a gente ia passando, todos sorriam para nós, mas sem parar um minuto o que estavam fazendo, deu pra perceber que aquele setor era o coração da emissora, como se tudo fosse dar errado se eles interrompessem o trabalho.

Passamos para os estúdios, onde eram gravados os noticiários. Me senti no céu em meio a todas aquelas câmeras, diretores, luzes... assistimos à gravação da previsão do tempo e eu achei bem interessante, já que os ingleses não saem de casa sem ligar a TV para saber como estará o clima durante o dia.

Depois nos levaram aos setores menores, como o de *design*, o de arte, o de maquiagem, o de figurino... eu nem vi o tempo passar, de tanto que estava gostando daquela visita.

Voltamos ao refeitório para almoçar, e, na sequência, os nossos dois anfitriões, que eu descobri que trabalhavam no setor de *marketing*, disseram que agora nós iríamos sair da estação de TV e ir para o prédio ao lado, onde eram produzidos os seriados e os filmes. Quase tive uma síncope. Eu nem sabia que a BBC tinha uma área de cinema! Sempre que eu ligava a TV naquele canal, só via jornal atrás de jornal, uma espécie de Globo News inglesa.

Chegando lá, me vi no meio de um sonho. O prédio era todo decorado com cartazes de filmes, câmeras para todos os lados, claquetes, pessoas bonitas e sorridentes circulando pelos corredores muito frios, devido ao ar-condicionado no máximo.

Eles nos levaram direto às ilhas de edição, para que pudéssemos entender como cada parte filmada se encaixava para virar realmente uma película. Nem imaginava o trabalho que dava pra fazer um filme! Da próxima vez que eu fosse ao cinema, iria dar muito mais valor aos créditos que passavam no final, iria ler cada um daqueles nomes que sobem pela tela enquanto as pessoas saem apressadas da sala.

Após acompanhar esse processo, pediram que fizéssemos muito silêncio, pois iam nos levar até o estúdio onde estava sendo filmado um curta-metragem. Meu coração disparou ao ver os atores encenando, o diretor dando as instruções, os produtores acompanhando cada detalhe...

Eu estava lá, completamente absorvida pelo clima cinematográfico, quando alguém falou baixinho em português no meu ouvido: "Fani! O que você está fazendo aqui?".

Virei assustada e dei de cara com um menino lindo, que à primeira vista pensei ser um ator de cinema. Demorei um tempo para lembrar quem era, já que só o tinha visto uma vez, três meses antes.

"Christian!", eu respondi mais alto do que tinha a intenção. Notando os olhares em minha direção, continuei em um volume mais baixo: "Eu que te pergunto! O que você está fazendo aqui, na excursão da *minha* sala de Brighton?".

"Acontece", ele respondeu enquanto me puxava para fora do estúdio, antes que alguém reclamasse da nossa conversa, "que eu faço estágio aqui e não tinha a menor ideia de que ia ter uma excursão de colégio hoje. Muito menos de Brighton. Muito menos da *sua* sala".

Fiquei escutando a explicação e, sem querer, senti um certo frio na barriga ao lembrar do dia em que nos conhecemos, quando eu omiti que era brasileira após ouvir o "elogio" que ele tinha feito a mim e à Tracy. Provavelmente o frio não era nada, devia ser só o ar-condicionado, por isso fechei um pouco mais o zíper do moletom. Mas em seguida, esquentei, ao ouvir o que ele falou.

"Nossa, você era a última pessoa que eu esperava encontrar aqui! Pensei que não fosse te ver nunca mais, meu primo nem vai acreditar! Nós ficamos aguardando a ligação de vocês por umas duas semanas, e depois até voltamos a Brighton, mas não conseguimos achar vocês! Fiquei com ódio de mim por não ter te obrigado a me dar seu telefone, ou o endereço, ou o e-mail, qualquer meio de contato! Te procurei até nas redes sociais, mas, sem saber seu sobrenome, não foi possível localizar!"

Eu resolvi tirar o moletom, já que comecei a suar. Lembrei que realmente eu e a Tracy havíamos ficado de ligar para ele e o Alex, no fim de semana seguinte ao nosso encontro, quando deveríamos ir a Londres. Mas com o telefonema do Leo, minha ideia de voltar para casa e tudo o que aconteceu depois, acabamos nem falando mais sobre isso. A Tracy, que era quem estava fazendo a maior campanha para que os reencontrássemos, com o começo das aulas passou a ter outros interesses e nem tocou mais no assunto. Eu também pensei que não o veria nunca mais.

"Eu quero o seu telefone agora!", ele falou, puxando o celular de dentro do bolso para anotar. "Não vou correr o risco de te perder de novo!"

Eu estava muito sem graça, tanto pelo reencontro quanto pela situação de estar conversando por meio de sussurros, em português, no meio do corredor, com aquele menino que mais parecia um modelo. Fiquei com medo de o professor sair do estúdio e ver que eu não estava propriamente aproveitando a excursão e resolvi voltar logo lá pra dentro.

"Toma", eu falei, ao tirar da mochila um cartãozinho de intercambista e entregar para ele. "Aí tem o meu e-mail. Agora eu preciso voltar lá pra dentro, estou perdendo tudo e com certeza depois vou ter alguma prova sobre isso."

Virei em direção ao estúdio, mas ele segurou o meu braço antes que eu chegasse à entrada.

"Espera! Quero o telefone também!"

Eu me desvinculei da mão dele, abri a porta, olhei pra trás e falei sem emitir nenhum som, apenas articulando os lábios, enquanto apontava para o cartãozinho na mão dele: "Manda um e-mail que eu te passo", e em seguida entrei novamente no estúdio, me misturando rapidamente aos meus colegas.

A filmagem estava quase no final, e, quando acabou, não consegui localizá-lo mais em parte alguma. Ali era o último lugar da excursão, e na sequência já voltamos para o ônibus.

Passei a viagem inteira desejando que a Ana Elisa fosse da minha sala de Mídia, para que eu pudesse voltar comentando sobre aquele encontro completamente inesperado, mas eu teria que esperar para telefonar pra ela. Fiquei repassando tudo o que o Christian havia dito, doida para conversar com alguém e sem poder, já que as minhas colegas inglesas pareciam muito interessadas nas anotações que tinham feito.

Porém, quando finalmente entrei em casa, a Tracy estava dependurada no telefone. Por mais que eu fizesse sinal para que ela desligasse urgentemente, pois tinha uma coisa muito importante para contar, ela nem dava sinal de que ia terminar a importantíssima ligação tão cedo. Sem poder falar com ela nem com a Ana Elisa, fui para o meu quarto e liguei o computador. Nem imaginava o que me esperava...

De: Christian <christian-uk@hotmail.com>
Para: Fani <fanifani@gmail.com>
Enviada: 28 de abril, 17:00
Assunto: Olá!

Olá, menina linda!

Estou escrevendo para que você cumpra o prometido e mande seu telefone para mim.

Grande beijo!

Christian

De: Christian <christian-uk@hotmail.com>
Para: Fani <fanifani@gmail.com>
Enviada: 28 de abril, 17:30
Assunto: Olá 2!

Como sou mal-educado! Nem perguntei se você gostou da excursão. Isso de excursão é tão "pré-primário", não é? No Brasil não tem dessas coisas... Estou fazendo estágio na BBC desde o começo do ano, e toda semana tem uma excursão igual a essa sua. Outra coisa diferente é isso, aqui já começamos a fazer estágio no primeiro período do curso. Aliás, não pude esperar para me despedir, pois eu tive que vir para a faculdade, inclusive estou aqui agora, escrevendo pra você em vez de prestar atenção na aula de "cinema computadorizado"!

Estou esperando o telefone.

Beijos!

Christian

De: Christian <christian-uk@hotmail.com>
Para: Fani <fanifani@gmail.com>
Enviada: 28 de abril, 18:00
Assunto: Olá 3!

Eu estava pensando aqui... Você gostaria de assistir a um filme comigo? Eu ia te perguntar isso por telefone, mas resolvi me antecipar, afinal, se você não aceitar o convite, acho que o peso do "fora" vai ser menor se você responder por escrito... Mas, provavelmente, se você responder que não, eu vou ligar para tentar te convencer! Então, se eu fosse você, aceitaria de uma vez...

E aí, vamos? Só dizer se prefere ir ao cinema em Londres ou em Brighton.

Continuo esperando o telefone.

Beijão!

Christian

16

Gabriella Montez: Você se lembra no jardim de infância, quando conhecia uma criança e não sabia nada sobre ela, e então depois de 10 segundos vocês estavam brincando como se fossem melhores amigos, porque você não precisava ser nada além de você mesmo?

Troy Bolton: Sei.

Gabriella Montez: Cantar com você fez com que eu me sentisse assim.

(High School Musical)

Eu acabei concordando. Por vários motivos. Em primeiro lugar, porque eu estava louca para ir ao cinema na Inglaterra, coisa que eu ainda não havia feito. Em segundo, porque a Ana Elisa e a Tracy praticamente me obrigaram. E o terceiro motivo, que eu admiti apenas para mim mesma, porque uma parte de mim estava com vontade de ver o Christian novamente. Eu tinha certeza de que não queria nada com ele, estava completamente fechada para balanço emocional, mas ele fazia faculdade de Cinema! E estágio em uma grande rede de televisão! Provavelmente a conversa dele sobre o filme a que assistiríamos seria muito interessante.

Exigi que ele chamasse o Alex para ir também, assim como eu chamei a Tracy. O que eu menos precisava naquele momento era que ele pensasse que aquilo seria um encontro romântico.

Combinamos que seria no sábado seguinte. Eu e a Tracy fomos para Londres de trem, que era bem mais rápido do que de ônibus (apesar de mais caro) na sexta-feira depois da aula. Eu só tinha estado em Londres duas vezes antes: no dia em que cheguei na Inglaterra e na semana anterior, devido à excursão da sala. Nunca tinha visto a cidade à noite. Fiquei completamente encantada com as luzes. Os avós da Tracy nos buscaram na estação e fizeram questão de dar uma volta de carro para que eu pudesse presenciar tudo iluminado, e eu achei Londres ainda mais bonita daquele jeito.

Já havíamos combinado com os meninos que iríamos ao cinema do shopping Fulham Broadway, bem pertinho de onde os avós da Tracy moram, para que pudéssemos ir a pé. Nem os avós nem os pais dela sabiam o *real motivo* da nossa ida a Londres, e a gente queria fazer de tudo para que eles pensassem que era só para que eu pudesse conhecer a cidade melhor.

Assim, no sábado de manhã, fomos para a feirinha de Notting Hill (me senti dentro do filme, a todo momento achava que ia encontrar a Julia Roberts e o Hugh Grant!), depois tiramos vários retratos na frente do Big Ben, demos uma passada por Piccadilly Circus... tudo para não ter que mentir quando perguntassem por onde passeamos. Almoçamos no Mc Donald's e só então fomos para o cinema.

Avistamos os meninos de cara. Eles estavam nos esperando em frente à bilheteria, já com os ingressos na mão. Não nos deixaram pagar de jeito nenhum! Fiquei sem graça, mas a Tracy depois me explicou que na Inglaterra era sempre assim, a pessoa que convidava era quem pagava. O Alex deu o maior sorriso ao ver a Tracy, e eles só pararam de conversar quando o filme começou. Não porque eles queriam assistir, mas porque resolveram aproveitar o escurinho para fazer outra coisa com a boca...

Fiquei chocada com a rapidez! Esses ingleses não brincam em serviço... Durante as duas horas em que ficamos lá dentro, eles não pararam de se beijar. Eu mal consegui me concentrar na tela, por causa daquele barulho irritante de beijo!

O Christian, pelo que pude perceber, era mais louco por cinema do que eu. Passou o filme inteirinho sem nem piscar, nem olhou para o lado, grudou na tela e, só quando o filme terminou, virou o rosto para o nosso lado e sorriu, como se tivesse acabado de nos encontrar.

A gente saiu do cinema, o Christian perguntou o que eu tinha achado do filme (*O orfanato* – odiei, morri de medo – dei só uma estrelinha!), e ele e o Alex nos chamaram para dar uma volta pelo shopping.

O movimento naquele horário estava muito intenso, já que ali também funciona uma estação de metrô. A Tracy quis entrar em uma livraria, e o Alex a acompanhou. Fiz menção de segui-los, mas o Christian disse que queria me levar a um certo lugar, então combinamos que reencontraríamos os dois em meia hora, naquele mesmo local.

Continuamos a andar pelo shopping e, um pouco depois, ele apontou para onde queria que eu entrasse. Uma loja imensa, de dois andares, especializada em DVDs e CDs.

"Acho que você vai gostar mais daqui do que da livraria", ele falou, sorrindo para mim.

Eu estava completamente deslumbrada pela quantidade de prateleiras, mas não quis que ele pensasse que aquele era o meu único interesse na vida.

"Eu adoro ler também...", eu disse, fingindo indiferença.

Ele ficou um pouco sem graça. "Bom, só imaginei que você fosse ficar tão feliz quanto eu na primeira vez que entrei aqui... mas, se você quiser, a gente pode retornar..."

"Não!", eu respondi antes mesmo dele terminar a frase, estava desesperada para colocar as mãos naqueles DVDs todos. "Quer dizer... depois a gente volta lá."

Ele sorriu, percebendo que tinha acertado direitinho o meu ponto fraco.

"Qual é o seu gênero de filme preferido, Fani?", ele perguntou, enquanto eu olhava um a um dos filmes, em ordem alfabética, para não perder nada.

"Ahn... eu gosto de todos...", eu murmurei, sem querer admitir pra ele que meu estilo favorito era "água com açúcar".

"Hum, sei. Mas se você fosse escolher um DVD pra comprar hoje, qual seria?"

Eu nem tive que pensar muito. Já havia bastante tempo eu queria ter um filme a que assisti uma vez na televisão e, especialmente no último mês, eu não parava de pensar nele (e em como o protagonista fez pra descobrir quem estava mandando para ele umas certas *mensagens anônimas*...).

"Eu sempre quis ter um que se chama *Admiradora secreta*", respondi, "mas nunca encontrei no Brasil e também já procurei em Brighton e não achei. Será que aqui em Londres tem?"

"Vou perguntar!", ele falou, enquanto andava em direção a um vendedor.

Comecei a acompanhá-lo, mas ele fez sinal para que eu continuasse olhando os DVDs, enquanto ele conversava com o moço.

Fiquei tão envolvida com todos aqueles títulos que nem reparei quando ele voltou, um tempo depois.

"Demorei?", ele perguntou.

"Nossa, sinceramente, nem sei. Achei três DVDs que quero comprar!"

"Deixe-me ver", ele pegou os filmes da minha mão. "*De repente é amor, Meu novo amor* e *O amor não tira férias*... acho que descobri seu estilo preferido!"

Eu tomei de volta da mão dele, completamente sem graça por ele ter visto os meus filminhos de romance.

"Eu gosto de outros gêneros também! Aliás, de nenhum desses eu gosto mais do que daquele que eu te falei. Descobriu se tem ele aqui?", eu perguntei ansiosa.

"Não tem...", ele respondeu com uma expressão frustrada. "Parece que o tal DVD está fora de catálogo".

Eu abri a boca para falar que não tinha problema, mas ele continuou, enquanto apontava para os três filmes que eu havia escolhido. "Mas no lugar vou te dar esses três de presente!"

"Não, ficou doido?", eu disse assustada. "Eu é que vou comprar".

"Puxa, eu não posso dar um presente para a minha amiga que gosta tanto de cinema quanto eu?", ele pareceu ofendido.

"Não é isso, é que não precisa... foi meu aniversário no mês passado, aí a minha avó me mandou um dinheiro para comprar uns DVDs, e eu ainda não tinha escolhido nenhum..."

"Seu aniversário?", ele perguntou, enquanto puxava os filmes. "Mais um motivo. Não te dei nada de presente! Guarde o dinheiro da sua avó, esses aqui quem vai te dar sou eu."

Dizendo isso, foi até o caixa, e, por mais que eu implorasse para a moça não registrar, ela aceitou o cartão de crédito dele e embalou os DVDs. Em seguida, ele sorriu para mim e me entregou solenemente o embrulho.

"Parabéns atrasado, Fani", ele disse enquanto me dava um abraço. "Que você seja sempre muito feliz. E que se lembre de mim a cada vez que assistir a esses filmes... ou melhor, que me convide para vê-los com você!"

Quase morri de vergonha. Ele percebeu.

"Não fica sem graça, boba. Eu dou o maior valor pra quem também é fã da sétima arte. E você merece!"

"Vamos lá na livraria ver se a Tracy e o Alex já estão nos esperando", eu disse, antes que o meu rosto ficasse ainda mais vermelho.

Chegamos lá e não tinha nem sinal deles.

"Você quer ver algum livro ou prefere se sentar aqui, enquanto esperamos?", ele apontou para um banco que tinha bem em frente à loja.

"Acho melhor a gente esperar...", eu respondi, "vai que eles já saíram da livraria e nós vamos acabar desencontrando".

Nos sentamos, começamos a conversar e, sem perceber, o tempo foi passando. Ele contou da sua família no Brasil, disse que os pais eram separados, que o pai tinha se casado novamente há uns cinco anos e que, desde então, eles haviam perdido um pouco o contato. Falou que morria de saudade da mãe, que, nos dois anos que morava em Londres, eles só tinham se visto duas vezes: quando foi pra passar o Natal com ela em São Paulo e no ano anterior, quando ela tinha ido passar o aniversário dele em Londres. Ele disse que vivia pedindo para que ela se mudasse para a Inglaterra também, mas ela sempre respondia que não podia largar a profissão. Segundo ele, a mãe era juíza federal, superséria, mas dava o maior apoio para o sonho dele de ser cineasta. Em seguida ele disse que, antes de ser diretor, gostaria de trabalhar como ator por um tempo... Fiquei só escutando, pensando que se Hollywood o descobrisse, ele iria fazer o maior sucesso. Contou mais um monte de coisas, mas em um dado momento, acho que percebeu que aquela conversa estava parecendo um monólogo.

Parou de falar, pensou um pouquinho e então, fingindo que tinha um microfone nas mãos, fez uma voz de locutor e começou a me entrevistar.

"Estamos aqui com a Fani, famosa diretora de cinema! Vamos saber agora sobre os seus planos, paixões e desejos", ele disse, enquanto eu ria da brincadeira, mas com receio do que ele iria perguntar.

"Fani, como você avalia estes quatro meses na Inglaterra, valeu a pena?"

Eu suspirei, me lembrando de tudo o que havia acontecido desde que eu tinha chegado. Teria valido a pena? Se eu não tivesse vindo, a minha vida estaria completamente diferente... e acredito que a de *outras pessoas* também...

"Sim, está valendo muito a pena", respondi. "Foram quatro meses muito intensos, amei algumas coisas, fiquei muito triste por outras...", eu parei, recordando o que havia me deixado triste. "Mas eu acredito que até o final tudo vá ficar ainda melhor."

"Do que sente mais saudade no Brasil?"

Eu tinha a resposta dessa pergunta na ponta da minha língua. A saudade de um certo *alguém* ainda era a maior de todas. Mas não foi o que eu falei.

"Das minhas amigas e da minha família."

"Além de família e amigas, deixou algum vínculo no Brasil?", ele rebateu minha resposta.

"Ah...", eu cocei a cabeça, lembrando do enorme vínculo que *não* me prendia mais lá. Novamente camuflei a resposta. "Tenho a Josefina, minha tartaruga. Espero que estejam cuidando bem dela pra mim..."

"Então quer dizer que não tem nenhum amor ocupando seu coração, ninguém que te faça ter vontade de voltar para casa?"

Caramba, esse menino era adivinho?!

Como eu fiquei calada um tempo, antes que eu respondesse, ele falou de novo. "Opa, toquei em um ponto delicado, vamos pular a pergunta."

"Não", eu disse, me lembrando que quem ocupava meu coração já estava com o coração ocupado por outra pessoa. "Não tem ninguém que me faça querer voltar pra casa nesse momento."

Ele pareceu gostar da resposta.

"Então, se aparecer alguém por aqui que comece a se interessar por você e que resolva fazer de tudo pra te conquistar, você daria abertura para ele?"

Eu sabia perfeitamente do que, ou melhor, de *quem* ele estava falando, mas resolvi me fingir de boba.

"Ah, ninguém vai gostar de mim por aqui... eu sou muito chata. Acho que minha vida é um roteiro mal escrito, não tenho a menor vocação pra protagonista, sou aquela coadjuvante que fica lá atrás, praticamente escondida atrás do cenário..."

"Eu não acho que você tem nada de atriz secundária!", ele ficou todo sério. "Não precisou de mais do que dois minutos de conversa no dia em que te conheci para que eu percebesse que você tem conteúdo! Além disso, é inteligente e...", ele deu uma pausa enquanto tirava uma mecha da franja que estava caindo no meu olho, "...muito linda".

Eu só faltei cavar um buraco no chão pra enfiar o rosto. Por que o mundo não acabava naquele momento?

"E tem também esse jeitinho tímido que deixa qualquer um doido...", ele disse novamente sorrindo.

Eu não sabia o que dizer. Percebi que não havia nenhuma mulher que passasse em frente ao nosso banco que não olhasse para ele. E, no entanto, ali estava, aquele menino que não ficava atrás de nenhum galã de cinema *me* chamando de linda! E de inteligente! E de sei lá mais o que, eu já nem conseguia assimilar o que ele estava dizendo. Só conseguia pensar... no Leo. Que nem de longe era tão bonito, mas que provocava alguma coisa no meu coração que não era o que eu estava sentindo naquele momento, ouvindo o Christian me elogiar. Eu só conseguia pensar que eu queria que o *Leo* fosse a pessoa que estivesse na minha frente e que ele nem precisava estar falando nada.

Nesse momento, por interferência divina, a Tracy e o Alex chegaram. Eu só faltei beijá-los! Mas, pelo que pude perceber, os dois já tinham se beijado o suficiente. O sorriso da Tracy era maior do que o Big Ben! Eu perguntei por onde eles andaram, ela respondeu que tinham ido só tomar um sorvete, já que passaram em frente à loja de DVDs e nos viram completamente entretidos. Pensaram que fossem voltar e ainda nos encontrar lá dentro.

Eu falei pra ela que nem se eu tivesse assistido a cada um dos filmes daquela loja teria demorado tanto! Já eram quase oito da noite, os avós dela deviam estar querendo chamar a polícia para nos encontrar! A gente tinha saído de casa às 9h da manhã!

Ela pediu pra eu ter calma e explicou que tinha ligado para a avó e contado que havíamos encontrado uns colegas, que ela não precisava se preocupar, pois estávamos do lado de casa e que no máximo às oito estaríamos lá. Antes que eu pudesse responder, ela olhou tristemente para o relógio e falou que estava na hora de ir. Virou em direção ao Alex com um suspiro e os dois, então, deram um grande beijo de despedida. Em seguida, ela perguntou se eu estava pronta, provavelmente achando que eu iria dar um beijo igual no Christian.

Eu olhei para ele toda sem graça, já que não tinha respondido à pergunta, sobre a possibilidade de deixar que alguém me conquistasse. Resolvi fingir que não tinha escutado, dei um meio sorriso e em seguida um beijinho no rosto dele, enquanto dizia para a Tracy que eu estava pronta, sim.

Comecei a andar para o lado dela, mas o Christian segurou a minha mão.

"Fani, não deu pra gente terminar a conversa, mas eu quero te dizer que eu falei sério. Acho que realmente posso vir a gostar muito de você, ou até já estar gostando...", ele disse, enquanto pegava alguma coisa que havia escondido dentro da camisa. "E, se você deixar, vou fazer de tudo pra que você goste de mim também."

Dizendo isso, ele me estendeu outro embrulho da loja que a gente tinha ido e, quando eu abri, nem acreditei. O DVD do filme *Admiradora secreta*.

De: Ana Elisa <anelisa6543210@hotmail.com>
Para: Fani <fanifani@gmail.com>
Enviada: 07 de maio, 10:02
Assunto: Curiosaaaaaa!

Fanny!

Estou curiosíssima sobre seu encontro com o gatinho! Não tenho o tel da casa da sua avó inglesa, então me dê notícia assim que tiver lido esse e-mail, não vou aguentar esperar até amanhã na aula! Você precisa arrumar um celular com urgência! Ah, se a Tracy não tiver agarrado o primo do seu love, avisa pra ela que a fila já andou, agora é minha vez!

Kisses!

Ana Elisa

De: Cristiana <cristiana.acb@gmail.com>
Para: Fani <fanifani@gmail.com>
Enviada: 07 de maio, 15:34
Assunto: Saudade

Oi, minha filhinha!

Já tem tanto tempo que não te mando um e-mail... É que eu fico achando que você nem deve ter mais tempo pra internet, já que toda vez que conversamos pelo telefone você parece estar superbem. Que bom, filha! E pensar que já se passaram quatro meses desde que você viajou, como o tempo está passando rápido! Daqui a pouco você está aqui para passar o Natal com a gente!

Tudo vai bem aqui em casa, sua tartaruga continua viva e passando bem, não precisa ficar perguntando isso a cada vez que telefona (acho que você se preocupa mais com esse bicho do que comigo!).

Seu pai está te mandando beijos, ele sempre diz que sente falta da sua opinião quando assiste a algum filme na TV. E também da sua lista com classificação por estrelinhas quando vai à locadora, ele diz que agora não sabe mais qual DVD alugar.

Seu irmão Alberto anda meio revoltado, continua com a ideia fixa de mudar a faculdade para Belo Horizonte, já falei que ele só vai fazer isso se conseguir exatamente o mesmo curso! Ele entrou com o pedido de transferência na UFMG. Duvido que consiga vaga, mas deixe-o tentar, pelo menos não fica me atormentando. Quando está aqui nos fins de semana, ele não para mais em casa, acho que arrumou alguma namorada nova, quando ele some assim, pode saber. Conheço o filho que tenho. Ainda mais com essa fixação de voltar para cá.

Por falar em namoro, vi o Leonardo (seu ex-amigo, ex-namorado, nem sei!) com uma garota no BH Shopping na semana passada. Eles estavam em frente ao fliperama, conversando com um outro rapaz, também da idade de vocês, e assim que me avistou correu para segurar a mão da menina (que por sinal estava vestindo uma minissaia *muito* mini na minha opinião, uma pouca vergonha se quer saber), acho que queria que eu visse e te contasse que ele estava acompanhado. Estou contando. Como pode perceber, você está muito melhor do que ele, viajando para Londres e tudo mais. Bem melhor do que estar em um fliperama, francamente!

Espero que você não tenha ido a Londres de minissaia, e sim com uma calça bem chique. A aparência é o nosso cartão de visita, lembre-se sempre disso!

Beijos, filha! Não deixe de dar notícias!

Mamãe

De: Christian <christian-uk@hotmail.com>
Para: Fani <fanifani@gmail.com>
Enviada: 07 de maio, 17:55
Assunto: ...

Querida Fani,

Espero que eu não tenha te assustado ontem com as coisas que te falei. Apenas fui sincero. Desculpe-me se pareci um pouco precipitado, mas é que, desde o dia em que nos conhecemos, em Brighton, eu não parei de pensar em você! Isso nunca me aconteceu antes, alguém mexer comigo assim, de primeira! E o susto que eu levei quando você disse que também era apaixonada por Cinema fez com que eu ficasse pensando se não foi algo maior que fez com que a gente se encontrasse (minha mãe me fez ler muitos livros do Paulo Coelho quando eu era mais novo)... e, além de tudo, reencontrá-la depois de achar que nunca mais a veria, em Londres, uma cidade com mais de 10 milhões de pessoas!

Fala se não é pra ficar impressionado? Não sei se acredito tanto assim em coincidências...

Vou te ligar essa semana, tá? Estou avisando antes para que você possa pensar em uma desculpa convincente, caso não queira atender.

Beijão!

Christian - seu admirador nada secreto!

17

> *Lena: Você nem me conhece.*
> *Kostos: Mas eu estou tentando conhecer.*
> *Você não percebe isso?*
>
> *(Quatro amigas e um jeans viajante)*

Ele me ligou todos os dias da semana. Nos quatro primeiros, eu pedi para a Tracy inventar que eu estava no ensaio da peça do colégio até tarde (estamos mesmo ensaiando, só que é no próprio horário das aulas), mas, na sexta-feira, não tive como fugir, já que fiquei sozinha em casa com a Julie, ela estava cozinhando e – quando o telefone tocou – pediu para que eu atendesse. Atendi já sabendo o que me esperava. Estava tão nervosa que quase não consegui falar e pensar ao mesmo tempo.

Fani: *Hello?*

Christian: *Hello... Fani?*

Fani: *Ah, oi...*

Christian: *Oi!! Que alegria finalmente te encontrar! Como vão os ensaios do teatro? Faço questão de estar presente na estreia, viu?*

Fani (E eu faço questão de morrer antes disso!): *Ha, ha. É bem capaz! Meu papel é de uma árvore. Não mexo, não falo, só fico lá, em pé, fazendo sombra para os outros.*

Christian: *Duvido! Aposto que está em um dos papéis principais e inventou essa história só pra que ninguém te assista, pode falar!*

Fani (Pensa rápido, outro assunto, anda!): *Como está o tempo aí em Londres?*

Christian: *O tempo? Está ótimo! Pela minha janela, estou vendo que nesse momento o céu está azul, rosa, lilás... Por falar nisso, que dia vamos ver o pôr do sol novamente aí no píer?*

Fani (Droga, assunto errado!): *Ahn, a gente combina um dia desses... E seu primo, vai bem?*

Christian: *Sim, sim, o Alex está bem, mas com saudade da sua amiga, quer dizer, da sua irmã, quer dizer, da Tracy! Mas, ao contrário de você, que parece fugir do telefone, ela atende a todas as ligações dele...*

Fani: *Ah é, a Tracy adora um telefone...* (E eu odeio, não está percebendo??)

Christian: *Você recebeu meu e-mail, Fani?*

Fani (E agora, respondo que sim ou que não??): *E-mail? Hum. Recebi...*

Christian: *E...*

Fani: *E?*

Christian: *Sobre o que eu escrevi, você entendeu? Eu não tive a intenção, aliás, não tenho a intenção de te deixar sem graça...*

Fani (Mas deixou. E continua deixando. Vou ficar calada um tempo, quem sabe ele não pensa que eu morri.): ...

Christian: *Fani? Você está aí ainda?*

Fani (Não, eu morri!): *Eu... estou. Estou, sim.*

Christian: *Olha, desculpa. Estou percebendo que você não quer papo comigo. Está bem claro que eu estou te incomodando. Foi bom te conhecer, mas vou te deixar em paz.*

Fani (Tá vendo, sua burra! Afugentou o garoto! O garoto mais bonito que você já viu na vida. Tomara que você morra mesmo, mas bem velha e sozinha, só com uma tartaruga pra te fazer companhia! Tudo isso por quê? Por causa de um outro que nem lembra mais que você existe e está a milhares de quilômetros exibindo pra toda a sua família e amigos a atual namoradinha e nem aí pra você!): *Espera, Christian!*

Christian: *Sim?*

Fani: *Eu... é que peço desculpas. Você não está me incomodando.*

Christian: *Tem certeza? Porque a última coisa que eu quero é que pareça que eu estou te perseguindo. Só queria que você me desse a chance de te conhecer melhor e de te mostrar melhor quem eu sou também... Não é sempre que eu ajo como um maluco que sai comprando presentes para meninas que eu acabei de conhecer...*

Fani: *Eu sei que você não está me perseguindo. Eu é que sou meio, er... bicho do mato mesmo... Não sei conversar com as pessoas.*

Christian: *Bicho do mato! Tem hora que lembra mesmo uma gata arisca e desconfiada...*

Fani (Ai, pra que eu fui dar corda!): *Estou mais pra avestruz, tenho vontade de enfiar a cara no chão o tempo todo.*

Christian: *Ei, além de tudo você tem senso de humor!*

Fani (Cala a boca, Estefânia, não percebe que tudo que você fala piora ainda mais?): *Engano seu, eu sou muito mal-humorada...*

Christian: *Não é o que eu estou percebendo... Escuta, Fani, liguei mesmo só pra me certificar que você não tinha ficado com medo de mim...*

Fani (Como você adivinhou?): *Até parece... claro que não...*

Christian: *Que bom! Escuta... daqui a uma semana, na sexta que vem, vai ter um show em Brighton, vai ser na praia. Nessa época do ano, perto do verão, acontecem muitos shows aí, você vai perceber como a cidade enche. Desta vez vai ser de uma banda que eu não sei se você conhece, eles são britânicos e fazem bastante sucesso por aqui... o McFly, já ouviu falar?*

Fani (O quê???? Eu sou simplesmente desesperada pelo McFly, desde que assisti ao filme *Sorte no Amor* e eles cantaram aquela música da menina com cinco cores no cabelo! Como eu nem sabia que eles eram ingleses? Como eu não estou sabendo desse show?? E como eu não tenho o DVD desse filme ainda??): *Humm.. McFly? Acho que já ouvi falar, sim...*

Christian: *Pois é, eu estou querendo ir... você não anima ir comigo?*

Fani (Animo, animo, animo, animo, animo!! A Natália vai morrer quando souber que eu vou ao show do McFly!): *Bom... eu vou falar com a Tracy... se ela topar...*

Christian: *Ela topa. O Alex já falou com ela.*

Fani (Obrigada, Tracy, por me avisar do show do McFly na nossa cidade!): *Ah, tá... ela não tinha me falado... bom, então, se ela vai, acho que eu vou combinar com ela...*

Christian: *Fani, os ingressos estão quase esgotados. Posso comprar pra você? Não vou ganhar um bolo?*

Fani (Em qualquer outro dia isso seria possível, mas nunca no show do McFly): *Não, imagina... pode comprar, sim... mas faço questão de te pagar!*

Christian: *Ah, não se preocupe com isso!*

Fani: *Preocupo, sim! Só vou se você deixar que eu te reembolse!*

Christian: *Calma, tudo bem, se pra você ir eu tiver que aceitar essa condição...*

Fani (Se eu não pago em dinheiro, depois ele vai querer me cobrar de outra forma...): *Tem.*

Christian: *Ok, você pode me pagar, sem problemas, não vamos brigar por isso. Posso mesmo ficar feliz? Vamos nos encontrar na sexta que vem?*

Fani (Ai! E se ele estiver achando que eu quero ir por causa dele? Por que eu não deixei que ele desligasse quando tentou?): *Christian... é... quero ir ao show e quero aquilo que você disse, da gente se conhecer melhor, mas...*

Christian: *Não se preocupe, prometo que não vou fazer nada que você não queira, juro! E não vou falar nada que possa te envergonhar também.*

Fani: *Não era isso que eu ia falar.*

Christian: *Não?*

Fani (Era exatamente isso que eu ia falar! E agora, que desculpa eu dou??): *Ia só te perguntar se você sabe se eu posso levar a minha máquina de retratos...*

Christian: *Ah, pode, claro! O show é ao ar livre! Te ligo no meio da semana pra gente combinar onde vamos nos encontrar, tá?*

Fani (Mal posso esperar...): *Combinado.*

Christian: *Um beijo, Fani! Tchau!*

Fani (Ufa, até que enfim): *Outro! Tchau!*

De: Gabriela <gabizinha@netnetnet.com.br>
Para: Fani <fanifani@gmail.com>
Enviada: 14 de maio, 17:51
Assunto: Show...

Fani, não estou nem aí pra esse show que você vai, pode parar de tentar me fazer inveja porque você não vai conseguir. Se ainda fosse Black Sabbath, Iron Maiden, System of a Down, Metallica, Slipknot, Korn, AC/DC, Scorpions, Shaaman, Judas Priest, Motörhead... Aí eu poderia até ter vontade de estar no seu lugar! Agora, McFly?? Sua sobrinha de seis anos deve gostar tanto deles quanto você! Pode fazer inveja nela que eu tenho certeza de que vai dar certo!

Porém... gostaria de ser você nesse momento, sim. Mas só porque esse show vai ser no meio da praia, pelo fato de o próximo fim de semana cair em plena lua cheia e, especialmente, por você estar indo com esse cara que, pelo que você diz, é o maior gato! Não rola de tirar uma foto dele pra eu ver se realmente ele é uma mistura de Robert Pattinson com Gaspard Ulliel? Porque, se for mesmo, minha filha, você já perdeu. Se você não ficar com ele nesse show, tô entrando no primeiro voo pra pegar ele pra mim! (Espero que o Cláudio nunca leia esse e-mail.)

Beijos!

→ Gabi ←

De: Natália <natnatalia@mail.com>
Para: Fani <fanifani@gmail.com>
Enviada: 16 de maio, 14:32
Assunto: Show???

Fani, isso é brincadeira, né?

Que e-mail é esse que você me mandou falando que está indo ao show do McFly??? Eu estou em tempo de te ligar agora, plena terça-feira, duas da tarde, pra perguntar se isso é sério!!! Porque, se for, eu vou te matar!!! Não, eu vou morrer!!!

Eu PRECISO ir a esse show também!!!!!!! Na praia ainda por cima???? Tô passando mal aqui!!!!!!! É mentira, né? Você está falando isso só pra me deixar com inveja, pode falar!

Ai, Fani, não consigo escrever mais nada. Vou chorar! Promete que você vai lembrar de mim quando eles cantarem "All about you"??

Pelo amor de Deus, vê se não vai ficar só olhando pro tal gatinho "clone do Zac Efron" que te convidou pro show, ok??? Quero que você tire 15.000 retratos dos meninos do McFly!! Aliás, dá um jeito de filmar, porque eu quero ver tudo!!!

Um beijinho!

Natália ♥

De: Ana Elisa <anelisa6543210@hotmail.com>
Para: Fani <fanifani@gmail.com>
Enviada: 18 de maio, 18:22
Assunto: Show!

Fanny! CONSEGUI!

Com muito custo comprei! Realmente os ingressos já estão esgotados, mas o meu pai comentou com um amigo dele, do trabalho, que tinha três dias que eu não parava de chorar querendo ir ao show do McFly, aí ele falou que a sobrinha dele estava vendendo o ingresso, já que não ia poder ir mais porque pegou mononucleose e vai ter que ficar de repouso! Meu pai foi correndo na casa da menina (a mercenária vendeu três vezes mais caro!) e comprou pra mim! Ele disse que é pra eu não me acostumar, pois nunca mais vai sair correndo atrás de ingresso de show de boy band nenhum, mas tudo bem, porque essa é a vez que importa! McFly rules!

Espero que você não se importe mesmo de eu ir com você e o Christian. Você disse que não vai acontecer nada entre vocês, mas sei lá, você também falou que ele parece o Orlando Bloom quando sorri... Se eu fosse você, já tinha agarrado há muito tempo! Qualquer coisa me fala que eu saio de fininho, juro que não fico de vela.

Kisses!

Ana Elisa

18

> Fera: Aaargh! Isso dói!
> Bela: Se você parasse quieto, não doeria tanto!
> Fera: Se você não tivesse fugido,
> isso não teria acontecido.
> Bela: Se você não tivesse me assustado,
> eu não teria fugido!
> Fera: Bem, você não devia ter ido na ala oeste!
> Bela: Bem, você devia aprender a
> controlar o seu temperamento.
> Agora, fique quieto. Isso pode
> incomodar um pouco.
> Bela: A propósito, obrigada por
> salvar a minha vida.
> Fera: De nada.
>
> (A Bela e a Fera)

No Brasil, toda vez que eu ia a algum show, tinha que ouvir o mesmo discurso ensaiado dos meus pais. Eles listavam todos os perigos que poderiam ocorrer (ter uma briga perto de mim e acabar sobrando um soco pro meu lado, o local pegar fogo e eu morrer queimada, as pessoas saírem correndo por algum motivo e me pisotearem, ladrões roubarem a minha bolsa enquanto eu olhava distraída para o palco, entre outros acontecimentos completamente surreais!) antes que me deixassem sair de casa. Eu nem conseguia aproveitar o evento direito, já que ficava toda cismada que alguma das "pragas" deles pudesse realmente acontecer. Fiquei surpresa ao notar como na Inglaterra os pais são diferentes. Em vez de um sermão, eles nos deram... dinheiro! Disseram que era para o caso da gente querer beber alguma coisa durante o show, ou passar em uma lanchonete depois. A Tracy já tinha avisado que eles não precisavam se preocupar em nos levar, pois iríamos com uns amigos de Londres, que nos buscariam e trariam de volta. Eles acharam bom, assim poderiam levar o Teddy e o Tom ao cinema para distraí-los (confesso que fiquei com vontade de trocar de lugar com eles!), pois eles estavam doidos para ir ao show com a gente.

O evento estava marcado para as nove da noite. Marcamos com os meninos uma hora antes, pois a gente queria pegar um bom lugar. A Ana Elisa veio pra minha casa direto do colégio, pois ela queria entrar no clima desde cedo. Segundo ela, a parte mais legal da festa era esperar por ela... Sei não. Aquela espera estava me deixando muito ansiosa. Eu realmente queria ir ao show, tinha passado a semana inteira escutando apenas músicas do McFly, doida para o dia chegar logo, mas, ao mesmo tempo, o fato de os meninos irem junto atrapalhava um pouco. Se fôssemos só nós três, teríamos muito mais liberdade, poderíamos cantar, gritar, nos descabelar... mas, com eles ao lado, ia ficar meio chato... Com certeza a Tracy iria grudar no Alex, a Ana Elisa iria pular no Christian (eu falei que ela podia ficar com ele inteirinho!), e eu ia acabar assistindo ao show sozinha. E não tem a menor graça cantar, gritar e se descabelar sem uma amiga pra fazer a mesma coisa junto com a gente.

Oito horas em ponto, eles bateram a campainha. O Christian estava ainda mais lindo do que eu lembrava. Olhei para a Ana Elisa, e ela estava de boca aberta, só fechou na hora em que eu os apresentei, a despertando do *transe*. Assim que foi possível, ela me arrastou para um canto, dando a desculpa de que a gente ia pegar nossas bolsas (embora a gente já estivesse com elas).

"Fani, você enlouqueceu?", ela perguntou me sacudindo.

Eu me desvencilhei das mãos dela e falei que ela é que estava doida, me chacoalhando daquele jeito!

"Fani", ela fez que nem me ouviu, "esse é aquele cara!! O Seth Cohen de *The O.C.*! Só que ele deve estar de lente azul e usando um sapato de sola alta! Só pode ser pra disfarçar!".

Eu comecei a rir. Só mesmo a Ana Elisa pra confundir o Christian com o Adam Brody. Realmente ela estava louca. Porque o Christian era muito mais bonito do que o "Seth Cohen" jamais conseguiria ser. E os olhos azuis e a altura eram realmente dele, e não disfarce.

Saímos de casa rapidamente, pois os meninos disseram que tinham passado pela praia e o local do show já estava bem cheio. Descobri que o Alex tinha ido de carro pra Brighton (ele havia acabado de tirar carteira, e o pai dele – como "recompensa" – emprestou o carro). A Tracy foi no banco da frente, se sentindo a primeira-dama... Eu, o Christian e a Ana Elisa fomos atrás, morrendo de rir da empolgação dela!

Realmente a praia estava lotada! Eles cercaram o lugar onde seria o show, mas em volta tinha muita gente que não tinha conseguido ingresso, e mais gente ainda no píer, pois lá de cima dava pra ver um pouquinho do palco.

Demoramos uns 20 minutos pra conseguir entrar. Marcamos um local para nos encontrar ao final do show, para o caso de alguém se perder, e começamos a tentar nos aproximar do palco, o que estava quase impossível. A Tracy se "perdeu" de cara. Em um minuto ela estava do meu lado e no seguinte já não a vi mais. Ia pedir para o pessoal me ajudar a achá-la, mas, antes de falar, notei que o Alex também tinha sumido.

Olhei em direção à praia e vi os dois andando juntinhos para o lado oposto do palco, onde estava mais vazio. Resolvi deixar pra lá, afinal eu já sabia que isso ia acontecer.

Eu e a Ana Elisa continuamos a acompanhar o Christian, que tentava cavar um buraco entre a multidão, para que a gente pudesse passar. Chegamos a um ponto onde realmente não dava mais, a multidão estava insuportável, e ele perguntou se ali estava bom pra gente. Nós concordamos, e ele então falou que era pra nós ficarmos bem quietinhas ali, que ele ia só comprar alguma coisa pra beber e não queria correr o risco de na volta não nos encontrar mais. Assim que ele deu dois passos, a Ana Elisa começou a berrar no meu ouvido.

"Fani, eu vou embora! Vou deixar vocês dois sozinhos! Não se preocupe que eu vou fingir que foi acidental, que eu me perdi sem querer, e aí no final a gente se encontra onde marcamos!"

Foi a minha vez de gritar com ela.

"Ana Elisa, se você fizer isso, eu não converso com você *nunca mais*! Eu já falei quinhentas vezes que não quero ficar com ele! Eu não quero ficar com ninguém!! Qual a sílaba da palavra NIN-GUÉM você não entendeu?"

"Mas, Fani", ela falou em um tom mais baixo, "você não percebe? O gatinho está louco por você! Ele não para de te encarar um segundo! E quando a gente veio andando pra cá, ele ficou te guiando com a mão na sua cintura, afastando as pessoas pra você poder passar. Eu não acredito que você vai perder um menino cavalheiro desses e MARAVILHOSO ainda por cima! Eu vou enfiar sua cabeça no mar, pra ver se você acorda!"

"Eu não acho ele tão maravilhoso assim!", eu respondi. "Claro que ele é bonito, mas e daí? Eu não ligo pra essas coisas..."

"Fani, eu concordo com você que beleza não é tudo, mas ele parece ser muito mais do que só um rostinho *e corpinho* bonito! Ele não é um *menino* que nem aquele seu Leo parece ser. Ele é um *homem*! Um homem que sabe o que quer! E ele quer *você*! Já você está parecendo uma menina bobinha, sem querer dar nenhuma chance pro cara! Podia pelo menos tentar! Quem sabe você venha a gostar dele?"

"Não fala do Leo que você nem o conhece!"

"Fani, conheço demais, pois você, mesmo quando não está falando desse assunto, carrega o fantasma dele em tudo o que faz! O Leo está no Brasil, você não o vê há cinco meses, mas continua se guardando para ele, como se fosse uma viúva sofrida! Olha essa praia! Olha essa lua! Olha aquele cara lindo, vindo pra cá equilibrando um tanto de copo na mão só pra tentar te agradar!", ela me virou em direção ao bar, e eu vi que o Christian estava mesmo chegando perto da gente.

"Você tem só 17 anos! Não desperdice a sua vida!", e, dizendo isso, ela entrou rapidamente no meio da multidão. Eu comecei a gritar o nome dela, mas ela desapareceu depressa. Pensei em ir para o mesmo lado que ela tinha ido, mas quando me virei, o Christian já tinha chegado.

"O que houve, vocês brigaram?", ele perguntou. "Vi lá de longe que a Ana Elisa parecia estar gritando com você e depois ela saiu correndo. O que houve?"

Eu nem sabia o que dizer. Olhei mais uma vez para a multidão tentando localizá-la, depois olhei para a praia, pra ver se conseguia achar a Tracy, mas parecia que tudo o que eu não queria estava acontecendo. Eu, sozinha com o Christian, naquele show.

"Não aconteceu nada", eu falei séria. "Acho que ela deve ter visto alguém conhecido..."

"Então é melhor a gente ficar aqui, né?", ele disse, me entregando uma Coca, "para o caso dela voltar".

Eu tomei um grande gole do refrigerante e suspirei. Aquela noite pelo visto ia ser longa. As pessoas continuavam se amontoando na frente do palco, eu nunca na vida tinha recebido tantas cotoveladas. O Christian, de vez em quando, perguntava se eu queria continuar ali, pois estava ficando cada vez mais cheio, mas eu só respondia que sim com a cabeça, pois não queria dar a chance de irmos para nenhum lugar mais vazio onde ele pudesse achar que rolava um clima.

Depois de uma meia-hora, que pra mim pareceu uma noite inteira, o show começou. A agitação ficou insuportável. O Christian, vendo minha expressão de sofrimento, já que a gente estava bem no meio da muvuca e o meu cabelo estava sendo levado para todos os lados pelas fãs empolgadas do McFly que não paravam de pular, perguntou se eu não gostaria de ir pelo menos um pouco mais pra trás, porque dali a gente não conseguiria nem ouvir o show direito, apenas os gritos da multidão.

Tive que concordar com ele, pois os meus pés já estavam sangrando de tantas pisadas que eu estava recebendo! Maldita ideia de ir ao show de chinelo! Pensei que, por ser na praia, todo mundo fosse calçado daquela maneira, mas deviam ter me avisado que era obrigatório o uso de tênis, já que todos à minha volta estavam assim!

Quando chegamos a um ponto um pouco mais vazio, ele olhou para os meus pés e viu o estrago que tinham feito neles. Vou te falar, praia de pedra não é brincadeira! Além de ensanguentados, eles estavam imundos. Ele nem piscou. Colocou o copo no chão e em seguida, me pegou no colo. Eu comecei a bater nas costas dele, que ideia era aquela??

"Fani, temos que lavar seu pé urgente", ele disse, me levando em direção ao mar. "Isso pode infeccionar!"

"Mas eu posso andar! Meu pé não está quebrado nem nada!", eu ia falando, enquanto tentava me soltar.

Ele nem me escutou. Só quando chegamos à beira da água é que me colocou no chão. Na mesma hora se abaixou e começou a lavar os meus pés.

"Para com isso, Christian! Eu mesma posso cuidar disso!", eu disse, brava e com vergonha. Ninguém além da minha pedicure tinha pegado nos meus pés antes, e olha que no salão eles normalmente estão limpos!

Ele só parou quando meus pés voltaram à cor original e pararam de sangrar. Depois ele me pegou novamente no colo, ignorando completamente os meus protestos, até um ponto vazio da praia. Ele indagou se eu não achava melhor a gente se sentar um pouco, pois não tinha a menor condição de voltarmos lá para o meio. Eu concordei imediatamente, faria qualquer coisa pra que ele me soltasse.

Sentei me sentindo exausta, pois tudo de ruim que eu podia imaginar já tinha acontecido. Na mesma hora, lembrei das palavras dos meus pais e resolvi engolir meus pensamentos, uma vez que, com a minha sorte, dali a pouco aconteceria mesmo uma briga, um pisoteamento ou qualquer coisa pior.

Estiquei minhas pernas, vi que os meus pés estavam bem machucados, mas completamente limpos. Virei a cabeça para cima, pra procurar a lua. Ela realmente estava enorme e linda. Dei uma olhadinha para o Christian e vi que ele estava contemplando o mar, calado, provavelmente com medo de falar qualquer coisa e eu responder atravessado, já que minha cara não estava das melhores. Comecei a lembrar das palavras da Ana Elisa. Em uma coisa eu tinha que concordar com ela. Realmente ele fazia tudo para mim. Era capaz de buscar a lua, se eu solicitasse.

"Christian, obrigada", eu falei baixinho. "E desculpe pela grosseria. Multidões me deixam nervosa."

Ele olhou para mim, sério.

"Por nada, Fani", e voltou a olhar para o mar.

Eu comecei a ficar mais sem graça ainda com aquela situação. O que estava acontecendo? Normalmente eu tinha problema era pra fazer com que ele parasse de falar! E, no entanto, agora que eu queria que ele dissesse qualquer coisa para preencher aquele silêncio constrangedor, ele tinha resolvido brincar de vaca amarela!

"Christian, hum...", eu comecei a puxar assunto, pra ver se ele resolvia abrir a boca. Ele continuou quieto. "Está tudo bem com você?"

"Comigo tudo ótimo", ele respondeu. "E com você?"

Eu não estava entendendo nada.

"É que... normalmente você é mais falante. Estou achando meio estranha essa sua mudez toda."

Ele ficou mais um tempo olhando para frente e, de repente, pareceu tomar uma decisão e virou o corpo para mim.

"Fani, desde o dia em que eu te conheci, tudo o que eu tenho feito é tentar fazer com que você goste de mim. Eu te levei para ver o sol se pôr, eu implorei pelo seu telefone, eu te fiz elogios *sinceros*, eu tentei imaginar do que você gostaria, eu te dei presentes, eu te trouxe aqui... E você, o tempo todo, parece que está incomodada com a minha presença. Nada do que eu faça parece ser suficiente, você continua com cara de assustada, como se eu estivesse te fazendo mal. Eu, inclusive, imaginei se você não teria um namorado, já que parecia tão fechada, mas você disse que não tinha ninguém! Daí eu comecei a pensar que eu posso ter me enganado. Você não deve ser a menina tão legal que eu imaginei. Normalmente eu não erro nas minhas primeiras impressões, mas acho que pode ter acontecido uma exceção dessa vez. Confesso que você me deixou muito interessado e, mesmo depois que percebi que o interesse não era recíproco, resolvi tentar ser pelo menos seu amigo, mas pelo visto nem isso você quer. Então acho melhor realmente me afastar. Depois desse show, pode deixar que você nunca mais vai saber de mim", e, dizendo isso, se voltou novamente para o mar.

Foi a minha vez de ficar muda. Nesse exato momento, o McFly começou a cantar *Lonely*, a música deles de que eu mais gosto.

*"Now I'm so sick of being lonely
This is killing me so slowly
Don't pretend that you don't know me
That's the worst thing you could do*

*Now I'm singing such a sad song
These things never seem to last long
Something that I never planned, no
Help me baby, I'm so sick of being lonely"*

Não sei se foi pela música, ou pelo que ele tinha dito, ou até pela lua, mas, de repente, eu comecei a chorar. A princípio eram só umas lágrimas, mas elas foram crescendo e, sem que eu percebesse, comecei a chorar pra valer. O Christian deve ter escutado, pois olhou para o lado e – ao me ver em prantos – veio depressa para perto de mim.

"O que houve, Fani? O pé está doendo muito? O show já deve estar acabando, a gente já vai..."

Eu nem conseguia responder de tanto que chorava. Ele me abraçou e ficou passando a mão pelas minhas costas, como se eu fosse um bebê que tivesse caído e precisasse ser consolado.

Depois de uns cinco minutos daquele jeito, eu me desvinculei do abraço, tentei enxugar as lágrimas (em vão, pois elas continuavam caindo) e de repente, me vi contando tudo para ele. Falei do momento em que eu tinha saído do Brasil completamente apaixonada pelo meu melhor amigo, do único beijo que havia acontecido entre nós, da minha fuga quando percebi que não ia aguentar de saudade, do meu arrependimento depois que ele telefonou, da minha tentativa de reaproximação, da carta dele terminando tudo e, finalmente, da namorada que ele tinha arrumado tão rápido.

"Desculpa, Christian", eu disse em seguida, ainda entre lágrimas, antes que ele pudesse comentar qualquer coisa. "Eu não queria ter mentido pra você quando eu disse que não estava envolvida com ninguém, mas é que eu queria tanto acreditar nisso, que achei que, se eu falasse em voz alta, faria com que se tornasse realidade. Mas hoje eu percebi, depois que você cuidou dos meus pés, que se eu não consigo me interessar por você – o menino mais perfeito que eu já conheci na vida – é porque realmente o meu coração está completamente fechado". Comecei a chorar mais forte ainda.

Ele me abraçou de novo e, depois de um tempo, falou baixinho no meu ouvido: "Seu coração não está fechado. Ele está *machucado*, é diferente. Sozinha, você não vai conseguir fazer com que ele melhore rápido. Olha, você brigou comigo na hora em que eu te levei lá no mar, mas se você mesma fosse tentar lavar os seus pés, iria demorar bem mais para eles sararem. Você lavaria um enquanto o outro estivesse nas pedras e aí, quando fosse lavar o outro, teria que colocar o limpo no chão e, com isso, ele tornaria a sujar. Aí você teria que lavá-lo novamente e então seria a vez de o outro sujar de novo... Do jeito que eu fiz, lavando os dois ao mesmo tempo e depois te carregando para você não ter que colocá-los no chão, melhorou muito mais depressa, não foi?".

Ok, além de o menino ser bonito, educado, inteligente e cavalheiro... era sábio. Aquilo estava ficando complicado.

"Fani, o que você me contou só fez com que eu te admirasse ainda mais. Você tem ideia de como são poucas as meninas da sua idade que têm coragem de sair do Brasil, em uma fase da vida em que tudo é festa, em que os amigos são a coisa mais importante do mundo e, além de tudo, pertinho do vestibular, que é o que todo mundo considera prioridade máxima?", ele perguntou, afastando o rosto para me olhar. "Agora, imagina se, além de tudo isso, a menina ainda está vivendo um grande amor. Qual a possibilidade de alguém fazer um intercâmbio nessa situação?", ele perguntou novamente. "Possibilidade nenhuma!", ele mesmo respondeu.

"Mas aqui, bem na minha frente, está uma pessoa que teve coragem. Uma pessoa que pensou em todos que acreditaram nela, no investimento dos pais e – especialmente – em seu próprio futuro".

As lágrimas começaram a diminuir.

"Fani, sinceramente, não sei se *eu* teria essa coragem que você teve! Eu me acho muito forte por viver longe da minha mãe, mas família vai ser sempre família, tem o elo sanguíneo, e, mesmo que a gente fique muito tempo sem encontrar, sei que ela vai continuar me amando do mesmo jeito. Mas amor entre namorados é diferente. Tem os ciúmes, as desconfianças, a vontade de estar perto fisicamente... o sentimento acaba sendo afetado por isso, diminuindo... e, cedo ou tarde, acontece: a pessoa fica tão carente que acaba arrumando outra, pra suprir aquele vazio."

Eu levantei a cabeça pra prestar mais atenção no que ele estava falando, aquela explicação estava muito interessante.

"Eu não sei se dou razão pra você ou para o seu ex-namorado. Eu entendo que você esteja chateada por ele ter arrumado outra e por ele não ter entendido as suas razões para ter se afastado, por ele não ter percebido que era apenas um distanciamento provisório... mas por outro lado, eu o entendo também. Eu, no lugar dele, também ficaria muito bravo se você fosse a minha namorada e não me desse nenhum sinal de vida, especialmente depois de termos feito mil promessas um para o outro. Eu ficaria muito enciumado e com muita raiva! Provavelmente faria a mesma coisa que ele, arrumaria outra o mais rápido possível, tanto pra mostrar que eu não precisava de você quanto pra que a nova menina fizesse com que eu me sentisse melhor e aumentasse a minha autoestima, que com certeza estaria lá no chão depois da sua indiferença... e pode saber que foi isso mesmo que ele pensou, que *você* não estava nem aí pra ele."

"Mas eu me expliquei depois!", eu falei, me desvencilhando do abraço. "Eu mandei a carta contando tudo, me abri completamente, pedi perdão, só faltei implorar pra ele me aceitar de volta!"

"Eu sei", ele falou me abraçando de novo, para que eu me acalmasse, "mas é que, quando a carta chegou, provavelmente ele já estava completamente desiludido, disposto a te esquecer. Mas é engano dele se acha que a gente manda nos próprios sentimentos. Eu acho que quando você voltar, o sentimento dele volta também..."

Eu dei um suspiro.

"Fani, eu estou te falando essas coisas baseando apenas no jeito que eu agiria ou me sentiria, caso estivesse no lugar dele. Porém, cada pessoa é diferente da outra. Pode não ser nada disso e, sinceramente, se eu fosse você, utilizaria melhor o meu tempo pra pensar em outras coisas em vez de ficar remoendo esse caso, senão você não vai ficar inteira nem aqui e nem lá."

Eu sabia que ele estava certo. Vendo que eu estava mais tranquila, ele continuou a falar: "Será que pelo menos seu amigo eu posso ser?", ele perguntou, me olhando. "Acho que pelo menos bom conselheiro amoroso eu sou, não é?"

Eu não tive como não sorrir. Ele realmente poderia fazer qualquer uma muito feliz. Fiquei pensando em quantas meninas gostariam de ser bem mais do que amigas dele. De repente, percebi que o show tinha terminado. Com a conversa, nem havíamos reparado. As pessoas já estavam indo embora.

"O pessoal deve estar esperando a gente", eu avisei, me levantando.

"Ih, tá vendo?", ele falou enquanto também se levantava. "Começaram as desculpas! Nem respondeu se aceita a minha amizade. Tudo bem, se você não quer, não precisa mudar de assunto, eu entendo..."

Eu sorri e dei outro abraço nele. Fomos andando assim em direção à saída.

"Nós vamos chegar lá desse jeito, abraçados, e o que você acha que eles vão pensar?", ele perguntou.

"Eles vão pensar que eu sou muito sortuda por ter arrumado um *amigo* como você", eu disse sorrindo para ele.

Em seguida, levantei a minha máquina de retratos e bati uma foto nossa, com o mar ao fundo e a lua no horizonte, para registrar o começo do que eu esperava ser uma grande amizade.

De: Gabriela <gabizinha@netnetnet.com.br>
Para: Fani <fanifani@gmail.com>
Enviada: 20 de maio, 19:11
Assunto: Foto...

Fani,

O cara é um deus grego. Que história é essa de AMIZADE? Você já tem muitos amigos, não precisa de mais um! Anda logo e diz pra ele que mudou de ideia, que quer é beijá-lo na boca!

SMACK!

→ Gabi ←

De: Natália <natnatalia@mail.com>
Para: Fani <fanifani@gmail.com>
Enviada: 21 de maio, 9:55
Assunto: Foto?

Fani, eu não acredito que você não tirou nenhuma foto do McFly!! Eu te implorei TANTO! E nem venha me dizer que esqueceu a máquina porque eu fui na casa da Gabi hoje e vi a foto que você mandou pra ela, do tal Christian!

Ok, tenho que admitir que ele é lindo mesmo, mas não tanto quanto os meninos do McFly!!! Como você pôde esquecer de tirar esse retrato? Aposto que ficou tão deslumbrada com o show que nem se lembrou, né? :(

Rolou alguma coisa entre você e esse Christian?? A Gabi disse que não, mas, se você estiver escondendo dela, pode me contar, eu juro que guardo segredo!

Beijo!

Natália ♥

De: Ana Elisa <anelisa6543210@hotmail.com>
Para: Fani <fanifani@gmail.com>
Enviada: 22 de maio, 18:43
Assunto: Foto!!!

Oi, Fanny,

Estou ligando pra sua casa e só dá ocupado, deve ser a Tracy namorando o Alex pelo telefone...

Não teve nada de importante na aula hoje, pelo menos nas matérias que fazemos juntas... Espero que seu pé tenha desinchado e que já dê pra você colocar sapatos para ir ao colégio amanhã.

Olha só, minha mãe falou pra eu te chamar pra passar o dia em Londres com a gente, no próximo sábado. Ela tem que ir a uma loja lá e, enquanto isso, nós podemos dar umas voltas, o que você acha? Pode chamar a Tracy também.

Sei que você não quer que eu toque nesse assunto, mas acabou sendo boa a minha fuga lá no show, não foi? Deu pra você e o Christian chegarem a um acordo (embora eu não concorde com esse acordo, por mim vocês seriam muito mais do que "bons amigos"). Aliás, como boa amiga, você tem a obrigação de avisá-lo que vai estar em Londres no sábado (você vai, né?).

A foto de vocês ficou a coisa mais linda do mundo, vocês combinam demais! Quer dizer, como amigos, é claro.

Kisses!

Ana Elisa

19

Poeta de rua: Desilusão de sonhar
acordado, cílios de limusine
Ah, querida, com seu lindo rosto
Derrame uma lágrima
no meu copo de vinho
Olhe para esses grandes olhos
Veja o que significa para mim
Bolos e milk-shakes
Sou um anjo desiludido,
sou um desfile de fantasias
Quero que saiba o que penso,
não quero que adivinhe mais
Você não faz ideia de onde eu vim,
nós não sabemos para onde vamos
Jogados na vida, como afluentes de um rio
Flutuando rio abaixo,
apanhados pela corrente
Eu te levo, você me levará
É como poderia ser
Você não me conhece?
Não me conhece até agora?

(Antes do amanhecer)

A semana passou voando. Fim de semestre na Inglaterra é igual no Brasil. Uma correria. Provas, trabalhos, e eu ainda tive muitos ensaios, já que a peça vai ser na próxima semana. Por mais que a gente tenha ensaiado o semestre inteiro, quanto mais perto chega do dia da apresentação, maior a minha vergonha fica. Mesmo que o professor diga que eu estou ótima, que não estou falando com sotaque, que estou uma fada superconvincente (sim, eu faço papel de uma fada. A peça que vamos encenar é *Sonho de uma noite de verão*, de Shakespeare), não tenho como não lembrar que vou ter que dizer o meu texto na frente do teatro inteiro e – o pior – fantasiada com um vestido verde e uma coroa de folhas. Fala sério.

Por isso quase morri de alegria quando acordei no sábado e lembrei que não teria que ir para o colégio. Melhor ainda, que eu iria com a Ana Elisa e a mãe dela para Londres! Eu convidei a Tracy, mas ela recusou, disse que o Alex tinha viajado com o time de basquete da escola dele para um campeonato e que ela não teria nada pra fazer em Londres sem ele lá, preferia ficar em casa estudando para as provas finais.

Eu acabei ligando para o Christian no meio da semana. Fiquei realmente comovida por ele ter me ajudado no dia do show e, como ele tinha topado sermos apenas amigos, não tinha mais motivo para eu ficar fugindo dele. Combinamos de nos encontrar na London Eye, que é um ponto turístico de Londres que eu estava doida pra conhecer. A mãe da Ana Elisa nos deixou lá às 11h e ficou de nos buscar às 15h, para almoçarmos e em seguida voltarmos para Brighton.

O dia estava lindo e muito quente. Com a proximidade do verão, todas as pessoas pareciam mais felizes. Engraçado como o clima afeta o humor. No inverno, em Londres, não lembro de ter visto ninguém com um sorriso no rosto. Agora, porém, não existia uma só pessoa séria.

Eu e a Ana Elisa fomos conversando, olhando o rio Tâmisa e a roda-gigante na qual iríamos andar (a London Eye é uma enorme roda-gigante onde, no lugar das cadeirinhas, existem cabines transparentes e 20 pessoas entram de cada vez), e, de repente, ele apareceu, lindo como sempre.

"Oi, meninas!", ele falou nos dando beijinhos no rosto. "Fizeram boa viagem? Já comprei os nossos ingressos, a fila está enorme, se esperasse vocês chegarem, a gente só ia conseguir entrar amanhã!"

Mesmo que seja só amizade, não tem como não ficar sem graça perto do Christian! Que mania ele tem de ficar pagando as coisas e dando presentes! Desse jeito eu iria ficar mal-acostumada! Reclamei, e ele disse que eu podia pagar o sorvete que nós tomaríamos depois.

Após uns 15 minutos na fila, chegou a nossa vez. Entramos na cabine, fecharam a porta, e começamos a subir. À medida que rodava bem devagarzinho, íamos avistando várias partes de Londres, cada uma mais linda do que a outra, tiramos retratos de todos os ângulos, e de repente eu me senti realmente privilegiada por estar fazendo aquele intercâmbio. Não havia lugar algum onde eu quisesse estar mais do que ali, naquele momento.

Depois de duas voltas, tivemos que descer para deixar que as outras pessoas entrassem. O Christian perguntou a que horas a gente tinha que ir embora e, ao ouvir que seria só às três da tarde, perguntou se não gostaríamos de ir a um pub ali pertinho, onde uns amigos londrinos dele estavam tocando um *jazz*. Eu nem sabia direito que tipo de música era *jazz*, mas topei, ainda não eram nem duas horas e a gente não tinha nada pra fazer.

O lugar era na beira do rio mesmo, algumas mesinhas estavam postas do lado de fora, onde várias pessoas estavam sentadas assistindo a três músicos tocarem. Quando eles viram o Christian, acenaram para ele, e, ao terminar a música, um deles disse em inglês ao microfone que queria chamar um amigo brasileiro para cantar a próxima. Quase morri de susto quando percebi que o "amigo brasileiro" era o Christian, que já estava indo em direção ao palco todo sorridente.

Eles começaram a tocar "Garota de Ipanema". O Christian deu boa tarde a todos e disse em inglês: "Vou dedicar essa música para a minha amiga Fani, que está logo ali", e apontou para mim. As pessoas bateram palmas. Nem preciso dizer que tive vontade de pular no rio de tanta vergonha.

Ele começou a cantar, com uma voz tão bonita quanto o rosto dele:

"Olha, que coisa mais linda, mais cheia de graça, é ela, menina, que vem e que passa..."

A Ana Elisa ria tanto da minha cara que eu estava a ponto de bater nela! Puxa, que história era essa do Christian? Não tínhamos combinado de sermos apenas amigos??

Ele continuou cantando, e eu fui ficando cada vez mais envergonhada e também mais impressionada com a voz dele. Será que tinha alguma coisa que esse menino não fizesse bem?

"Ah, por que tudo é tão triste, ah, a beleza que existe, a beleza que não é só minha, que também passa sozinha..."

Ele cantava sorrindo para mim, e eu só conseguia pensar na Natália. Ela sempre diz que o seu maior sonho é que alguém lhe faça uma serenata, e ali estava eu, vivendo o sonho dela, ganhando uma serenata em público.

"Se ela soubesse que quando ela passa, o mundo inteirinho se enche de graça e fica mais lindo por causa do amor..."

Ele terminou, e eu ouvi aplausos por todos os lados. Não só de quem estava sentado, mas também de várias pessoas que vinham passando e pararam para assistir ao "show" dele. Ele agradeceu ao público, deu um abraço nos amigos e voltou para a mesa onde eu e a Ana Elisa estávamos sentadas.

"Desafinei muito?", ele perguntou.

"Desafinou? Você arrasou!", a Ana Elisa respondeu com toda veemência possível, para ele entender que ela realmente tinha achado isso.

Ele se virou para mim: "E você, Fani, gostou?"

Eu estava brincando com o canudinho do refrigerante, para não ter que olhar para ele, ainda muito sem graça. Respondi, sem levantar os olhos, que tinha adorado, que ele não tinha dito que sabia cantar também e que era pra ele dizer logo quais outros talentos possuía, para que a gente pudesse se preparar...

Ele riu e disse todo modesto que não tinha talento nenhum, mas que estava interessado em saber quais eram as *nossas* habilidades. Eu olhei para a Ana Elisa, ia abrir a boca pra falar que a maior habilidade que a gente tinha era conseguir não desafinar tocando campainha, mas ela respondeu na minha frente.

"Eu não tenho aptidão pra nada, mas não posso dizer o mesmo da Fani!"

Eu olhei pra ela assustada, mas, antes que eu tivesse tempo de mandar que ela calasse a boca, ela continuou.

"Outro dia eu passei pelo teatro, onde estão ensaiando a peça semestral da nossa escola, e, ao ouvir palmas, dei uma entradinha pra dar uma olhada. Fiquei completamente admirada quando vi pra *quem* eram os aplausos! A Fani está uma Titânia perfeita! Você sabia que ela vai fazer o papel da rainha das fadas de *Sonho de uma noite de verão*?"

Eu só faltei chorar. Ela precisava realmente ter contado isso pra ele?

"Você tá brincando!", ele falou mais pra mim do que pra ela. "Eu adoro essa peça! Aliás, adoro o filme também! Fani, você sabia que fizeram também o filme? Quem faz o papel da Titânia é a Michelle Pfeiffer!"

Eu sabia perfeitamente. Já tinha até comprado o DVD, pra tentar entrar melhor no clima da peça, mas nem assim consegui me animar. Ainda acho que o professor estava bêbado quando me deu esse papel, uma intercambista que nem fala inglês direito, onde ele estava com a cabeça?

"Eu vou te ver com certeza", ele continuou a falar, todo empolgado. "Que dia é a estreia?"

Eu olhei para a Ana Elisa querendo matá-la. Ela fingiu que não viu. E ainda respondeu pra ele: "É apresentação única. Vai ser sexta que vem, lá no teatro do colégio, sete da noite! Tem que comprar ingresso antes".

"Compra pra mim!", ele disse, já tirando a carteira do bolso. "Quanto é?"

"Três libras", a Ana Elisa respondeu. Era como se eu não estivesse no local!

Ele deu o dinheiro para ela e só então olhou pra mim.

"Que lindo, Fani! Tenho certeza de que você vai arrasar! Vou querer um autógrafo, viu?"

Eu ficava mais tensa a cada minuto. Olhei pro relógio e vi que já eram quinze para as três.

"Ana Elisa, sua mãe deve estar chegando", eu disse me levantando. Temos que voltar pra London Eye urgentemente, senão não vai dar tempo".

Os dois se levantaram também, o Christian se ofereceu para ir com a gente até lá, eu disse depressa que era pra ele não se preocupar, que podia ficar com os amigos dele e cantar mais um pouco. Era só uma caminhada em linha reta, a gente não iria se perder.

Ele riu pra mim e disse: "Eu nunca canto em público, apesar de meus amigos sempre me chamarem. Só fui hoje porque tive inspiração...".

A Ana Elisa viu que eu estava a ponto de sair correndo e despediu-se dele rapidamente. Em seguida ele se despediu de mim, dizendo: "Vou estar na primeira fila, pode me esperar".

Eu espero que o mundo acabe antes disso.

De: Natália <natnatalia@mail.com>
Para: Fani <fanifani@gmail.com>
Enviada: 31 de maio, 19:37
Assunto: Serenata

Oi, Fani!

Quase chorei lendo seu e-mail! Não acredito que o gatinho cantou pra você! Eu acho que teria desmaiado! Mas ainda bem que você não desmaiou, aí deu pra ouvir a música inteira!

Fani, sobre a peça, tenho certeza de que você vai se sair bem! Uma vez eu vi uma entrevista da Madonna em que ela dizia que nos shows nunca olha para o público, que se imagina sozinha na sala da casa dela, como se ninguém estivesse assistindo. Acho que isso pode te ajudar... Esqueça que tem gente na plateia. Especialmente, esqueça que o CHRISTIAN vai estar te vendo! Mas esqueça só durante a peça. Depois lembre-se bastante não só que ele está presente, mas especialmente que foi lá por sua causa! Ai, estou adorando esse Christian, ele é todo romântico, né?

Fani, eu tava até pensando, será que você não está nem um pouquinho a fim desse cara? Porque você é tímida e tal, mas eu nunca te vi TÃO TÍMIDA assim. Tá demais! Acho que pode ter um pouquinho de interesse por trás disso... Não fica brava comigo, viu? Estou falando pro seu bem. Quem sabe você não descobre que gosta dele? Imagina como seria ainda mais maravilhosa a sua viagem com um namorado do lado? Ai, ai!

Ah! Lembrei de você, teve show do Manitu no fim de semana passado. Você nem imagina o que eles tocaram... a *sua* música! Aquela que você recebeu por e-mail! "LINDA"! O Rodrigo disse que o No Voice autorizou a gravação, e a interpretação do Manitu ficou de arrasar também, vê se acha no YouTube, tinha muita gente filmando o show!

Entra em alguma rede social no sábado pra me contar da peça (e especialmente da "comemoração" depois dela...).

Beijo, muita saudade!

Natália ♥

De: Alberto <albertocbelluz@bol.com.br>
Para: Fani <fanifani@gmail.com>
Enviada: 01 de junho, 13:09
Assunto: Dica de presente

Oi, Fanizinha!

Tudo bom por aí? Pra você ter sumido assim, deve estar tudo ótimo... A mamãe fica reclamando que você nem entra mais em alguma rede social pra falar com ela, que nunca tem tempo.

Por aqui tudo tranquilinho, é o último mês de aulas, não vejo a hora de entrar de férias! No fim do mês sai a resposta do pedido de transferência de faculdade que eu pedi! Torça para eu conseguir! Imagina só! Eu ir de férias para BH e ficar lá pra sempre! Melhor, impossível! Por falar em BH, no fim de semana passado fui a um show lá que eu acho que você ia adorar, é o estilo de som que você gosta. A banda se chama Manitu, conhece?

Fani, na verdade estou escrevendo pra te pedir um favor... aliás, é um conselho. Você podia me dar uma sugestão de presente que uma garota da sua idade gostaria de ganhar (não venha me dizer DVD!) no dia dos namorados? É um amigo meu que não sabe o que dar pra namorada e pediu pra eu te perguntar...

Beijo grande!

Alberto

De: João Otávio <jlopesbelluz@yahoo.com.br>
Para: Fani <fanifani@gmail.com>
Enviada: 02 de junho, 10:36
Assunto: Música
Anexo: Garota de Ipanema.mp3

Oi, filha,

Tudo bom?

Recebi seu e-mail. Vamos à resposta: O JAZZ é um estilo musical repleto de improviso, pode ser tocado com qualquer instrumento, em solo ou com banda, e a tônica principal são notas mais tristes e arranjos repentinos. Louis Armstrong dizia: "Se você precisa perguntar o que é jazz, então você nunca vai saber". Concordo com ele, é muito difícil explicar, jazz foi feito para a gente *sentir*. Fiquei feliz com sua pergunta, filha, é bom saber que você está se interessando por outros ritmos musicais além de POP-ROCK.

Sobre sua outra pergunta, é claro que eu tenho "Garota de Ipanema", Fani! Todo mundo tem essa música. Estou te mandando em anexo.

Como dizem na França: "Merde" pra você na peça hoje à noite! Tire muitos retratos, sei que você vai ser a mais bonita no palco!

Grandes beijos,

Seu pai

20

> Titânia: Venha, meu senhor, e em nosso voo
> Diga-me como essa noite se encerra
> Que eu fui encontrada aqui, adormecida
> Com esses mortais, na terra.
>
> (Sonho de uma noite de verão)

Eu pensei seriamente em "ficar doente". Acordei na sexta-feira me sentindo tão enjoada que, se eu dissesse que precisava ficar em casa, todo mundo acreditaria, pois eu estava até verde de tanto nervosismo. Porém comecei a pensar no professor de teatro e nos meus colegas... a personagem que eu iria interpretar não era a principal nem nada, mas a minha falta comprometeria algumas cenas importantes. Tomei um banho pra ver se empurrava a timidez pelo ralo, um sal de frutas pra tentar aliviar o nó no estômago e resolvi seguir o conselho da Natália. Fingi que eu era uma artista de cinema que ia apenas fazer uma pequena aparição na peça de uma escolinha e saí de casa me sentindo (só) um pouco melhor.

O colégio estava uma bagunça. Era o dia da apresentação de todos os clubes, e liberaram as aulas para que pudéssemos fazer os ajustes finais. A Tracy estava desesperada afinando a flauta (que parecia ter estragado da noite pro dia) para a apresentação do clube de Música dela, e, mais cedo, eu tinha visto a Ana Elisa entrar no refeitório com a maior cara de preocupação, carregando vários pacotes com ingredientes. O clube de Culinária de que ela participava teria que cozinhar para os professores, e ela estava morrendo de medo de fazer com que um deles passasse mal por causa da comida e, por esse motivo, desse nota baixa para ela nas provas finais.

Ao ver que não era só eu que estava sofrendo pela ansiedade, fiquei até mais tranquila. Fui para o teatro, e o professor já estava fazendo as marcações com os técnicos de luz. Iríamos ter dois ensaios gerais antes do espetáculo, um pela manhã e outro à tarde. Fui direto para o camarim, onde algumas colegas já estavam colocando o figurino. Mal entrei e duas delas me puxaram, falando, ao mesmo tempo, que eu precisava ver o que tinha chegado para mim. Sem entender nada, deixei que elas me levassem até a frente do espelho, onde estava o maior buquê de flores que eu já tinha visto na vida. Fiquei olhando para as duas com a maior cara de ponto de interrogação, e elas então disseram que era para mim! Que tinha o meu nome no cartão!

Sem acreditar, puxei o cartãozinho e constatei que aquelas enormes tulipas realmente eram minhas.

> Querida Fani,
>
> Você tem brilho próprio,
> vai ofuscar todas as cenas.
> Boa sorte! Lembre-se de sorrir!
> Estarei te esperando no final para
> ganhar o meu autógrafo.
> Mil beijos!
>
> Christian

Como se eu precisasse de mais motivos para ficar nervosa! Eu passei a semana inteira lembrando que o Christian iria estar na plateia e rezando para que ele se esquecesse do dia da apresentação, mas, pelo visto, eu podia perder a esperança.

As meninas mostravam as flores para todas as outras que entravam no camarim, e todas elas sorriam e suspiravam, vinham me perguntar onde eu tinha encontrado aquele *príncipe encantado* e que eu devia ser muito feliz por ter um namorado atencioso assim. Não adiantaria nada eu explicar que ele não era meu namorado e muito menos um príncipe, pois algo me dizia que, se elas o vissem, pensariam exatamente o contrário.

Olhei para as flores e, de repente, me lembrei daquelas que eu havia recebido há uns meses. Tão diferentes das tulipas vermelhas que estavam na minha frente. As outras eram rosas bem clarinhas... e sem nenhum cartão. Será que algum dia eu descobriria o remetente delas?

O chamado do professor para o ensaio me tirou do devaneio. Ao ver as flores, ele sorriu para mim e piscou, falando que era ótimo saber que pelo menos uma aluna já tinha fãs. Eu sorri de volta só pra ser educada, com vontade de jogar o buquê inteiro pela janela.

Durante todo o ensaio, não consegui tirar o Christian da cabeça. Será que todas as pessoas estavam certas e só eu errada? Não tinha ninguém que não babasse por ele, tanto pelo físico quanto pelo jeito de ser, e ele, por sua vez, parecia mesmo disposto a *me* conquistar. Será que eu não deveria dar uma chance? Com certeza ele me provocava alguma reação, já que toda vez que ele aparecia eu tinha vontade de fugir. Não seria essa fuga apenas *medo* de gostar dele? E medo por quê? O que eu tinha a perder? Eu não devia fidelidade a ninguém. E certamente eu vinha sentindo falta de ter alguém por quem suspirar... O sorriso das minhas colegas, apenas por imaginarem que eu estaria vivendo um grande amor, fez com que eu tivesse vontade de ter realmente alguém, um menino que fizesse o meu coração bater mais forte de novo, que fizesse com que eu me sentisse apaixonada. E se esse menino fosse o Christian?

Só parei de pensar nisso quando a peça começou. O teatro estava lotado, e eu quase tive que ser empurrada na hora da minha primeira cena. Rezei, imaginei que a alma da Julia Roberts tinha tomado conta do meu corpo, respirei fundo e entrei.

Por incrível que pareça, tudo correu bem. Mais do que bem, na verdade. As luzes do palco, a escuridão da plateia, a fantasia e a maquiagem fizeram com que eu entrasse no clima e me desligasse de tudo. Me senti mais do que nunca no meio de um filme, como se eu fosse realmente uma fada e morasse naquele cenário.

Quando as cortinas se fecharam, foram tantos aplausos que eu experimentei uma sensação imensa de felicidade por ter feito parte do espetáculo, conheci um sentimento completamente novo, um certo prazer por ter contribuído para aquela noite ser perfeita e o maior orgulho de mim mesma, por ter feito algo que eu nunca imaginaria ser capaz. Era como se eu estivesse mais leve, entendi perfeitamente o que os atores dizem sobre a adrenalina da estreia, realmente era como se eu estivesse sob o efeito de uma reação química que provocava uma sensação maravilhosa de bem-estar. Será que tinha perigo de eu me viciar naquilo?

Fui até o camarim trocar de roupa, e meus colegas pareciam estar se sentindo da mesma forma que eu, todos se abraçavam, teciam elogios uns aos outros, comentavam certas cenas, e foi só quando eu cheguei onde tinha deixado a minha mochila que me lembrei das tulipas. E, consequentemente, do dono delas, que devia estar lá fora me esperando.

Meu coração disparou mais do que na hora em que entrei no palco. E aquilo não era um bom sinal. Troquei de roupa correndo, tirei o máximo de maquiagem que consegui (não é nada fácil tirar tinta guache verde do cabelo), peguei tudo o que era meu (inclusive as flores) e fui enfrentar o que me esperava. A peça havia me enchido de coragem; se eu tinha conseguido me transformar em uma atriz, eu poderia fazer qualquer coisa.

Fui em direção à plateia olhando para todos os lados, tentando avistar pessoas conhecidas. Elas me viram primeiro. A Tracy e a Ana Elisa me agarraram, uma de cada lado, gritando parabéns e dizendo o quanto eu tinha me saído bem. Em seguida, o Tom e o Teddy me abraçaram e pareceram também muito impressionados com a minha atuação. O Tom chegou a perguntar se eu realmente era uma fada! Depois deles, a Julie e o Kyle vieram me cumprimentar e se disseram muito orgulhosos; segundo eles, eu realmente tinha talento.

Quando eles terminaram a sessão de elogios, corri o olho pelos convidados que estavam cumprimentando os meus colegas e não consegui encontrar o Christian em lugar nenhum. Será que ele não tinha ido? Mas no cartão ele tinha afirmado que estaria me esperando... o que teria acontecido?

"Tá procurando o Christian, Fani?", a Ana Elisa perguntou, ao me ver analisando a plateia.

Eu fiquei toda sem graça.

"Ele estava aqui, se sentou ao nosso lado", ela continuou, "mas teve que ir embora correndo, parece que tinha o aniversário de uma amiga em Londres..."

Confesso que me senti decepcionada. Eu não queria encontrá-lo, mas já tinha me preparado psicologicamente para aquele momento. E, além disso, tinha que agradecer pelas flores.

"Que cara é essa?", ela disse rindo. "Achei que você iria pular de felicidade quando visse que ele não estava aqui! Será que finalmente o seu coração glacial está permitindo se descongelar? E que flores são essas?"

Ela foi direto ao cartão e leu, sem nem pedir permissão.

"Ahhh... o que umas tulipas vermelhas não fazem... esse Christian é mais esperto do que eu pensava, tenho que traduzir o que está escrito aqui pra Tracy!"

As duas começaram a conversar, e eu nem liguei para as risadas, elas podiam me zoar o quanto quisessem, eu já tinha passado por tanta coisa que aquilo era o de menos.

Fomos todos jantar fora para comemorar o sucesso da minha peça e também a apresentação das meninas. Foi uma noite realmente maravilhosa. Só ao chegar em casa, na hora em que me deitei, é que percebi que tinha alguma coisa me incomodando por dentro... Com certeza não era mais a peça, pois além de já ter passado, tinha dado tudo certo. E também não podiam ser as provas finais, já que elas só aconteceriam em duas semanas. Fiquei pensando o que estaria provocando aquela sensação e acabei adormecendo, sem lembrar de olhar para as enormes tulipas vermelhas ao lado da minha cama...

De: Cristiana <cristiana.acb@gmail.com>
Para: Fani <fanifani@gmail.com>
Enviada: 03 de junho, 15:13
Assunto: Parabéns!

Oi, filha!

Adorei suas fotos do teatro! Enviei para a família inteira! Fiquei superfeliz ao saber que você se saiu bem e que gostou de atuar! Quem diria! Você sempre dizia que o seu maior sonho era ter a capa de invisibilidade do Harry Potter, para poder passar despercebida! E agora está aí, encenando para tantas pessoas! Acho que isso vai ser muito útil na sua futura profissão, os advogados têm mesmo que se portar como atores durantes as audiências!

Um grande beijo!

Mamãe

De: Juliana <jujubinha@mail.com.br>
Para: Fani <fanifani@gmail.com>
Enviada: 05 de junho, 19:00
Assunto: Oi, tia Fani!

Tia Fani, eu já estou aprendendo a escrever, mas só no papel, no computador o papai é que está escrevendo pra mim e eu estou ditando pra ele.

Eu adorei a sua foto de fadinha, eu queria saber se você podia trazer uma fantasia igual pra mim. Você faz mágicas de verdade?

Vai ter um teatrinho na minha escola também, mas eu vou ser um cachorro, e minha fantasia é só uma máscara de papel.

Meus irmãozinhos já estão aprendendo a andar, o problema é que eles ficam querendo colocar as minhas bonecas na boca o tempo todo e choram quando eu não deixo. Você vai trazer bonecas novas pra mim?

Beijo!

Juju

De: Vanessa <vanessaamo@mail.com.br>
Para: Fani <fanifani@gmail.com>
Enviada: 06 de junho, 20:02
Assunto: Teatro

Oi, Estefânia,

Como vai a Inglaterra? Ouvi dizer que o Big Ben é tão sem graça que todos se decepcionam ao vê-lo pessoalmente, isso é verdade?

Fiquei muito surpresa ao receber seu e-mail e feliz por saber que eu sou a única pessoa que você conhece que já se envolveu com o meio teatral. Eu sou mesmo singular, não é mesmo?

Fiquei também satisfeita ao perceber que você finalmente amadureceu e está preocupada com o seu futuro, em vez de se ligar a infantilidades, como as diferenças que tivemos no ano passado. Por falar em infantilidade, seu amiguinho Leonardo está namorando uma nanica, já te contaram? Ainda bem que eu terminei com ele, definitivamente eu mereço muito mais. Ah, ouvi rumores de que vocês dois tiveram um "affair", mas que ele não aguentou a distância e a trocou por essa anãzinha, isso é verdade? Se for, bom pra você, tenho certeza de que você pode arrumar coisa bem melhor.

Ah, quase esqueço o motivo do e-mail. Respondendo à sua pergunta, o curso de Iniciação Teatral que eu fiz foi no Palácio das Artes, durou um ano, e apresentamos uma peça na ocasião do encerramento. Concordo com você, não há nada mais emocionante do que os aplausos ao final do espetáculo, eu saio de cena me achando o máximo (sei que eu sou o máximo sempre, mas eu me sinto uma verdadeira estrela no palco)! Inclusive, meu plano era prestar vestibular para Artes Cênicas, na UFMG, mas resolvi que esse mundo de teatro é muito pouco glamoroso, muito trabalho para pouca remuneração, então resolvi fazer faculdade de Moda, em São Paulo, que combina bem mais comigo. Concordo com você que a experiência como atriz pode agregar um "plus" a mais no seu desejado currículo de cineasta.

Boa sorte na sua vida.

Vanessa

21

Príncipe Filipe: Ora, papai! Você está vivendo no passado! Nós estamos no século XIV!

(A bela adormecida)

Na quinta-feira seguinte ao dia da peça foi aniversário da Tracy. Ela estava falando na data havia meses, na Inglaterra os 16 anos são equivalentes aos 15 do Brasil. Ela resolveu comemorar em Londres, no quintal da casa dos avós, no sábado, e eu tenho certeza de que o único motivo para essa decisão foi o fato de o Alex ter dito que tinha que estudar para as provas e que por isso não poderia ir a Brighton no fim de semana. Se o Alex não ia até a Tracy, a Tracy ia até o Alex...

Fomos para Londres com toda a família, no sábado pela manhã. A festinha estava marcada para as 14h, seria um almoço. Eu estava meio ansiosa, já que era a primeira vez que ia encontrar o Christian depois da peça. Eu tinha mandado um e-mail agradecendo as flores, mas ele não escreveu nada em retorno. Eu estava louca para saber as impressões dele sobre a minha atuação, mas não quis telefonar, já que ele também devia estar em época de provas.

As pessoas começaram a chegar. Fui apresentada ao restante da família que eu ainda não conhecia, e, como sempre, todos se mostraram muito curiosos em relação ao Brasil. Quase todas as amigas da Tracy compareceram, a Ana Elisa chegou com os pais um pouco mais tarde, e alguns vizinhos, que apenas olhavam curiosos pela janela, acabaram também convidados para o almoço. O quintal estava bem cheio.

Olhei para a Tracy e vi que ela estava nervosa, olhando para a porta o tempo inteiro. Comecei a ficar meio aflita; se o Alex inventasse de não aparecer, iria estragar o aniversário dela.

Quase na hora de servir o almoço, ele chegou. Veio com uma enorme caixa amarrada com um laço de fita cor-de-rosa, e a Tracy ficou tão feliz ao vê-lo que não teve ninguém que não percebesse que o recém-chegado devia ser alguém muito especial. Ele pediu desculpas pelo atraso e disse que tinha chegado tarde por causa do presente, que solicitou à Tracy que abrisse rápido, pois tinha prazo de validade. Toda curiosa, ela desembrulhou a caixa, sob os olhares da festa inteira. Lá de dentro saiu o cachorrinho mais lindo que eu já tinha visto! Um bichon-frisé bem pequeninho, também com um laço no pescoço. Todos (menos o Kyle, observei), fizeram: "Ahhhhhhhhh....".

Eu pedi para carregá-lo, e ele era tão fofinho que eu não queria soltá-lo nunca mais, porém o Tom já estava puxando o meu braço, dizendo que era a vez dele.

Só então eu notei que o Alex estava sozinho. Olhei em volta mais algumas vezes, para ver se o Christian não estaria no meio das outras pessoas, mas ele realmente não estava lá. Uma sensação muito estranha tomou conta de mim, bem parecida com a que eu senti na noite depois da peça. Por que ele não tinha aparecido? Antes ele surgia do nada, em todos os lugares, era como se estivesse me seguindo, e agora, que eu queria falar com ele, ele simplesmente não ia mais a lugar nenhum, ou até ia, mas saía antes que eu pudesse vê-lo. Será que ele estaria fugindo de mim? Por qual motivo?

Resolvi perguntar ao Alex por onde ele andava, mas, nesse exato momento, o Kyle o convocou para uma conversa, junto com a Tracy. Percebi que os pais ingleses não eram tão diferentes assim dos brasileiros. O Kyle é supernovo, moderno, mas mesmo assim parecia ter ciúmes da filhinha mais velha.

Pelo que pude escutar enquanto eu fingia servir o almoço, ele estava perguntando qual era o grau de intimidade que os dois tinham e que, se fosse um namoro, por que então ele só tinha ficado sabendo daquilo naquele exato momento. Eu fiquei com muita pena do Alex. Ele é bem louro e alto, ficou parecendo um pimentão, estava vermelho até as raízes do cabelo. A Tracy, por sua vez, enfrentava o pai, dizendo que não tinha que contar para ele cada detalhe da sua vida, que com 16 anos ela já sabia se cuidar, que a palavra "namorar" estava em desuso e que eles dois estavam *se curtindo*. Resolvi interferir, pois realmente não queria que o aniversário acabasse em discussão. Servi um prato e, como se não estivesse sabendo de nada, fui até eles e o ofereci ao Alex, dizendo que tinha guardado um lugar para ele na minha mesa. Ele me olhou com uma expressão de profundo agradecimento. Veio me seguindo, e nós ainda ouvimos uma última repreensão, o Kyle queria saber da Tracy como ela iria fazer para que o Brownie aceitasse um cachorro em casa, porque, caso ela não soubesse, cachorros e gatos não se davam muito bem.

Eu puxei o Alex pelo braço e fiz com que ele andasse mais depressa em direção à mesa. Chegando lá, disse a ele que não se preocupasse, que eu sabia que a Tracy tinha adorado o presente e que ela sabia enrolar o pai como ninguém.

Ele não pareceu menos preocupado, mas pelo menos voltou à cor normal. Aproveitei para mudar de assunto e perguntei sobre o Christian, casualmente. Ele respondeu que o primo havia viajado com o pessoal da faculdade e que só voltaria na segunda-feira. Fiquei meio desapontada, mas pelo menos descobri que o motivo do sumiço não tinha nada a ver comigo.

Ainda assim, passei o resto do dia pensando em como seria bom se ele estivesse ali... Apesar de sempre me deixar sem graça, ele também fazia com que eu me sentisse especial.

A festinha durou até umas seis da tarde, aos poucos as pessoas foram indo embora, e o Alex, que tentou sair várias vezes antes, acabou ficando até o final, atendendo aos pedidos da Tracy. Quando eu vi que ele estava mesmo indo embora, levantei para me despedir e de repente tive uma ideia. Pedi que ele esperasse só um pouquinho, fui até a minha bolsa, peguei um bloquinho e escrevi um bilhete, pedindo a ele que o entregasse ao Christian. Ele prometeu que entregaria assim que o encontrasse e em seguida foi embora, dando um rápido beijo na Tracy, depois de olhar pelos ombros dela, para ver se o Kyle não estava por perto.

> Oi, Christian!
>
> Senti sua falta no aniversário da Tracy e também no final da minha peça. Te mandei um e-mail agradecendo as tulipas, você recebeu? Muito obrigada mais uma vez.
>
> Gostaria de te convidar para a festa de fim de ano letivo da minha classe do colégio. Na verdade, não é bem uma festa, nós apenas reservamos o parque de diversões do Brighton Pier para a turma do último ano e nossos convidados, e eu gostaria muito que você fosse, se você puder (e quiser, é claro).
>
> Vai ser lá no pier, no próximo sábado, dia 17, a partir de 19h.
>
> Vou deixar seu nome na porta. Já convidei o Alex, e ele já confirmou a presença. Espero que você possa ir também...
>
> Beijinhos!
>
> Fani

De: Ana Elisa <anelisa6543210@hotmail.com>
Para: Fani <fanifani@gmail.com>
Enviada: 11 de junho, 10:43
Assunto: Provas

Oi, Fanny,

Foi bem legal a festinha da Tracy ontem, pena que tive que ir embora supercedo porque o meu pai tinha que trabalhar!

Estou escrevendo pra dizer que, se não deixarem o cachorro ficar na sua casa, pode falar pra Tracy que eu fico com ele pra mim! Coisa mais fofa! Vai se chamar Cookie mesmo? Espero que ele não dê uma mordida no Brownie! Ou que o Brownie não queira um pedacinho do Cookie! Hahaha!

Te achei muito tristinha ontem... tenho certeza de que não teve nada a ver com o fato de um certo gatinho não ter aparecido...

Nos vemos no colégio amanhã. Esta semana vai voar por causa das provas. Você já passou em tudo, né? Não te falei que colégio na Inglaterra era muito mais fácil?

A festa no parque vai ser bem bacana, não vejo a hora.

Kisses!

Ana Elisa

De: Priscila <pripriscilapri@aol.com>
Para: Fani <fanifani@gmail.com>
Enviada: 13 de junho, 16:54
Assunto: Saudade!

Oi, amiga!

Tudo bem por aí? Tem tanto tempo que a gente não conversa! Estou com saudade! As meninas sempre me dão notícias de você, mas sinto falta da gente conversar pessoalmente.

Por aqui tudo tranquilo, o semestre está acabando, você conhece a loucura dessa época. Terceiro ano é ainda pior, os professores estão pegando mesmo no nosso pé. Não vejo a hora de esse ano acabar! Mas até que está passando rápido, já tem seis meses que você está aí! Está gostando mais agora? Espero que sim. E os gatinhos, algum em especial?

Por falar em gatinho, ontem foi dia dos namorados. O Rodrigo – como sempre – mandou que eu escolhesse meu presente, escolhi uma bolsa da Kipling. Dei pra ele um jogo de Nintendo Wii, só nisso que ele pensa...

A Natália que se deu bem, ganhou um colarzinho com um pingente de OURO com a letra N! Seu irmão tá podendo, hein?

Um grande beijo!

Priscila

De: Gabriela <gabizinha@netnetnet.com.br>
Para: Fani <fanifani@gmail.com>
Enviada: 15 de junho, 17:50
Assunto: Oi

Fani,

Recebi seu e-mail. Não tenho te escrito por pura falta de tempo, você não tem ideia de como está esse final de semestre. Muita inveja de você, que já está na última semana de aula. Que coisa louca essa festa no parque de diversões, hein? Adorei! Perfeito isso, bem melhor do que essas festas cafonas que a gente tem aqui na formatura!

No começo da semana, passaram uma lista na sala, todo mundo teve que escrever para qual curso vai prestar vestibular, pois a partir do próximo semestre teremos aulas também à tarde, e as salas vão ser formadas de acordo com a nossa opção (Humanas, Exatas ou Biológicas). Mas, pelo jeito, todo mundo vai continuar junto, na sala de Humanas, já que eu quero Psicologia, a Natália vai tentar Publicidade e o Leo está em dúvida entre Administração (escolha do pai dele) e Jornalismo (escolha dele). Se você estivesse aqui, também ficaria com a gente, a não ser que você já tenha mudado de ideia a respeito da faculdade de Cinema... você está meio mudada, eu ainda não entendi muito bem aquela história de ter gostado de atuar, e a Vanessa veio me dizer que você mandou um e-mail pra ela... isso é sério?

Ok, não vou mentir. Já que você perguntou, eu vou te contar. Mas você NÃO ouviu isso de mim, entendeu??? A Natália e seu irmão estão namorando, sim. Eles começaram a ficar direto, todo fim de semana, logo depois que você viajou, e em pouco tempo ele a pediu em namoro oficialmente, eles estão até usando um anelzinho de compromisso (a Natália sempre foi meio breguinha, mas eu nunca esperava isso do seu irmão, francamente!). Não sei até quando eles planejavam esconder isso de você, no fundo acho que foi até bom a Priscila ter te contado...

Que eu saiba o Leo não deu nada para a Marilu, pelo menos não ouvi nada a respeito. Eles continuam a mesma coisa, aquele namoro esquisito. O oposto do namoro da Natália, ela e o seu irmão quando se encontram dá até aflição de ficar perto, não param de se agarrar um segundo! Já o Leo... humpf. Nunca vi dar um só beijo nessa Marilu, é só mãozinha dada mesmo, parece namoro de pré-primário.

Você não perguntou sobre MIM, mas eu ganhei um perfume do Cláudio. Fiquei meio preocupada, afinal, você sabe o que dizem a respeito de namorados que se presenteiam com perfumes: "Acaba o frasco, acaba o amor". Espero que isso seja só uma superstição ridícula.

Beijo.

→ Gabi ←

P.S.: Fani, melhor eu te avisar de uma vez, já que você demora pra sacar essas coisas: Você está a fim desse Christian. Das 384 palavras que você escreveu no seu e-mail, 383 continham o nome dele. Acorda e beija logo.

> **Juno MacGuff:** Eu acho que eu estou gostando de você.
> **Paulie Bleeker:** Você quer dizer, como amiga?
> **Juno MacGuff:** Não... eu quero dizer de verdade. Porque você é a pessoa mais bacana que eu já conheci, e você nem ao menos precisa se esforçar para isso...
> **Paulie Bleeker:** Na verdade, eu me esforço bastante.
>
> (Juno)

Férias! Nem acreditei quando sexta-feira chegou! Na verdade, foi um pouco triste, pois o pessoal da minha turma estava no maior clima de despedida, já que agora cada um vai tomar um caminho. Aqui é diferente do Brasil. Cada cidadão britânico é obrigado a estudar até o terceiro ano científico (ouvi dizer que o pai que não matricula o filho pode até ser preso), e, a partir daí, já pode trabalhar legalmente. Porém, alguns optam por fazer universidade e, para isso, têm que cursar mais dois anos de colégio, fazendo um curso preparatório. Os alunos entram de acordo com a pontuação que ganham nesse curso, e todos eles tentam obter a melhor classificação possível, já que é ela que definirá a faculdade que irão estudar.

Vários dos meus colegas optaram por não fazer curso superior por enquanto. Dos que queriam continuar estudando, alguns preferiam cursar o colégio preparatório em Londres, outros resolveram ficar em Brighton mesmo. Por isso estava a maior melancolia, todo mundo se despedindo.

Apenas eu não iria a lugar nenhum, continuaria naquela mesma escola, repetindo o último ano. Apesar de ter passado, não teria o menor sentido em fazer o preparatório, pois a universidade onde eu quero estudar é no Brasil. Porém, como eu não posso ficar parada por um semestre inteiro, resolvi que, em setembro, quando começa o novo ano letivo, continuarei na mesma escola por apenas mais três meses, até a época de voltar pra casa. Mas apesar de estar retornando para a mesma escola e classe, vou sentir falta de uma coisa. Da Ana Elisa. Em agosto, ela volta para o Brasil, vai morar com uma tia. Ela quer fazer um cursinho pra tentar entrar na faculdade de Relações Internacionais no próximo ano e não quer nem ouvir falar de fazer esse curso na Inglaterra, o sonho dela é morar em solo brasileiro novamente. Já combinamos de nos encontrar quando do eu voltar, mas, com certeza, até lá, vou morrer de saudade.

O que acentuava mais ainda o ar de despedida era a festa no parque, que aconteceria no dia seguinte. Passamos a sexta-feira inteira ajeitando os últimos detalhes. Alguns alunos aproveitaram para acertar o restante do dinheiro (cada aluno pagou um pouco do aluguel do parque de diversões), outros fizeram faixas com o nome do colégio e bandeirinhas para decorar o parque com as cores da nossa escola (azul e prata), e eu só fiquei olhando aquilo tudo, doida para as horas passarem, para que o momento da festa chegasse logo.

As outras turmas do colégio também estavam bem agitadas, pois tinham acabado de anunciar a casa vencedora. A Tiger tinha sido a campeã, por acumular o maior número de pontos. Apesar de ter ficado um pouco chateada, pois eu queria muito ganhar a viagem-prêmio para Paris, fiquei feliz porque a Tracy era dessa casa! Ela e as amigas estavam pulando tanto que eu não tive como não ser contagiada pela alegria delas.

No dia seguinte, logo depois do almoço, fui para o píer, ajudar na decoração. A gente também tinha contratado vários carrinhos de pipoca e cachorro-quente, e, na hora da festa, cada aluno teria que tomar conta de um deles por meia hora. Tudo isso tinha que estar acertado antes de o parque abrir, o que havíamos marcado para as 19h.

Saí de lá umas 17h, fui rapidinho em casa só pra tomar um banho e trocar de roupa e, um pouco antes da abertura dos portões, eu já estava lá dentro novamente. Alguma coisa estava me deixando meio nervosa, eu não parava de me olhar no espelho. O dia estava muito quente, e eu não sabia se o vestidinho que eu tinha escolhido para não sentir calor era a melhor opção para andar nos brinquedos.

As luzes se acenderam, as pessoas começaram a chegar, e em pouco tempo o parque estava muito animado. Meus irmãozinhos foram uns dos primeiros a entrar e saíram logo me puxando para a montanha-russa. Eu, que ainda não estava no clima pra brincar, pedi à Ana Elisa para ir com eles no meu lugar, enquanto eu cobria o turno dela no carrinho de pipocas. Do lugar onde o carrinho estava localizado, eu podia ver as pessoas entrando, e cada vez chegavam mais e mais. O porteiro já estava até perdido com a lista de convidados, e vi que alguns dos meus colegas se ofereceram para ajudá-lo, já que a fila lá fora estava muito grande.

Um frio na barriga inexplicável começou a tomar conta de mim. Eu estava também um pouco impaciente por ter que ficar ali parada, sem fazer nada, já que ninguém parecia estar interessado em comer pipoca. A Ana Elisa continuava a correr com os meninos de um lado para o outro, entrando em todas as filas de brinquedos, e eu não parava de olhar para o relógio, louca para sair logo dali. Quando faltavam uns três minutos para que a colega que iria me substituir chegasse, vi a Tracy entrando no parque, de mãos dadas com o Alex. O frio na barriga aumentou, deve ter ido pra abaixo de zero. De repente, entendi o motivo da minha ansiedade.

A semana inteira eu tinha ficado esperando por um sinal de vida do Christian. Quando eu mandei o bilhete pelo Alex, tinha certeza de que ele iria me ligar ou mandar um e-mail imediatamente para falar que tinha recebido e que com certeza aceitaria o meu convite para a festa. Porém os dias foram passando, e ele não se manifestou. Eu cheguei a imaginar se o Alex teria mesmo entregado para ele, mas a Tracy me garantiu que ele havia recebido e que, segundo o Alex, os dois iriam à festa.

Porém, ali estava o Alex sozinho com a Tracy, sem nenhum sinal do Christian. A minha colega chegou, passei para ela o avental que a pessoa responsável pelas pipocas deveria usar e saí correndo, para tentar descobrir alguma coisa.

Quando cheguei ao local onde eles estavam, os dois abriram o maior sorriso e me cumprimentaram pelo sucesso da festa. O Alex já estava comprando fichinhas para tentar "pescar" um bichinho de pelúcia para a Tracy, e eu fiquei meio impaciente com a fixação que esse menino tinha em presenteá-la com bichos. Já não bastava o cachorro, que, apesar de ser mesmo um amor, não parava de fazer xixi nos tapetes e de roer os móveis? O Kyle já tinha avisado que se o Brownie continuasse arredio e sem querer entrar em casa por mais uma semana, a Tracy teria que dá-lo (o cachorro, não o Brownie) para alguém. Eu sabia que o Kyle iria voltar atrás, já que o flagrei fazendo carinho nele, mas realmente a gente não precisava de mais nenhum animal – real ou de brinquedo – em casa.

Eu comecei a puxar papo com o Alex, perguntei como tinha sido a semana em Londres, se ele iria ficar com saudade da Tracy enquanto ela estivesse em Paris e, de repente, quando olhei por acaso para o outro lado, para ver se a Ana Elisa não estava cansada de pajear os meninos, eu o avistei.

Na verdade, meu olhar foi atraído para três meninas da minha turma, as mais chatinhas, que estavam sorrindo muito e mais afetadas do que são normalmente. Elas não paravam de virar o cabelo de um lado para o outro e pareciam estar fazendo charme para alguém. Desviei um pouco a cabeça para poder ver com quem elas estavam conversando daquele jeito e, para a minha surpresa, era com *ele*.

Ele parecia muito animado. E lindo como sempre. Estava contando para as minhas colegas algum caso que devia ser muito interessante, pois todas as três não tiravam o olho dele.

Eu apontei para o lugar onde eles estavam e perguntei ao Alex se o Christian já as conhecia, pois estava parecendo que aquela intimidade não era coisa de um dia só. Ele olhou para ver de quem eu estava falando e, sem nem piscar, disse que *sim*. Ao ver minha expressão de surpresa, ele explicou que elas tinham puxado papo com eles dois alguns meses atrás, em uma festa que teve em Brighton. Na época, eles nem nos conheciam, ele acrescentou, olhando para a Tracy, como se estivesse se explicando. Em seguida, me contou que quando passou para o Christian o bilhete que eu tinha pedido para ele entregar, o Christian tinha lido e dito que já tinha sido convidado para a festa, pois, no dia da minha peça, coincidentemente, ele havia reencontrado aquelas meninas, e elas na mesma hora o chamaram. Pra terminar, ele disse que elas ficaram tão felizes quando ele disse que iria que marcaram com ele de se encontrar na porta, para não ter perigo de se desencontrarem lá dentro (como se isso fosse possível, o píer é do tamanho de uma azeitona!).

Por isso eu não tinha visto o Christian chegando com o Alex e a Tracy, ele provavelmente tinha ficado lá fora esperando as três amiguinhas!

Um sentimento estranho começou a tomar conta de mim, e eu dei uma desculpa qualquer para ir para o outro lado, antes que eles percebessem.

Fui atrás da Ana Elisa e mostrei para os meninos onde a Tracy estava, afinal ela era muito mais responsável pelos irmãos do que eu! Assim que eles saíram, comecei a contar o caso para ela, quase chorando de raiva.

"...E aí agora ele está lá, conversando com elas, nem procurou saber onde eu estava pra me cumprimentar! E ele só as reencontrou porque foi na *minha* peça! Aliás, aposto que nem esperou para falar comigo no final porque deve ter ido com elas para algum lugar!", eu disse, roxa.

"Calma, Fani", a Ana Elisa disse, segurando os meus braços, para que eu parasse de gesticular e me concentrasse. "Que história é essa? Não era você que não queria nada com ele? Aliás, acho que você mudou de ideia sobre isso há muito tempo e não quis me contar, já tem algumas semanas que eu estou percebendo que o seu olhar está diferente quando fala o nome dele..."

Ótimo, agora além de raiva, eu estava sentindo vergonha. Respirei fundo e comecei a falar bem devagarzinho e pausadamente, pra não ter que repetir: "Ana Elisa. Eu não sei se mudei de opinião. Eu não sei o que eu estou sentindo. O que eu sei é que não estou gostando nem um pouco dele estar lá com elas em vez de estar aqui comigo. E que eu senti a falta dele no fim da peça e também no aniversário da Tracy. Mas isso tudo é muito contraditório, porque, quando ele cantou pra mim e mandou as flores no teatro, eu tive vontade de matá-lo! Como você não é psicóloga, acho que não vai poder resolver esse meu problema. Mas pode me ajudar a tirá-lo de lá e fazer com que ele me veja!".

Ela abriu o maior sorriso e começou a dar uns pulinhos.

"Claro que eu ajudo!!! Mas só se você me prometer que vai falar tudo isso que me disse pra ele! Quer dizer, não precisa contar que teve vontade de matar alguém pelo fato dele ter tentado te agradar, mas isso de ter ficado com saudade, isso você vai ter que falar. Promete?"

"Eu não quis matar *alguém*", eu respondi. "A única pessoa que eu tive vontade de assassinar foi ele próprio, por ter me deixado tão sem graça. Mas isso não importa agora, temos que fazer alguma coisa antes que uma das três o agarre! Olha a cara de predadora delas! Não sei qual vai pular em cima primeiro!"

"Se eu der um jeito de tirá-lo de lá", ela falou com o dedo indicador apontado para mim, "você jura que não vai sair correndo? Que vai ficar sozinha com ele um tempo e conversar como *gente*?"

Eu engoli em seco. O frio na barriga já tinha congelado o resto do meu corpo todo, por mais quente que estivesse aquele local.

"Eu juro."

Sem falar mais nada, ela saiu em direção ao lugar onde ele estava. Eu comecei a tremer. O que eu tinha feito? Eu nem gostava daquele menino! Por que eu estava tão preocupada por ele estar conversando com outras pessoas?

Vi que a Ana Elisa passou por ele, sem parar, e foi até a roda-gigante. Ela conversou um pouco com o condutor, ele escutou sério, e em seguida eles apertaram as mãos, como se tivessem feito um acordo. Depois, ela foi na cabine do fotógrafo, onde algumas pessoas estavam tirando fotos para guardar de lembrança. Ela ficou lá dentro um tempo e em seguida saiu acompanhada por um homem com uma máquina de retratos no pescoço. Na sequência, ela foi até a Tracy e o Alex, falou alguma coisa e os dois também a seguiram. Eu comecei a ficar curiosa. O que ela estaria tramando? Mais pra frente um pouco, ela chamou o

Tom e o Teddy, que estavam tomando sorvete. Os dois ouviram o que ela tinha a dizer, fizeram que "sim" com a cabeça e foram atrás, se juntando ao fotógrafo, ao Alex e à Tracy. Só então ela foi até o Christian. Vi que ela pediu licença para as nossas colegas, enlaçou o braço dela no dele e o afastou dali, enquanto dava alguma explicação. Ele pareceu um pouco assustado, mas, assim que ela terminou de falar, ele sorriu. Olhou para trás, fez sinal para as meninas esperarem um pouco, pois ele tinha que ir a um lugar e voltaria depois.

De repente, percebi que eles todos estavam vindo em minha direção. Virei para o outro lado e fingi que eu estava procurando alguém, apenas para não parecer que eu estava esperando eles chegarem.

"Fani", ouvi a voz da Ana Elisa me chamando.

Eu me virei, fingindo surpresa.

"Estava te procurando!", eu disse olhando só pra ela. "Onde você foi?"

Ela começou a falar a mentirinha que provavelmente tinha contado para todos, com a cara mais triste do mundo: "Fani, eu estou voltando para o Brasil, você sabe. Não há nada que eu vá sentir mais saudade do que de vocês", ela apontou para cada um de nós. "Por isso, será que você se importa de posar para uma foto junto com a gente, para que eu possa levar de lembrança?".

Era daquela forma que ela ia conseguir que eu ficasse sozinha com ele? Bom, pelo menos ela já tinha conseguido tirá-lo das garras daquelas víboras. E a desculpa, eu tinha que reconhecer, era convincente.

Eu disse que claro que não me importava, e ela então falou, olhando para todos: "Pois é. Mas acabei de ter uma ideia. Quero uma foto diferente".

Todo mundo ficou olhando para ela sem entender. Eu olhei para o Christian e percebi que ele estava fazendo de tudo para não cruzar o olhar com o meu. Então não era impressão minha, ele realmente estava me evitando, nem queria me cumprimentar...

"Para marcar bem esse dia, essa festa", a Ana Elisa continuou a explicação, "acho que nada melhor do que um retrato temático!"

Ela voltou a andar e pediu que a gente viesse atrás. Eu continuei a olhar para o Christian, mas ele estava mesmo fingindo que eu não existia. Poucos passos depois ela parou, bem em frente à roda-gigante.

"Por isso, que tal tirarmos a foto aqui?", ela disse apontando para trás. Eu peço para alguém bater, quando nós todos já estivermos sentados.

Todo mundo se entreolhou, certamente com o mesmo pensamento: que a Ana Elisa tinha ficado doida. Mas ninguém ousou contrariar, afinal era como se fosse o último pedido dela, já que ela ia embora e tal.

Ela abriu o maior sorriso, conversou com a primeira pessoa da fila, que, sem reclamar nada, deixou que nós passássemos na frente. Em seguida deu uma piscadela para o fotógrafo e para o condutor e foi nos organizando. Colocou a Tracy e o Alex no primeiro banco, puxou o Teddy e o Tom e se sentou junto com eles no segundo e, lá de dentro, gritou para que eu e o Christian pegássemos o de trás.

O Christian, então, teve que falar comigo.

"Oi, Fani", ele disse, sem olhar para o meu rosto, enquanto levantava a trava de segurança para que eu pudesse me sentar. "Tudo bom?"

Eu, ao contrário, olhei fixamente para o rosto dele, tentando forçar um contato visual.

"Tudo bom... e com você?"

Ele se sentou ao meu lado, disse que estava tudo ótimo e ficou olhando para o fotógrafo, como se estivesse esperando que ele batesse logo aquela foto para que pudesse se mandar dali.

Mas, para a nossa surpresa, ele não tirou retrato nenhum. Ao contrário, esperou que o condutor ligasse os motores e que a roda-gigante começasse a girar. Ele falou para nós que a foto ia ficar mais legal se estivéssemos mais altos e continuou a deixar que ela rodasse. Eu tentei olhar para o carrinho da Ana Elisa e vi que ela estava se divertindo muito, junto com o Tom e o Teddy. Olhei para a Tracy e notei que ela e o Alex pareciam também estar adorando a voltinha, os dois estavam abraçadinhos olhando a vista do mar. Virei então para o Christian, que estava mudo, e resolvi não perder tempo. Do jeito que ele estava estranho, se eu não aproveitasse aquela chance, provavelmente não conseguiria falar com ele nunca mais. A volta não duraria mais do que um minuto, eu tinha que agir rápido.

"Christian", eu disse sentindo meu coração quase sair pela boca. "Aconteceu alguma coisa?"

Ele olhou rápido pra mim e repetiu o que o fotógrafo tinha dito, que ia colocar a gente no alto para tirar o retrato.

"Não...", eu falei. "Estou perguntando é se tem alguma coisa errada com você, aliás, comigo, porque você está todo estranho, eu te mandei uns e-mails, e você não respondeu, e eu te convidei pra vir aqui, e você – mesmo que eu já saiba que tenha sido convidado por outras pessoas também – não veio nem me cumprimentar... eu estou preocupada, você está com raiva de mim?"

Ele não respondeu. Percebi que ele estava olhando para o horizonte e que parecia estar muito longe dali. Comecei a desistir. O que quer que tenha feito ele se afastar devia ter sido muito grave, para ele nem querer me dizer. Em poucos segundos a gente chegaria ao solo novamente e ele certamente iria sair correndo.

Dei um suspiro e falei baixinho: "O que foi que eu fiz?"

Nesse momento, a roda-gigante parou. Lembrei da foto, olhei lá pra baixo e vi que o fotógrafo não estava em nenhum lugar visível, muito menos se preparando para tirar algum retrato nosso. As outras pessoas que estavam nos bancos também olhavam para baixo curiosas, e então o condutor saiu de dentro da cabine de controle e gritou que a gente teria que esperar um pouquinho, pois teria que trocar um fusível antes que terminasse a volta. Ele disse que não ia demorar e, em seguida, entrou novamente, nos deixando presos lá em cima. Se isso fosse armação da Ana Elisa, ela ia me pagar!

O tempo foi passando e nada. Maravilha. Tudo o que faltava na minha vida. Encarcerada a vários metros do chão com um menino que pelo visto me odiava. Excelente.

Nesse momento, o menino que me odiava, começou a falar. A princípio achei que ele estivesse apenas reclamando da situação, mas, ao me virar, percebi que ele estava, pela primeira vez no dia, olhando diretamente para mim. E que o que ele estava dizendo não era bem uma crítica ao brinquedo enguiçado.

"Desculpa, Fani, por ter te deixado confusa. Mas quando te vi na peça, percebi que eu estava muito, muito mais interessado por você do que eu imaginava. A palavra correta seria *apaixonado* mesmo."

Fiquei sem ar. Eu tinha torcido tanto pra ele conversar comigo, mas não era bem aquilo que eu esperava ouvir. E ele continuou.

"Então resolvi fugir do teatro, para não ter que falar com você no final. Eu percebi que eu não ia, que eu não *vou* conseguir ficar perto de você assim, do jeito que eu te prometi que seria, do jeito que você quer, apenas como amigo. Como eu não sou de quebrar promessas, achei melhor me afastar, pra te esquecer enquanto é tempo. Vim aqui hoje só mesmo pra fazer companhia para o Alex, para não deixá-lo voltar sozinho dirigindo pela estrada à noite. Estou te contando isso tudo só para que você não fique achando que o problema é com você, mas não se preocupe, pois, assim que nós descermos, eu vou te deixar em paz", ele virou o rosto para o outro lado e ficou com o olhar perdido no horizonte, parecendo bem chateado.

Fiquei até meio tonta. Eu já tinha ouvido aquilo antes em algum lugar. De repente, meu coração começou a bater muito forte. A história estava se repetindo! O Leo também havia fugido para não ter que se envolver comigo, e foi só então que eu percebi o quanto gostava dele, quando já era tarde demais...

Eu não podia perder outra vez.

"Christian!", eu chamei.

Ele desviou o olhar da vista e olhou novamente para mim. Atrás dele eu só enxergava o céu, era como se estivéssemos pertinho das estrelas. Respirei fundo, pois o ar parecia que realmente não estava entrando direito, fechei os olhos e criando coragem, disse: "Eu acho... eu *quero* ser mais do que uma amiga".

Abri os olhos e vi que ele estava me olhando como se não tivesse escutado direito. Eu continuei.

"Sinceramente, eu não sei se já estou preparada pra me envolver com outra pessoa, mas acho que, se eu não tentar, eu nunca vou saber. O que eu tenho certeza é que não gostei de você ter ido embora da peça sem falar comigo. E que senti sua falta no aniversário da Tracy. E que agora a pouco fiquei com ciúmes por te ver com as minhas colegas. E que só de imaginar que ia te encontrar, hoje mais cedo, me senti feliz por perceber o meu coração disparado, ao constatar que ele ainda está *vivo*".

Ele não esperou que eu dissesse mais nada. Pegou o meu rosto com as duas mãos, como se estivesse segurando a coisa mais frágil do mundo, e puxou devagar em direção ao dele. A roda gigante voltou a girar e eu nem percebi.

De: SWEP <josecfilho@smallworldep.com.br>
Para: Fani <fanifani@gmail.com>
Enviada: 17 de junho, 17:30
Assunto: Relatório semestral
Anexo: relatorio.doc

Estefânia,

Em anexo estamos enviando o relatório semestral do SWEP para que possamos saber sua impressão sobre o primeiro semestre do intercâmbio. Favor responder assim que possível e nos enviar.

Atenciosamente,

José Cristóvão Filho - Oficial de intercâmbio do Small World Exchange Program (SWEP)

De: Ana Elisa <anelisa6543210@hotmail.com>
Para: Fani <fanifani@gmail.com>
Enviada: 17 de junho, 23:45
Assunto: Juro

JURO que eu não tive nada a ver com o fato da roda-gigante ter parado. Eu só pedi que o condutor deixasse dar uma volta antes de tirar a foto para que você ficasse sozinha com ele por um tempinho, mas nem imaginava que iria ser um tempão! Foi o destino.

Kisses!

Ana Elisa

P.S.: Mas, pelo que vi, acho que sua cabeça deve estar rodando mais do que a roda-gigante...

De: Christian <christian-uk@hotmail.com>
Para: Fani <fanifani@gmail.com>
Enviada: 18 de junho, 06:43
Assunto: Beijo

Fani,

Estou escrevendo só pra te falar que eu não consigo pensar em nada além do seu beijo...

Christian

Maggie: E aí, foi um beijo comum ou foi um super beijo daqueles de fazer arrepiar e dar um friozinho na barriga?
Ashley Albright: Foi o suficiente para ele me convidar para sair de novo.

(Sorte no amor)

Relatório Semestral do SWEP **Small World Exchange Program - 1º semestre**	
Nome: Estefânia Castelino Belluz	
Idade: 17 anos	
Cidade e país do intercâmbio: Brighton - Inglaterra	
Pai anfitrião: Kyle Marshall	**Profissão:** Economista
Mãe anfitriã: Julie Marshall	**Profissão:** Arquiteta
Irmãos anfitriões: Tracy, Thomas e Theodore Marshall	

Como você considera sua adaptação nesse primeiro semestre?

Muito boa. Minha família anfitriã é excelente, eu realmente me sinto em casa. Estou adaptada desde a primeira semana.

Viagens que já fez e com quem:

Londres – Com a escola, com minha amiga brasileira Ana Elisa e sua mãe, com minha irmã e meus pais anfitriões.
Yad Moss (estação de esqui no norte da Inglaterra) – Com minha família.

Viagens programadas e com quem:
Agora nas férias irei conhecer algumas cidades perto daqui: Bournemouth, Bath e Bristol, com minha amiga Ana Elisa e seus pais. São as que eu sei até o momento.
Qual foi o seu melhor momento até agora?
O meu aniversário, quando minha família anfitriã fez uma festa surpresa para mim. Mas cada momento que eu tenho passado aqui é mais especial do que o outro.
E o pior?
Quando eu tive vontade de voltar para o Brasil, por razões sentimentais.
Pontos positivos do intercâmbio:
Tudo. Estou conhecendo várias pessoas novas, fazendo novos amigos, meu inglês está quase fluente, já viajei para lugares diferentes e vou viajar ainda mais, estou me tornando (um pouco) menos tímida e bem mais independente.
Pontos negativos do intercâmbio:
Apenas a saudade da família e das amigas do Brasil.
Escreva a melhor coisa que você aprendeu nesses meses:
Devemos dar uma chance para a felicidade em qualquer lugar que estejamos...

Ele me ligou em todos os dias da primeira semana de férias. Em vez de achar bom, como era de se esperar de qualquer menina que tivesse incentivado um cara lindo a beijá-la, eu fiquei preocupada. Porque a verdade é que, mesmo que eu desejasse muito aquele beijo, nem de longe eu senti com ele (e nem com todos os outros que vieram depois), a sensação que o (único) do Leo havia me provocado.

Eu comentei isso com a Tracy, quando nós chegamos em casa. Ela já sabia de cor e salteado toda a história do Leo e o quanto eu havia sofrido por ele e, por isso mesmo, falou para eu não me preocupar com sensações e sentimentos naquele momento. Ela me aconselhou a viver, a curtir, pois – de qualquer forma – em alguns meses eu voltaria para o Brasil e teria que me despedir do Christian. Pelo menos nesse tempo ele me faria companhia no cinema e, quem sabe, eu não acabaria por gostar dele pra valer?

Resolvi seguir os conselhos dela, afinal, também não era como se o beijo tivesse sido ruim, muito pelo contrário. Como tudo o que fazia, o Christian também beijava muito bem. Tenho certeza de que ele faria ir às alturas a temperatura de qualquer menina. O defeito estava dentro de mim, o meu termômetro sentimental estava quebrado, e eu tinha minhas dúvidas de que algum dia alguém faria com que ele funcionasse novamente.

Dessa forma, não recusei o convite dele para passar o sábado seguinte em Stratford Upon Avon. Ele me encontraria em Brighton e a gente pegaria um trem até lá. A Ana Elisa já tinha me falado demais sobre "a famosa cidade onde Shakespeare nasceu", e eu não via a hora de conhecê-la.

Eu esperava mesmo que valesse a pena, pois tive que pedir autorização tanto para os meus pais ingleses quanto para os brasileiros. Primeiro, expliquei para a Julie e o Kyle que um *amigo* havia me convidado para passar o dia com ele em Stratford, se teria algum problema. Eles inicialmente disseram que não, ficaram contando da cidade, falando dos pontos turísticos que eu não poderia deixar de ver... mas, em seguida, eles perguntaram se eu já tinha avisado para os meus verdadeiros pais dessa viagem e se eles haviam autorizado. Balbuciei qualquer coisa e fui correndo mandar um e-mail para a minha mãe, morrendo de medo dela vetar. Para minha surpresa, ela adorou saber que eu iria viajar pela Inglaterra, pediu para eu tirar muitos retratos para que pudesse mostrar para as amigas e mandou uma autorização por escrito, para que eu imprimisse e pudesse mostrar para qualquer pessoa que solicitasse.

No sábado, acordei ansiosa. Eu queria muito que a Tracy fosse com a gente, mas ela estava na França, com o resto do pessoal do colégio que tinha vencido o torneio da casa, e só voltaria na segunda-feira. Implorei então para a Ana Elisa ir junto, mas ela falou que preferia morrer a ficar de "vela" para nós dois. Eu ainda tentei convencer o Christian a convidar o Alex, mas ele disse que estava cansado de falar inglês e que, se o Alex fosse, nós não poderíamos conversar em português, para não deixá-lo deslocado. Foi a desculpa mais furada que eu já escutei, pois eu sei perfeitamente que o Alex entende português, mas não tive como contestar.

Como combinado, nos encontramos na estação. Ele abriu o maior sorriso quando me viu. Eu fiquei morrendo de vergonha. Era a primeira vez que a gente estava se encontrando depois da festa. Ele disse que já tinha comprado as passagens, eu como sempre reclamei por ele não ter me deixado pagar e eu percebi que ele também estava meio sem graça, sem saber como me cumprimentar.

Me adiantei e dei um abraço, seguido de um rápido beijinho no rosto dele, pois eu não estava preparada para beijá-lo na boca, na frente de todas aquelas pessoas, em plena luz do dia. Nesse momento, um pensamento passou pela minha cabeça. Quando o Leo me beijou, era meio da tarde, e eu nem me importei com a quantidade de gente que estava em volta...

Nos sentamos no vagão, e ele tirou da mochila um embrulhinho, que me entregou. Eu fiquei segurando e suspirei. Pelo formato, eu já sabia o que devia ser.

"Christian, você não tem que ficar me dando presentes!", eu falei, antes mesmo de desembrulhar.

"Mas esse é um presente que eu não poderia deixar de te dar", ele explicou. "Abra!"

Eu obedeci, já sabendo que era um DVD. Porém, me surpreendi ao ver que não tinha nada na capa, era toda preta. Quando a abri, fiquei estática ao ler o que estava escrito no próprio DVD.

> *Sonho de uma noite de verão*
> Estrelando: Fani Castelino Belluz

"Eu posso não ter te esperado para os cumprimentos", ele disse sorrindo, "mas eu vi a peça inteira. Mais do que vi, na verdade. Eu filmei tudo. Pedi para me emprestarem na BBC uma minifilmadora portátil. Minha intenção era só poder te rever inúmeras vezes, mas como a filmagem ficou boa, resolvi te dar de presente".

Eu fiquei sem palavras. Vendo que eu não ia dizer nada, ele continuou.

"Não pense que eu estou te dando o original... isso é só uma cópia."

"Como assim?", eu perguntei assustada. "O que você vai fazer com essa filmagem?"

Ele sorriu meio de lado, como se fosse óbvio o que ia dizer: "Vou ficar pra mim, ué. Pra poder ver essa fadinha linda toda hora que me der saudade...".

E sem esperar que eu estivesse preparada, sem importar com as pessoas em volta ou com o fato de o sol estar bem forte, ele me beijou. Ia ser realmente longo aquele dia...

Chegando a Stratford, qualquer preocupação que estivesse me atormentando sumiu. A cidade era um sonho. Tudo parecia cenário de filme. O tempo parecia não ter passado ali, me senti no século XVII.

O Christian, que já tinha estado lá algumas vezes, bancou o guia turístico e me levou em cada esquina, contando toda a história da vida de Shakespeare. Ele também havia sido um jovem que sonhava demais e acabou escoando esses sonhos por meio das peças que escrevia. Fiquei imaginando como seria bom se algum dia eu pudesse ser famosa pelos meus futuros roteiros...

Andamos tanto e vimos tantas coisas que, quando me assustei, o sol já estava se pondo.

"Fani, tem um lugar que eu quero te mostrar antes que a chegue a noite", o Christian disse, segurando a minha mão.

Andamos um pouco e paramos em uma pequena ponte. Ao atravessar, chegamos ao lugar mais bonito que eu já tinha visto na vida. Ele tinha guardado o melhor para o final.

"Aqui, todos os fins de semana nesse horário, tem música instrumental ao vivo", ele disse, apontando para um senhor, que estava tocando violino.

Eu olhei em volta e percebi que estávamos na entrada de um parque. Ele era cercado por um laguinho, cheio de cisnes nadando. Algumas pessoas passeavam de barco, e a música suave do violino parecia inerente ao local. O pôr do sol refletia na água, deixando tudo cor-de-rosa, e eu tive vontade de chorar, por estar em um lugar tão lindo como aquele.

"Gostou?", ele perguntou.

Eu estava meio emocionada. Só fiz que "sim" com a cabeça. Ele então me abraçou por trás, e ficamos um tempo assim, calados, assistindo ao sol se pôr.

Quando começou a escurecer, fomos caminhando devagar em direção à estação. Surpreendentemente, o dia tinha passado muito rápido e sido perfeito.

Um pouco antes de chegarmos, ele parou. Já se podia ver a lua, e a cidade estava ainda mais romântica, pois as ruas eram iluminadas por lampiões, como no passado.

"Fani...", ele começou a falar. Percebi que ele parecia nervoso. Imediatamente fiquei nervosa também.

"Eu estou querendo te perguntar uma coisa desde o começo do dia, mas custei a criar coragem..."

Respirei fundo, imaginando o que viria.

"Você... quer namorar comigo?"

Gelei. Comecei a pensar a mil por hora, eu estava gostando de ficar com ele, e ele era uma gracinha, além de me tratar como uma princesa... mas será que eu queria namorar? Me lembrei de todos os nossos encontros, desde o dia em que eu o havia conhecido. Por mais que eu não quisesse admitir, eu havia gostado de cada um deles. E esse menino realmente parecia encantado. Era como se ele tivesse saído das telas do cinema, um verdadeiro *gentleman*, que não poupava esforços para me agradar, que imaginava tudo o que eu pudesse gostar, e, além do mais, aquilo, agora: um pedido de namoro com todas as letras, como se a gente tivesse mesmo voltado no tempo.

Fiquei um pouco calada, enquanto ele continuava me olhando com uma expressão ao mesmo tempo ansiosa e triste, parecendo um cachorrinho abandonado. Senti vontade de carregá-lo no colo. Sem pensar em mais nada, eu o puxei em minha direção.

"Quero", eu disse baixinho, no ouvido dele.

Ele me afastou para ver se eu estava falando sério, eu sorri, e ele me abraçou apertado.

"Eu vou te fazer a menina mais feliz do mundo", ele disse, me enchendo de beijos em seguida.

Eu esperava do fundo do meu coração que ele conseguisse.

De: Natália <natnatalia@mail.com>
Para: Fani <fanifani@gmail.com>
Enviada: 07 de julho, 13:35
Assunto: Desculpas...

Oi, Fani!

Desculpa ter demorado a responder, minha mãe me proibiu de entrar na internet até que as provas terminassem. Entrei de férias hoje, nem acredito!

Eu *sei* que foi a Priscila que te contou sobre o Alberto, ela já tinha me falado que havia comentado com você sobre meu presente de dia dos namorados... mas é que eu tinha esperança de que você nem houvesse prestado atenção, ou até pensado que era loucura da cabeça dela. Bom, louca ela não é, mas com certeza é uma grande fofoqueira! Eu e a Gabi não estamos contando mais nada pra ela, mas no caso do pingente não teve jeito, ela viu, afinal ele é lindo e fica todo brilhante no meu pescoço.

Desculpas por não ter te falado antes, Fani... é que eu fiquei com muito medo de você ficar com ciúmes do seu irmão e não querer mais ser minha amiga... aí eu pedi que ele guardasse segredo. Por favor, não vai brigar com ele, é tudo culpa minha. Mas é um alívio saber que já posso conversar com você sobre esse assunto! Por várias vezes eu achei que você estivesse desconfiada, mas era só impressão minha, né? Aposto que, se a Priscila não tivesse soltado a informação, você só iria descobrir no final do ano, quando voltasse e nos visse juntos...

Pode deixar que daqui em diante eu vou te contar tudo. Só posso te dizer que eu nunca estive tão apaixonada! Seu irmão é mais perfeito que o Michael Moscovitz, aliás, nosso romance está muito mais bonito do que os dos livros da Meg Cabot!

Quando a gente casar, você vai ser minha madrinha, tá?

Beijinhos!

Natália ♥

De: Alberto <albertocbelluz@bol.com.br>
Para: Fani <fanifani@gmail.com>
Enviada: 08 de julho, 17:02
Assunto: Foi mal!

Oi, irmãzinha!

Puxa, foi mal... não sabia que você iria ficar tão brava por eu não ter te falado sobre a Nat! Ela me contou sobre o e-mail desaforado que você mandou. Não briga com ela, a culpa é toda minha, eu é que pedi para ela não te contar! É que eu pensei que você não fosse gostar, que fosse pensar que eu estava apenas me aproveitando da sua amiga, que iria dar uns "pegas" e sair fora... Mas eu te asseguro que não é nada disso! Eu conheço a Nat desde criancinha, você sabe, tenho o maior respeito por ela! Pode deixar que eu não vou fazer com que ela sofra de jeito nenhum! Muito pelo contrário. Eu é que estou sofrendo por ter que ficar longe dela a semana inteira, agora você entende a minha vontade de voltar pra BH! O caso é sério, essa gata me pegou de jeito, não consigo pensar em outra coisa! Obrigado por ter me dado a dica do pingente com a letra do nome dela; como você já deve ter percebido, o conselho não era bem pro meu amigo...

Juro que a gente tinha a intenção de te contar, nós já havíamos até ensaiado o que falar quando você voltasse! Pena que alguém te contou antes. Tenho certeza de que, se não fosse por isso, você não sacaria nunca. A gente conseguiu esconder direitinho, você nem desconfiava, né? O ponto bom é que agora eu já posso levar ela lá em casa. Tenho certeza de que a mamãe te avisaria no mesmo segundo que eu entrasse com a Nat pela porta.

Beijão!

Alberto

De: Cristiana <cristiana.acb@gmail.com>
Para: Fani <fanifani@gmail.com>
Enviada: 17 de julho, 15:12
Assunto: Alberto

Minha filha, eu estou escrevendo para perguntar se você tem conversado com o seu irmão Alberto e se pode me dizer o que está acontecendo com ele. Sinto te informar, mas seu irmão está meio *maluco*, só tenho essa palavra para defini-lo.

Primeiro, inventou que não ia mais estudar em Divinópolis, tanto fez que acabou conseguindo. Há poucos dias ele me contou que conseguiu a transferência e que está se mudando de volta para Belo Horizonte, embora tenha que cursar antes um semestre de Enfermagem, para eliminar umas matérias até que sua vaga no curso de Medicina seja realmente efetivada. Como se não bastasse, no dia seguinte a esse pronunciamento, ele trouxe aqui em casa a sua amiga de infância, Natália, e a apresentou como *namorada*! Você sabia disso, minha filha? Imagina se seu irmão apronta alguma para essa moça, com que cara eu vou olhar para a mãe dela? E aí, ontem, pra completar, eu estava colocando umas meias na gaveta dele e você não sabe o que eu descobri! Um par de alianças! Um par de alianças de ouro, Fani! Fani, você sabe algo a respeito???????? O seu irmão não PODE se casar, ele é muito novo, só tem 23 anos! E sua amiga tem o quê? 16, 17? Fani, eu preciso te perguntar algo muito importante, só você pode sanar a minha dúvida.

A Natália está grávida?

Nem consigo escrever mais, estou com uma enxaqueca que você não calcula. Vou me deitar. Espero que você me responda urgentemente. Por favor, se conversar com seu irmão, tente incutir algum juízo na cabeça dele!

Mamãe

24

> **Leléu:** A senhora tem vontade de ser artista de cinema, é?
> **Lisbela:** Hum, meu filho, eu não sou nem americana pra ser artista.
> **Leléu:** Hum, minha filha, nunca ouviu falar de artista nacional, não, é?
> **Lisbela:** É, mas história de amor bonita mesmo, só nesses filmes.
> **Leléu:** Mas quando a mocinha é nacional o bom é o que o beijo já vem traduzido.
>
> (Lisbela e o prisioneiro)

A Ana Elisa foi embora na primeira semana de agosto. A mãe dela planejou uma festinha de despedida, e eu pude antever como seria quando eu tivesse que ir embora. Muita choradeira e ninguém com menor clima para festejar nada. Eu, particularmente, estava arrasada. Naqueles meses de convivência, nós duas nos tornamos verdadeiras irmãs. Eu sentia como se ela fosse uma das minhas amigas de infância, e era muito difícil imaginar que a gente possivelmente nunca mais moraria na mesma cidade, já que a tia dela é de Brasília, e era lá também que ela iria fazer faculdade.

Eu queria levá-la ao aeroporto, mas ela pediu para eu não fazer isso.

"Fani, aeroportos já são tristes o suficiente", ela falou. "Vamos nos despedir aqui mesmo... Olha, não fica chateada, a gente vai conversar todos os dias pelas redes sociais! E eu prometo que vou a BH, quando você voltar!"

Eu disse a ela que não ia ter mais com quem sair em Brighton e que a escola ia ser muito chata de agora em diante. Ela respondeu que eu nem ia ver o tempo passar e que, para me fazer companhia, eu teria a Tracy, que por sinal ia ser da minha sala, o que faria a escola não ser tão ruim assim.

"E, além disso", ela prosseguiu tentando me consolar, "você agora tem um namorado lindo, que não te larga um minuto! Nesse último mês eu mal consegui te ver, pois o tempo todo vocês estavam juntos, até achei que ele fosse dar um jeito de seguir a gente na viagem...".

Era verdade. Nas duas semanas anteriores, eu tinha viajado com ela e os pais. Eles tinham planejado passar 15 dias no interior da Inglaterra, para aproveitarem bem os últimos dias dela no país, e me convidaram para ir com eles. Foi o único tempo que o Christian passou longe de mim. Desde o dia em que aceitei o pedido de namoro, ele vinha para Brighton todos os finais de semana, e só não aparecia antes por causa do estágio na BBC, onde não teria férias. Tenho a impressão de que, se não fosse por isso, ele passaria a semana inteira morando no *camping* de Brighton, que era onde ele dormia nos dias em que ficava aqui. Como o Alex também engatou um namoro sério com a Tracy, os dois vinham juntos na sexta-feira, traziam uma barraca e só iam embora no domingo à noite.

Eu estava começando a ter problemas. A Tracy passou a sumir. E o Kyle e a Julie vinham perguntar para *mim* onde ela estava, como se eu fosse obrigada a saber. A Tracy é duzentas vezes pior do que a Natália, não para em casa nunca. E, enquanto a Natália tem um pai superbravo que colocou freio nela desde pequena, o Kyle apenas agora parecia estar percebendo o fogo que a filha tinha. Ela nem havia contado a eles que estava mesmo namorando, ao passo que eu, logo após a viagem de Stratford, fiz questão de pedir o consentimento dos meus pais (brasileiros e ingleses), dos irmãos, das amigas... do mundo inteiro! E apresentei o Christian na primeira oportunidade, para não ter que ficar me explicando depois. Para piorar, eu passava a maior parte do tempo namorando dentro de casa, assistindo a um DVD atrás do outro, o que acentuava ainda mais o contraste entre nós duas. A Tracy saía pela manhã, muitas vezes nem voltava para almoçar e só aparecia à noite, com a maior cara de felicidade do mundo. E adivinha para *quem* o Kyle e a Julie perguntavam onde ela passava o dia inteiro? Eu já não tinha mais o que inventar.

Eu imaginava perfeitamente o que eles faziam durante esse tempo. O Christian tinha cansado de me chamar para conhecer o *camping* e, como em todas as vezes eu dizia uma desculpa diferente, aos poucos ele acabou desistindo. A Tracy, porém, parecia conhecer cada detalhe da barraca deles...

Eu estava sozinha em casa, em uma manhã, no meio das férias, quando a campainha tocou. Abri, imaginando que deveria ser algum amiguinho dos meninos, e já estava preparada para dizer que eles estavam na praia, mas, para minha surpresa, era um entregador. Fiquei atônita quando ele disse que tinha uma encomenda para "Estefânia C. Belluz".

Assinei o protocolo de encomenda e recebi o pacote, que não era muito pesado e tinha o tamanho de aproximadamente uns cinco DVDs. Procurei em todos os lados do embrulho o nome de quem o havia mandado, mas a única coisa que tinha eram os meus dados.

Subi para o meu quarto, já rasgando o papel, sentei na minha cama e me assustei com a minha percepção. Realmente eram cinco DVDs que estavam lá dentro! Olhei os nomes: *Fica comigo esta noite*, *Pequeno dicionário amoroso*, *Lisbela e o prisioneiro*, *Amores possíveis* e *A dona da história*.

Uma folha os envolvia, com um pequeno texto digitado, sem assinatura:

Fani, estes DVDs são para você não se esquecer que finais felizes não acontecem apenas em Hollywood. O Brasil pode ter histórias mais lindas que as internacionais, e você pode deixá-las escapar, se não der uma chance para os roteiros nacionais.

Olhei novamente a embalagem, para ver se não tinha mesmo algum nome, mas estava tudo em branco. Abri cada um dos DVDs, na esperança de encontrar uma explicação dentro deles, coloquei para tocar, mas realmente eram apenas os filmes. Fiquei dois dias assistindo a cada um deles. Não encontrei nenhuma dica sobre o remetente, mas me surpreendi com os DVDs. Com essa minha fixação por Hollywood, eu nunca tinha dado mesmo muita atenção aos filmes do Brasil. Que tempo eu vinha perdendo! Me emocionei em todos eles, para nenhum eu daria menos que cinco estrelinhas.

Nesse meio-tempo, liguei para a minha mãe e conversei com a Gabi pelo Skype, mas elas não sabiam nada sobre a remessa. Pedi que elas perguntassem para todas as pessoas que pudessem ter mandado, mas no fim do dia elas já haviam me escrito dizendo que não tinha sido enviado por ninguém que elas conhecessem. Resolvi, então, perguntar para o Christian, mas só consegui fazer com que ele ficasse com ciúmes. Ele disse que não ia me dar mais nenhum DVD (depois que ele descobriu que eu escrevo no Twitter os DVDs que quero ter, a cada um dos nossos encontros, ele aparece com um), já que outras pessoas também estavam fazendo isso para mim e ele gostava de ser exclusivo. Em seguida, ficou exigindo que eu dissesse quem havia me mandado os filmes. Como se eu soubesse! Falei que, se ele descobrisse, era para fazer o imenso favor de me contar!

Acabei, mais uma vez, desistindo. Alguém estava brincando comigo e, ao contrário do meu aniversário, quando eu fiquei desesperada para saber quem era o remetente anônimo, eu não estava mais com tanta necessidade de descobrir. Os meses estavam passando cada vez mais depressa, e eu tinha muita coisa pra fazer, em vez de perder tempo com um joguinho de esconde-esconde que eu já sabia que não ia dar em nada.

De: Ana Elisa <anelisa6543210@hotmail.com>
Para: Fani <fanifani@gmail.com>
Enviada: 12 de agosto, 13:51
Assunto: Saudade!

Fanny!

Que saudade!!!!

Puxa, juro que não imaginei que fosse sentir tanto a sua falta! Tem só duas semanas que eu voltei, mas parece que tem muito mais! Estou adorando estar de volta ao Brasil, não canso de olhar pela janela e ver esse céu azul, as pessoas felizes andando no meio da rua, de ligar o rádio e escutar música brasileira... Já comi até feijoada! Mas eu queria que você estivesse aqui também!

Quando souber direitinho o dia da sua volta, não esqueça de me avisar, preciso comprar minha passagem com antecedência, pois faço questão de ir a BH para te receber (e matar a sua amiga Gabi de ciúmes, hihihi)!

Tem visto a minha mãe? Não deixe de visitá-la, tá? Ela chora em todas vezes que conversamos pelo telefone. E como ela não é muito ligada à internet, não dá para a gente se falar com frequência...

Como está a vida em Brighton? A vista do píer continua linda? E sua irmã Tracy, já criou juízo? Por falar em juízo, a quantas andam você e o Mr. Christian? Aposto que você não resistiu e foi conhecer a *barraca* dele... pode me contar com detalhes, viu, dona Fani! Ai, ai, imagina um deus daqueles querendo me levar pra barraca... fico sem ar só de imaginar. Mas eu sei que seu grau de santidade é alto... Aliás, acho que o santo é ele! O pobre do menino já deve ter assistido a todos os DVDs do mundo! Isso é que é paixão! Quero ver como vai ser quando você vier embora, pode se preparar que ele vai querer voltar para o Brasil com você...

Beijinhos!

Ana Elisa

De: Correios <ectbrasil@ect.com.br>
Para: Fani <fanifani@gmail.com>
Enviada: 15 de agosto, 17:30
Assunto: Encomenda

Prezada Estefânia,

Informamos que não temos como rastrear um pacote apenas pelo nome do destinatário, precisaríamos também do número do protocolo, que o remetente deve ter recebido junto com a nota fiscal, no ato da postagem. Como sua solicitação se refere exatamente ao nome do remetente, creio que você não tenha esses dados em mãos. Dessa forma, sinto em informar que não poderemos ajudá-la.

Atenciosamente,

Rosana C. Pinto
Empresa de Correios e Telégrafos do Brasil

De: Inácio <inaciocb@mail.com>
Para: Fani <fanifani@gmail.com>
Enviada: 18 de agosto, 22:00
Assunto: Faltam quatro meses

Oi, Fani!

Que saudades da minha irmãzinha! Estava lembrando de você hoje e de repente me dei conta de que agora falta pouco para você voltar!

Já estamos no meio de agosto, então em pouco mais de quatro meses você estará aqui com a gente de novo! Como está passando rápido!

Acho que você vai achar tudo muito diferente... Seus sobrinhos começaram a falar, a Juju está toda convencida porque a primeira palavra que os dois disseram foi "Iuiu"! Ela está uma verdadeira mocinha, acho que vai ser a pessoa que você vai notar mais diferença fisicamente...

Por falar em fisicamente, como andam os exercícios? A mamãe disse que você engordou cinco quilos... Cuidado, lembre-se que você vai chegar aqui em pleno verão... suas amigas vão estar todas malhadinhas, e eu tenho certeza de que você não vai querer ficar pra trás.

Ah, creio que você já saiba da novidade... o Alberto está namorando a Natália! Pobre menina... dê uns conselhos para ela, Fani, ela pode conseguir coisa melhor! A mamãe está neurótica, cismou que eles vão se casar, você imagina o Alberto casado??? Só por via das dúvidas, perguntei pra ele sobre umas tais alianças que a mamãe encontrou na gaveta dele. Ele respondeu todo nervoso (Não tô te falando? Nosso irmão é "casamentofóbico", só de ouvir falar no assunto já começa a se coçar!) que era de um amigo da faculdade dele, que ele só estava guardando para não ter risco da namorada do cara encontrar antes da hora. A mamãe tem que parar de tomar aqueles remédios homeopáticos, eles devem estar causando alucinações!

Como vai o *seu* namoro? Admito que, pela foto que você mandou, até que eu fui com a cara do rapaz, bastante distinto, com jeito de responsável, lembra um pouco aquele marido da Demi Moore, como é o nome dele? Ah, o Ashton Kutcher. Mas quero saber é se *você* continua com a responsabilidade exemplar que sempre teve. Cuidado, viu, Fani? SE CUIDA. E você sabe do que eu estou falando.

Beijão!

Inácio

25

> Júlia: Eu sempre cuidei de mim sozinha!
> Carlos: E pelo visto não deu muito certo.
>
> (Amores possíveis)

A bomba explodiu no último fim de semana de férias. Acordei cedo no sábado para esperar o Christian chegar. Ele precisou fazer hora extra no estágio no dia anterior e, por esse motivo, não pôde ir para Brighton na sexta-feira, como de costume. Combinamos então que ele me encontraria em casa às 10h. Ainda eram 8h, mas o Tom e o Teddy já estavam indo para a praia. Eu abri a boca para perguntar se eles não achavam que estava um pouco frio para aquele tipo de programa, mas, assim que me viram, começaram a insistir para que eu fosse junto, alegando que o dia estava lindo. Eu acabei concordando só para fazer a vontade deles, já que quase não tinha mais tempo para os dois. Vesti um moletom e um tênis e os acompanhei. Eles morreram de rir de mim, pois – acostumada ao clima do Brasil – qualquer ventinho na Inglaterra me deixa tremendo. Para eles, porém, a temperatura de 15 graus com vento que estava fazendo em pleno final de verão era ideal para um mergulho no mar.

Estendi uma canga nas pedrinhas para me esquentar um pouco no sol, enquanto os meninos foram dar uma corrida com o Cookie. O presente tinha sido para a Tracy, mas o cachorro se apegou aos dois de tal forma que até chorava se eles não o levassem para onde quer que fossem.

Mandei uma mensagem para o celular do Christian avisando onde eu estava, para que ele fosse para lá também assim que chegasse em Brighton. Em seguida, me deitei olhando para o céu muito azul, desejando que aquele dia maravilhoso passasse bem devagar.

Sem querer, acabei adormecendo. Acordei assustada, um tempo depois, com uma pessoa me sacudindo e chamando o meu nome. Fiquei mais preocupada ainda quando vi que era a Julie. Meu primeiro pensamento foi que tivesse acontecido alguma coisa com o Tom, o Teddy ou até com o Cookie, me levantei depressa e reparei que todos eles estavam ao lado dela.

Antes que eu pudesse indagar o que tinha acontecido, ela me perguntou desesperada se eu sabia onde a Tracy estava. Eu respondi que ela devia estar dormindo, ao que ela imediatamente replicou se eu sabia *onde*, já que tinha ido ao quarto dela para avisar que ela e o Kyle estavam saindo pra fazer compras e que nós estávamos na praia, mas, para a surpresa dela, o quarto estava vazio e a cama nem tinha sido desfeita.

Eu comecei a suar, apesar do vento gelado. Tentei lembrar o nome de todas as colegas da Tracy, mas, a cada nome que eu dizia, a Julie respondia que já tinha ligado e que todas elas respondiam que não encontravam a Tracy desde o início das férias. Ela começou a chorar, e, com isso, os meninos também. O Kyle tinha ficado em casa para o caso dela aparecer, mas a última esperança deles era que eu soubesse o paradeiro dela. Como eu não sabia, ela disse entre soluços que teriam que avisar à polícia.

Eu não sabia o que fazer. Eu imaginava onde ela poderia estar, mas, se informasse à Julie, eu não só delataria o namoro da Tracy como também me denunciaria como cúmplice, já que não tinha contado para eles nada a respeito antes. Ou seja, ficaria mal com as duas partes.

Eu respirei fundo. Eu podia me arrepender, mas tinha que fazer a coisa certa. Falei para os meninos que fossem para casa e avisassem ao Kyle que eu iria levar a Julie a um lugar onde tinha possibilidade da Tracy estar. Eles saíram correndo, e a Julie me olhou ansiosa. Eu falei que a gente precisava ir no carro dela; e assim que entramos, dei o endereço do *camping* onde os meninos ficavam.

Chegando lá, ela me olhou como se eu estivesse louca. Eu pedi para ela esperar no carro, enquanto eu ia tentar encontrar a Tracy, mas ela nem me ouviu. Em um segundo já estava do meu lado, olhando com cara de nojo para cada uma das barracas e para as pessoas que começavam a acordar, com cara de sono e cabelos despenteados. Eu não sabia se torcia para que a Tracy estivesse lá ou não.

Eu parei perto da barraca vermelha e amarela dos meninos e tentei despistar, sugeri à Julie que fosse ao outro lado do *camping* para ver se encontrava uma barraca lilás de bolinhas verdes, enquanto eu procurava por ali, mas ela falou bem séria que não iria a lugar nenhum. Não tive outra alternativa a não ser chamar o nome da Tracy bem alto, na esperança dela entender o que estava acontecendo e ficar bem quietinha dentro da barraca, enquanto eu despistava a Julie, dando chance a ela de correr para casa.

A Julie, porém, percebendo para onde eu estava direcionando o meu chamado, não teve dúvidas. Entrou na minha frente, se abaixou e abriu o zíper da barraca, sem que eu tivesse tempo de fazer nada.

A Tracy estava lá. Dormindo. Abraçada com o Alex. E os dois estavam completamente nus.

Eu quis chorar, sair correndo, morrer... mas fiquei lá, estática, horrorizada demais para tomar qualquer atitude. A Julie, por outro lado, começou a gritar com a filha, que acordou assustada sem entender nada, olhando para todos os lados e tentando se cobrir ao mesmo tempo. O Alex também acordou e, pela expressão, devia estar pensando em uma maneira de cavar um buraco que o levasse ao outro lado do mundo.

Eu pensava que essas coisas só aconteciam no cinema. A Julie mandou a Tracy sair imediatamente, enquanto dizia para o Alex que, se ele se aproximasse dela novamente, iria colocá-lo na cadeia, pois, caso ele não soubesse, a Tracy tinha só 16 anos e, dizendo isso, se virou para o segurança do *camping*, que estava por perto junto com vários outros curiosos, prestando atenção na confusão, e disse a ele que aquele estabelecimento estava com os dias contados, que eles nunca poderiam ter permitido que uma "criança" se hospedasse lá desacompanhada dos pais. Ele pareceu preocupado, começou a gaguejar que não imaginava que a Tracy não tivesse autorização e que inclusive achava que ela fosse casada, uma vez que ela se instalava lá todos os finais de semana.

A Julie começou a bater na Tracy, que começou a dizer que ia fugir de casa, o Alex ficou tentando separar, a Julie então começou a bater *nele*, e eu comecei a rezar para que um raio caísse na minha cabeça.

Depois do que pareceram horas, conseguimos chegar ao carro, a Tracy não parava de chorar e nem a Julie de gritar. A Tracy, então, olhou para mim e disse o que eu já esperava: que eu era uma grande traidora. A Julie tomou meu partido e disse que, se ela ousasse falar aquilo de mim novamente, só iria sair de casa outra vez quando tivesse 21 anos, que, se não fosse por mim, o Kyle provavelmente estaria na polícia e ela já teria tido um ataque cardíaco!

Em casa não foi muito diferente. A Julie mandou que eu, o Tom e o Teddy fôssemos para o quarto porque ela, o Kyle e a

Tracy iam ter uma conversa séria. Mesmo com a porta fechada, pude ouvir a gritaria. O Kyle, ao saber onde a sua *filhinha* tinha passado a noite, começou a berrar com ela, que ficava tentando se justificar, mas em seguida ouvi que ela começou a chorar desesperadamente e a dizer que eles não podiam fazer isso com ela. Depois de muita discussão, a casa silenciou.

Só nesse momento é que eu me lembrei que o Christian devia estar na praia me procurando. Desci correndo para a sala pra buscar a minha bolsa, que tinha ficado lá com o meu celular, e vi que já tinha umas 10 chamadas dele. Voltei para o meu quarto e liguei de volta. Ele já sabia do caso todo pelo Alex e estava preocupado comigo, queria saber se tinha sobrado sermão pro meu lado. Eu comecei a chorar, falei para ele que estava me sentindo péssima, que na hora eu não tinha tido escolha, eu só tive a intenção de acabar com o sofrimento da Julie, mas acabei fazendo com que a Tracy sofresse ainda mais. E, no fundo, eu não acreditava que a Tracy estaria naquela barraca, eu não imaginava que ela chegaria a tanto. Ele disse que eu tinha feito a coisa certa, que a culpa toda era do Alex que nunca poderia ter deixado a Tracy dormir lá, mas que ele tinha dito que os dois haviam caído no sono sem perceber e que só acordaram quando ouviram os gritos da Julie.

Ele falou que estava voltando para Londres com o Alex, que achava melhor a gente nem se encontrar para não dar mais confusão, para não causar problemas também para mim. Eu concordei com ele e desliguei, pensando em como um dia leve daquele tinha ficado tão pesado.

Bem mais tarde, a Julie bateu à minha porta e perguntou se eu estava com fome. Eu estava faminta, mas não tinha tido coragem de sair do quarto a tarde inteira, com medo de encontrar alguém. Ela perguntou se eu queria um sanduíche, eu fui com ela até a cozinha, e então ela me pediu desculpas. Eu olhei para ela sem entender, disse que eu é que devia me desculpar, por não ter avisado antes que a Tracy estava namorando sério, mas ela disse que entendia perfeitamente a minha situação, que no meu lugar ela também não entregaria uma amiga. Em seguida, ela disse que eu não precisava me preocupar, que podia continuar namorando o Christian, que o que eles mais desejavam era que a Tracy tivesse tido um pouco da minha maturidade e soubesse, como eu, como respeitar a si própria.

Quando eu estava quase terminando de comer o hambúrguer, ela me disse que na segunda-feira a Tracy não iria para a aula comigo. Eles iriam mandá-la para um colégio interno, para ver se assim ela aprendia a dar valor à liberdade que eles tinham dado a ela e que, infelizmente, ela não tinha sabido aproveitar.

De: João Otávio <jlopesbelluz@yahoo.com.br>
Para: Fani <fanifani@gmail.com>
Enviada: 10 de setembro, 12:31
Assunto: Preocupação

Oi, filha,

Fiquei muito preocupado com o que você me contou ao telefone ontem. Cheguei a pensar em te mandar voltar para casa, com muito receio de que o clima pudesse pesar para você aí. Porém, hoje de manhã, recebi um telefonema do seu pai inglês.

O Kyle me contou novamente toda a história, estava bastante emotivo, fiquei com muita pena dele. Ele disse que não queria de forma alguma ter que castigar a filha, mas que sabia que, se não fizesse isso, ela não mudaria. Ele me explicou o quão liberal sempre havia sido com os filhos, pensando ser esse o melhor caminho para tê-los também como amigos. Porém, agora ele entendia o seu erro, a Tracy não queria um amigo, e sim um pai, e que dali em diante ele agiria como tal.

Em seguida, ele elogiou muito a criação que eu te dei, falou que você é um exemplo de menina, que é muito caseira, que avisa sobre cada passo que dá, que pede permissão para tudo, que sempre pergunta se pode ajudar em alguma coisa e que nunca se esquece de agradecer. Ele ficou uns dez minutos falando bem de você, filha. E me pediu para que eu não exigisse que você terminasse o seu namoro, que ele próprio havia conversado diversas vezes com o Christian e que sabia que ele era um ótimo moço, muito educado e responsável, que eu podia confiar de olhos fechados. O namorado que ele gostaria que a Tracy tivesse escolhido.

Eu nem de longe estava pensando em te exigir tal coisa, eu concordo com ele que você é exemplar e que não faria nenhuma besteira da qual pudesse se arrepender no futuro. Mas te peço para ser cuidadosa e ainda mais reservada nestes últimos meses, Fani. Acho que a situação vai ficar um pouco delicada. Os seus irmãos menores, de alguma forma, podem começar a te culpar pela ausência da Tracy, e acredito que ela própria, por mais que você converse e tente se desculpar, não vai te perdoar tão facilmente.

A vida é difícil quando nos exige tomar alguma posição, Fani. Você escolheu o lado da verdade, mas isso te custou uma amizade. Se tivesse escolhido acobertar a Tracy, poderia ter sido mais fácil, mas, se algo mais grave tivesse acontecido com ela, você nunca se perdoaria, não é mesmo?

Estou aqui para o que você precisar. Se preferir voltar agora, me avise que eu tomo as providências necessárias. Não preciso dizer que estou com muita saudade.

Beijo, filha.

Seu pai

De: SWEP <josecfilho@smallworldep.com.br>
Para: Fani <fanifani@gmail.com>
Enviada: 11 de setembro, 09:00
Assunto: Procedimento

Estefânia,

Soubemos através dos responsáveis pelo SWEP de Brighton que sua família inglesa sofreu um pequeno incidente no último final de semana.

Pelo que ouvimos, sua conduta no caso foi exemplar. Você se portou exatamente como uma boa intercambista e mostrou que muitos brasileiros têm compromisso com a verdade e responsabilidade.

No entanto, soubemos também que você está namorando sério um rapaz. Pelas regras do programa de intercâmbio que você assinou antes da sua ida, não é permitido namorar seriamente, pois isso pode acarretar problemas futuros no momento da sua volta. De tal forma, o procedimento que esperamos é que você encerre imediatamente esse relacionamento, sob a pena de ter sua viagem abreviada.

Atenciosamente,

José Cristóvão Filho – Oficial de intercâmbio do Small World Exchange Program (SWEP)

De: Ana Elisa <anelisa6543210@hotmail.com>
Para: Fani <fanifani@gmail.com>
Enviada: 11 de setembro, 16:04
Assunto: Chocada!

Fanny!

Que saudade, amiguinha!

O primeiro mês no Brasil foi tranquiletes! Já estou no cursinho, cheio de amizades novas, muitos gatinhos por todos os lados, amoooooooooo este país! Você não está louca pra voltar?

Ai, Fanny, quase chorei com o seu e-mail, fiquei morrendo de pena da Tracy.... Sei que você não teve escolha, que foi tudo muito rápido e que você estava com o maior medo de ter acontecido coisa pior, tipo ela ter fugido com o Alex, ou estar caída morta em alguma esquina de Brighton (credo, bate na madeira), por isso, não fique se culpando... E pelo que eu conheço da Julie, ela não ia te largar até que você a levasse ao destino da Tracy, afinal, era óbvio que você sabia perfeitamente onde ela estava, vocês eram tão amigas. Ai. Fiquei triste agora. Escrevi "eram". Será que a Tracy não vai te perdoar mesmo? Você já tentou se humilhar, pedir desculpas de joelhos ou coisa parecida? Essa garota tem que entender que sua intenção era boa, que você nunca ia imaginar que ela estaria sem roupa (nossa, eu juro que não queria estar no lugar dela) naquela barraca imunda!

Ah, e não se preocupe com a coisa do colégio interno! Na Inglaterra eles são muito comuns, não é como no Brasil, que a gente acha isso uma barbaridade. Alguns adolescentes ingleses imploram para estudar nessas escolas, pelo que eu sei é muito divertido, os dormitórios femininos e os masculinos são separados, mas as áreas de lazer e refeitório são em conjunto, tipo a escola do Harry Potter, sabe? A Tracy vai acabar te agradecendo, você vai ver.

Como vai o príncipe encantado Christian? Você não me falou uma só palavra dele, está tudo bem entre vocês?

Beijos!

Ana Elisa

26

> *Gabriel:* Às vezes, fico me perguntando se essa coisa de amor pode dar certo.
>
> *Luísa:* Eu acho que pode.
>
> *Gabriel:* Eu tenho as minhas dúvidas.
>
> *Luísa:* É possível achar alguém muito legal e passar o resto da sua vida com ele.
>
> *Gabriel:* Essa história de pessoa ideal... eu nunca consegui acreditar nisso.
>
> *Luísa:* Tem que saber procurar...
>
> *(Pequeno dicionário amoroso)*

Em um sábado no começo do outono, fui passar o dia em Londres, com o Christian. Apesar de meus pais brasileiros terem enviado pelo correio um documento formal dizendo que permitiam que eu namorasse, para que eu não tivesse problemas com o programa de intercâmbio, fiquei com receio de que a minha família inglesa não me deixasse ir. Eles ainda estavam um pouco abalados por causa da Tracy, mas, como eu prometi que estaria de volta a Brighton antes do anoitecer, eles acabaram aceitando.

A Tracy foi mesmo para o colégio interno. Até o dia de partir, ela ainda não havia olhado para a minha cara e, quando fui dar um abraço de despedida, ela se esquivou. Eu não sabia mais o que fazer. Já tinha tentando conversar, havia mandado um e-mail me explicando e implorando perdão, mas ela não queria mesmo me desculpar. A Julie disse que era pra eu não me preocupar, que aos poucos ela ia acabar esquecendo, mas eu realmente tinha receio de que isso nunca acontecesse, o que me deixava arrasada, já que eu gostava de verdade dela e estava sentindo muito a sua falta.

Em Londres, o Christian me levou a Brick Lane, uma rua onde tem o maior agito e depois fomos ao cinema (assistimos a *Awake* – dei três estrelinhas). No final, fomos lanchar no McDonald's. Por último, ele me levou à rodoviária. Estava começando a fazer muito frio na Inglaterra, e eu não via a hora de chegar em casa, tomar um banho fervendo e cair na cama.

"Princesa, tem certeza de que não quer dar uma passadinha lá em casa para eu te emprestar uma blusa mais quente?", o Christian me perguntou pela milésima vez, enquanto beijava o meu pescoço. "A gente vai rapidinho... não tem ninguém lá, eu posso até preparar um chocolate quente para nós..."

"Bem que eu queria", eu respondi, tentando ser convincente. "Mas não dá tempo. Meu ônibus sai em meia hora."

"Então você não quer que eu vá com você? Eu posso dormir em um hotel, seus pais ingleses nem vão ficar sabendo que eu estou lá, muito menos os do Brasil..."

Eu não queria. Ele tinha começado a ficar mais insistente desde o final das férias, já que agora a gente se encontrava apenas uma vez por semana. Os beijos dele começaram a ficar muito mais "intensos", e as mãos tentavam cada vez mais explorar outras partes além do meu cabelo... Eu tinha certeza de que se ele fosse dormir em Brighton, ficaria implorando para que eu fosse até o quarto dele, "para que a gente pudesse assistir à televisão mais *à vontade*". Eu já tinha ouvido aquele argumento inúmeras vezes. E recusado em todas elas.

"Melhor não, Christian...", eu respondi. "Eu tenho que estudar para as provas amanhã, não vai adiantar nada você ir. Olha, deixa pra sábado que vem, que você já está indo mesmo a Brighton com os seus amigos, para o show do Fatboy Slim... Se der, você podia chegar mais cedo, para a gente passar o dia inteirinho juntos... o que você acha?"

Eu sabia que ele não achava nada bom. Eu já tinha percebido que ele estava cansado de eu estar sempre me esquivando, mas o que ele queria? Eu estava realmente gostando muito dele, sentia saudade durante a semana, ficava ansiosa para o sábado chegar logo para que a gente pudesse se ver... Mas eu tinha consciência de que eu estava a quilômetros de distância atrás dele no quesito "envolvimento". E não tinha a menor possibilidade de que algo mais *profundo* acontecesse, enquanto eu não estivesse envolvida por inteiro.

As minhas amigas podiam rir o quanto quisessem, mas era assim que ia ser. Eu preferia esperar. Eu sabia que tinha uma grande possibilidade de passar a vida sem que eu me sentisse preparada, pois isso dependia especialmente de uma coisa: encontrar a pessoa certa. Por culpa de todos os filmes de amor a que eu já assisti na vida (onde sempre que o casal de protagonistas se encontra o cenário é lindo, a trilha sonora é romântica e o olhar dos dois mostra que eles nasceram um para o outro), eu esperava encontrar um menino que fizesse o meu coração ultrapassar o limite de velocidade, eu almejava que um olhar dele me fizesse derreter e que um beijo me levasse até a lua. Aí, sim, eu saberia que era *ele*. E então eu não teria o menor problema em ir na casa dele tomar um chocolate quente ou assistir à televisão mais à vontade em um quarto de hotel.

Apenas uma vez na vida alguém havia feito com que eu tivesse a ilusão de estar vivendo um roteiro de cinema. E essa pessoa, infelizmente, não era o Christian. Por mais que ele tentasse e por mais que eu desejasse, eu não conseguia me sentir assim, o meu coração batia em compasso normal, o olhar dele não abalava em nada a minha estrutura, e o beijo me levava no máximo uns dois passos pra trás, quando por acaso eu perdia o equilíbrio por estar com os olhos fechados. Todos os dias eu esperava que uma mágica acontecesse, que eu acordasse me sentindo completamente apaixonada, com a certeza de que ele era o amor da minha vida.

Embora eu soubesse que esse dia estava demorando a chegar, eu não podia perder a esperança.

"Se não tem outro jeito então...", ele disse me levando até o ônibus. "Me liga assim que chegar, para eu saber que correu tudo bem. Te amo muito, não esqueça."

Isso era outra coisa. Já tinha um tempo que ele havia começado a dizer que me amava. No começo eu fiquei desesperada, não sabia o que responder de volta, mas percebi que ele não esperava que eu retribuísse, pelo menos não ficava me olhando como se estivesse esperando um "eu também". Ele simplesmente declarava o seu amor e me beijava em seguida. Eu o beijava de volta com muita veemência, para que ele pensasse que as palavras tinham ficado perdidas no meio da empolgação do beijo.

Nem acreditei quando cheguei em casa. Tomei o meu sonhado banho, vesti o pijama, coloquei o notebook no colo e fui ver meus e-mails, que eu não tinha checado desde o dia anterior. Quase passei mal ao ver o que me esperava.

O meu coração ultrapassou o limite de velocidade, eu derreti e fui até a lua.

De: Gabriela <gabizinha@netnetnet.com.br>
Para: Fani <fanifani@gmail.com>
Enviada: 29 de setembro, 12:40
Assunto: URGENTE

Fani,

Não sei como você vai reagir ao que eu vou te relatar, pensei seriamente em ocultar o fato, pois eu acho que você está indo muito bem aí. Mas como faltam só três meses para a sua volta, pensei melhor e resolvi te contar logo, já que o estrago não vai ser muito grande (e eu acho que você já amadureceu a ponto de não querer voltar pra cá só por causa disso).

Pois bem. Hoje de manhã, estávamos no colégio, em plena aula de Religião. Como você sabe, a irmã Imaculada adora inventar joguinhos para que aconteça interação entre os alunos e no final sempre passa uma lição de moral. Então... a lição de moral de hoje foi que "nós estamos todos ligados pelo afeto". Lindo, né? Pois você vai achar muito mais bonito o que aconteceu antes disso.

Ela pegou um rolo de barbante e entregou para a Josiane, uma menina que se senta lá na primeira carteira, e pediu para ela segurar a ponta do barbante e entregar o rolo para a pessoa que ela mais gostava da sala, dizendo o porquê. A Josiane entregou para a Camila explicando o motivo da escolha, a Camila também segurou uma parte do barbante e em seguida passou o rolo para a Letícia, se justificando.

Tá acompanhando, Fani? Presta atenção, não estou a fim de desenhar. As pessoas foram ficando entrelaçadas pelo barbante. A gente tinha que passar para alguém, mas antes segurar em uma pontinha dele, que vinha de outra ponta que a pessoa que tinha nos passado já estava segurando. Espero que esteja claro até aí.

Bom, a Júlia recebeu o barbante não me lembro de quem e por sua vez passou para a Natália. A Natália, então, passou para mim, dizendo que nesse ano nós havíamos nos aproximado muito e que me considerava uma das suas melhores amigas. Eu recebi e devolvi para a Natália (ah, sim, esqueci desse detalhe, as pessoas podiam devolver, desde que fosse apenas uma vez), dizendo que realmente a nossa amizade tinha crescido muito e que ela era a pessoa de quem eu mais gostava da sala. A Natália não podia passar para mim novamente, então passou para a Júlia, que passou para o João Pedro, que passou para o Alan.

Agora é a hora importante. O Alan pegou o barbante e passou para o Leo, dizendo que "o cara era dez". O Leo, então, segurou o barbante e ficou olhando para ele (para o barbante, não para o Alan). Como ele demorou um pouquinho nessa olhada, todo mundo da sala, por sua vez, olhou para ele para ver o motivo da demora, já que era muito óbvio para todos que o Leo passaria para a Marilu, que estava lá do ladinho dele, só faltando estender a mão para que ele entregasse para ela. Mas o Leo não entregou para a Marilu...

O Leo olhou para o barbante, olhou para trás e ME ENTREGOU! A sala, que estava meio bagunçada, de repente silenciou geral. Todo mundo ficou prestando atenção para ver que explicação ele iria dar, afinal, desde que você viajou, eu e ele mal conversamos. Ele, sem tirar os olhos do chão, disse (vou tentar reproduzir igualzinho, espero que eu lembre de todas as palavras): "Eu passo o barbante para a Gabi porque ela é a melhor amiga da Fani. Pois, se a Fani estivesse aqui, certamente seria para ela que eu entregaria, e eu gostaria que a Gabi, então, a representasse. Ontem eu estava ouvindo umas músicas que me fazem lembrar dela e fiquei com muita saudade".

Fani, parecia que tinha morrido alguém na sala. Eu fiquei com aquele barbante na mão, de boca aberta, até que a irmã Imaculada perguntou pra quem eu iria entregar. Eu estava tão pateta que entreguei para o Lucas, dando como justificativa o fato de que ele sempre me passava cola (e isso fez com que a irmã me chamasse depois da aula pra passar um sermão sobre como o fato de "colar" deveria pesar em minha consciência. Eu nem escutei o discurso dela, estava desesperada pra chegar em casa e te escrever!).

Bom, não sei o que pensar disso, sinceramente. Apesar de tudo, ele continua com a Marilu, vi os dois indo embora juntos, e ela inclusive estava passando a mão nas costas dele, como se estivesse consolando. Tô te falando que esse namoro é muito estranho??

Espero que você fique feliz. Mas NÃO termine com o Christian por causa disso, ok? Espere para conversar com o Leo quando você chegar. Eu sempre soube que isso ia acontecer, que vocês iam se acertar na sua volta.

Aliás, avise o dia direitinho com muita antecedência, nada pode me atrapalhar de ir te buscar no aeroporto!!

Beijos!!

→ Gabi ←

De: Natália <natnatalia@mail.com>
Para: Fani <fanifani@gmail.com>
Enviada: 29 de setembro, 12:55
Assunto: IMPORTANTE

Oi, Fani!

Tô passando mal aqui! Você nem imagina o que aconteceu na sala hoje!!! Vou resumir, porque hoje é sexta-feira, e seu irmão vai passar aqui às 17h para a gente ir ao cinema, e eu ainda tenho que tomar banho, secar o cabelo, fazer escova e resolver com que roupa eu vou!

A irmã Imaculada fez uma brincadeira na sala e a gente tinha que escolher pra quem passar um barbante. A gente tinha que passar pra pessoa de quem a gente mais gostasse e dizer o motivo. Aí, todo mundo foi passando e segurando a outra ponta (no final ficou muito legal, todo mundo entrelaçado). Eu passei para a Gabi (não fica com ciúmes, afinal você nem estava lá), a Gabi passou pra mim, eu passei para Júlia, pois não podia repetir e mandar pra Gabi de novo, a Júlia passou não me lembro pra quem que passou pra alguém que passou para o LEO! E aí o Leo fez a coisa mais fofa! Ele disse que queria entregar o barbante pra Gabi, para que ela te representasse, pois ele estava com saudade de você!!!!!!!

Ai, Fani, eu fiquei toda arrepiada! Foi tão lindo, tive vontade de bater palmas! No final eu ia até lá falar com ele, mas aquela chata da Marilu saiu abraçada com ele, coitada, não sacou que quando você chegar já era pra ela!

Deixa eu correr, senão não vai dar tempo de me arrumar! Já é uma hora da tarde!

Beijinhos!

Natália ♥

De: Christian <christian-uk@hotmail.com>
Para: Fani <fanifani@gmail.com>
Enviada: 30 de setembro, 19:15
Assunto: SAUDADE JÁ

Oi, Princesa!

Você ainda deve estar dentro do ônibus, nem deu tempo de chegar em Brighton ainda, mas eu já estou com saudade...

Queria te dizer mais uma vez o quanto esses momentos ao seu lado são especiais pra mim e o quanto sou louco por você! Não vejo a hora de te encontrar no sábado, vou torcer pra semana passar bem rápido.

Olha, me desculpa se algumas vezes eu passe a impressão de estar te pressionando, mas é que eu te amo tanto que tem hora que, por mais que eu me segure, não consigo me controlar. Eu tenho vontade de te amar por inteiro, de demonstrar isso de todas as formas, entende? Mas eu te espero o tempo que você precisar. E juro que eu vou tentar me conter.

Milhões de beijos,

Christian

27

> *Capitão Crewe: Você pode ser tudo que você quiser ser, meu amor, desde que você acredite.*
> *Sara Crewe: Em que você acredita?*
> *Capitão Crewe: Eu acredito que você é... e vai ser pra sempre... a minha princesinha.*
>
> (A princesinha)

Eu fiquei uns três dias paralisada, sem saber o que fazer. Obriguei a Gabi e a Natália a entrarem umas dez vezes no Skype para me explicar detalhadamente o caso, a expressão que o Leo tinha feito ao falar de mim, o tom de voz, a cara da Marilu... tudo. E, depois, repassei mentalmente cada uma das informações, fiquei imaginando a cena, desejando muito ter visto quando ele falou o meu nome, quando disse que tinha escutado músicas que o faziam lembrar de mim, quando explicou que estava com saudade... Chorei e ri. Ri e chorei. Cantei. Gritei. No final, eu estava exausta e ainda não tinha tomado nenhuma atitude nem decisão.

As meninas achavam que eu não tinha que fazer nada, que devia ficar quieta e continuar a minha vida normal pelos quase três meses que ainda me restavam na Inglaterra.

Elas disseram que as palavras do Leo não tiveram nenhuma intenção ou significado oculto, apenas aquilo mesmo: que estava com saudade. E ponto final. Comecei a achar que elas poderiam estar certas. Ele nunca disse que não era mais meu amigo, e amigos têm saudade uns dos outros, quando ficam muito tempo sem se ver...

Mas em uma coisa elas estavam erradas. Eu não tinha como continuar com a minha vida do jeito que ela estava antes de saber disso. Simplesmente porque eu percebi que estava me enganando há meses. E estava enganando mais alguém. O que eu senti quando li no e-mail delas o nome do Leo era o que eu ansiava sentir há muito tempo, era o que eu vinha esperando que o Christian pudesse me causar, uma euforia misturada com tristeza, misturada com dor, misturada com felicidade, misturada com todos os sentimentos do mundo ao mesmo tempo, eu nem sabia o nome que tinha, só que era muito bom sentir aquilo. E eu não devia continuar encorajando o Christian a se envolver mais e mais comigo, eu não podia continuar com ele por pura *carência*. De repente eu percebi que tinha sido esse o motivo pelo qual eu vinha arrastando aquilo, o que tinha me feito ter a ilusão de estar gostando dele: carência. O Christian estava apenas preenchendo um espaço que estava muito vazio, mas, por mais que ele se esforçasse, nunca conseguiria completá-lo. O Leo e eu poderíamos nunca mais ficar juntos (inclusive isso provavelmente iria acontecer), mas o que eu *ainda* sentia por ele era o que eu queria, o que eu *precisava* sentir por alguém para ser feliz.

Dessa forma, resolvi que eu precisava conversar com o Christian. Pensei em escrever, mas isso seria um ato covarde da minha parte, e, além disso, eu queria falar tudo de uma vez só, queria que ele visse que eu realmente estava decidida. Eu precisava falar pessoalmente e tinha que ser o mais depressa possível, pois aquilo estava me sufocando. Porém, acabei deixando para o sábado por vários motivos:

1. A gente já tinha combinado de se encontrar nesse dia, e eu não precisaria marcar um encontro extra, o que com certeza o deixaria sobressaltado.

2. Era semana de provas tanto no meu colégio quanto na faculdade dele.

3. Em Brighton, no sábado à noite, iria ter um show que ele vinha falando há meses, do Fatboy Slim. Vários amigos dele estavam vindo e eles poderiam consolá-lo e até, quem sabe, apresentá-lo a outras meninas...

Não dormi nada de sexta pra sábado. Eu nunca tinha terminado com ninguém antes e, apesar de não querer mais ser namorada do Christian, eu gostava muito dele e não queria que ele sofresse. Ele tinha cumprido a promessa e feito de tudo para me fazer feliz. Mas a minha felicidade tinha outro nome...

Ele chegou a Brighton às três da tarde. Eu já tinha dito a ele que não iria ao show, com a desculpa de que não gostava de música eletrônica (pelo menos isso era verdade). Por esse motivo, ele disse que iria chegar de manhã, para que a gente então pudesse passar o dia inteiro juntos. Como eu não queria deixá-lo sozinho depois que a gente terminasse (eu sabia que os tais amigos dele que vinham para o show só chegariam ao entardecer), tive que inventar que a Julie havia me intimidado a ir ao supermercado com ela a manhã inteira.

Fui até a rodoviária para encontrá-lo, completamente nervosa. Eu tinha contado à Julie o que pretendia fazer, e ela havia me aconselhado a conversar com ele em um lugar movimentado, pois assim ele pensaria duas vezes antes de fazer uma cena ou até mesmo de se tornar agressivo (assustei quando ela disse isso, mas, segundo ela, os homens não sabem perder).

Ele chegou com o maior sorriso, como sempre, e foi logo me dando o maior beijo, o que eu fiz um tremendo esforço para retribuir, para que ele não notasse de cara que tinha algo errado. Ele me deu dois DVDs da Disney que sabia que eu estava doida para ter (A bela adormecida e A Bela e a Fera) e eu comecei a perceber que ia ser mais difícil do que eu tinha imaginado.

"Quer ir pra sua casa assistir aos filmes?", ele perguntou, como se tivesse toda a certeza do mundo que era exatamente isso que eu queria fazer.

"Ahn..., eu quero", eu falei tentando pensar rápido, "mas antes eu queria tomar um sorvete, estou doida pra tomar sorvete desde cedo, você toma um sorvete comigo?"

Ele me olhou com uma expressão estranha, talvez por eu ter dito tantas vezes a palavra "sorvete" na mesma frase, mas por fim deve ter achado que realmente eu estava louca por um *sundae* e respondeu que sim, que iria aonde eu quisesse.

A sorveteria mais próxima, ironicamente, era exatamente onde a gente havia se conhecido. Eu fiquei com medo de que ela trouxesse um clima nostálgico, dificultando a conversa que eu queria ter com ele, mas teria que ser lá mesmo, eu não podia perder tempo.

Nos sentamos, ele perguntou o que eu queria e eu respondi que gostaria de um *milk-shake*. Ele comprou um grande de chocolate para nós dois e sorriu para mim, crente que ficaríamos nos beijando enquanto o sorvete era preparado. Ele começou a aproximar o rosto em direção ao meu, e eu resolvi que aquele era o momento.

"Christian", eu disse, ouvindo a minha própria voz trêmula. "A gente precisa conversar."

Ele parou a um centímetro da minha boca, ficou estático por uns dois segundos, voltou para a posição normal e me olhou, sério.

"Aconteceu alguma coisa?", ele perguntou preocupado.

Meu coração estava saindo pela boca.

"Aconteceu", eu falei quase sem voz. "Aliás, na verdade não aconteceu nada, mas eu preciso te dizer umas coisas."

Com certeza ele percebeu que não eram nada boas as coisas que eu queria dizer, pois ele recostou na cadeira, cruzou os braços e ficou me olhando concentrado, com a expressão mais infeliz que eu já tinha visto nele.

Eu tinha que ir em frente.

"Christian, eu acho melhor a gente parar de se encontrar", eu falei, fazendo o maior esforço para segurar as lágrimas. Olhei para ele e vi que ele próprio já estava com os olhos completamente marejados. "Eu vou embora para o Brasil daqui a dois meses e meio e não quero que a nossa despedida seja sofrida, quero voltar feliz para lá e quero que você fique bem também... por isso, andei pensando se não seria melhor a gente passar esse tempo apenas como amigos, para que não seja tão dolorido quando eu tiver que ir..."

Eu tinha ensaiado aquela conversa umas mil vezes. Eu esperava que ele entendesse, não era uma mentira completa, eu realmente queria ser amiga dele. Ele não falou nada. Ficou me olhando na mesma posição, como se não tivesse ouvido. Eu continuei, para ver se ele tinha alguma reação.

"Além disso, tem outras coisas... desde que a gente começou a namorar, eu quase não tenho tido tempo para ficar com a minha família inglesa, e eu queria aproveitar esses últimos meses para dar mais atenção a eles, afinal, eu não sei quando poderei reencontrá-los..." Outra mentira descarada. Eu passava a semana inteira com a minha família, ao passo que eu e ele só nos encontrávamos aos fins de semana.

Ele ficou meio impaciente, olhou para os lados, mas continuou mudo.

"E ainda tem o fato de que os dirigentes do programa de intercâmbio me proibiram de namorar, eles falaram que, se eu continuasse, iam me mandar de volta hoje mesmo", eu terminei, dizendo a maior mentira de todas. Eles tinham mesmo me mandado um e-mail de proibição, mas o meu pai tinha feito o maior esforço para convencer o mundo inteiro que me deixassem namorar em paz, que ele confiava em mim e se responsabilizava pelos meus atos.

Percebendo que eu tinha acabado o meu discurso, ele se ajeitou na cadeira e falou baixinho: "Fani, há quanto tempo você está me enganando? Há quanto tempo você sabe que não gosta de mim?".

Eu fiquei olhando para ele de boca aberta. Ele continuou.

"Porque tudo isso que você disse a gente sabia desde o princípio. Antes de começar a namorar, eu já tinha a consciência de que no final do ano você iria embora, e eu acho que você também estava ciente desse fato. Eu, inclusive, estava pensando o que fazer a respeito, cheguei a cogitar trancar a faculdade e voltar para o Brasil, pelo menos por um tempo, para poder ficar perto de você. Eu já tinha dito isso até para a minha mãe, e ela estava te idolatrando por ter feito com que eu repensasse a minha decisão de morar aqui!"

Eu não sabia onde colocar a minha cara. Ele não esperou que eu descobrisse.

"Em segundo lugar, qualquer um sabe que a família fica mesmo um pouco em segundo plano, especialmente no começo de um namoro, e eu tenho certeza de que você tem muito tempo durante a semana para passar com seus pais e irmãos ingleses, não acredito que os 'meus' sábados façam tanta diferença assim".

Eu comecei a estalar os dedos, ele estava derrubando todos os meus argumentos e eu não tinha mais nenhum guardado.

"E, por último,", ele continuou, "a respeito do seu programa de intercâmbio, eu sei que você conhecia todas as regras antes mesmo de viajar, se topou namorar comigo foi porque não estava nem aí para elas".

Eu não sabia o que dizer. Ele estava certo. E sabia disso.

"Eu pensei que estava conseguindo", ele falou mais pra si mesmo do que pra mim. "Eu achei que estava te fazendo gostar pelo menos um pouquinho de mim..."

Eu vi que lágrimas começaram a descer pelo rosto dele. Eu comecei a chorar imediatamente também. Eu não queria que ele sofresse, mas o que eu podia fazer? Não era melhor assim do que ficar enganando, fingindo que estava tudo bem enquanto o meu coração pertencia a outra pessoa?

Ele deve ter lido meus pensamentos.

"Tem outro cara no meio, não tem?", ele perguntou, enxugando o rosto. "É aquele seu namoradinho do Brasil, não é? Aposto que, agora que está perto da sua volta, ele resolveu que já era hora de começar a fazer a campanha para te ganhar de novo, afinal, ele deve ter aproveitado bastante a vida enquanto você estava fora, deve ter pensado que ele é que não seria bobo de ficar sozinho por um ano, mas, agora, com a iminência da sua volta, resolveu que estava no momento de estalar os dedos para que você fosse atrás dele que nem um cachorrinho. Não foi isso que aconteceu?"

Eu fiquei pasma. A Julie estava certa, realmente os homens não sabiam perder.

"O Leo não é assim", eu comecei a responder. "Não é nada disso, escuta, Christian... "

"Não vou escutar nada!", ele falou, aumentando um pouco o volume da voz. "Eu fiz tudo por você, Fani. Eu te dei meu coração, minha vida, meus pensamentos. Eu fui inteiramente seu nestes meses, e é assim que você retribui? Me trocando por outro, por outro que te fez de boba?"

Eu sabia que ele estava magoado, mas não podia deixar que ele falasse daquele jeito comigo. Olhei bem para ele, percebi que ele estava se decidindo entre chorar ou quebrar a sorveteria, e falei para só ele ouvir: "Eu nunca te pedi para me dar nada. E nunca te prometi nada também. Eu falei que iria *tentar*. Eu fui sincera com você desde o início e estou sendo agora também. Desculpa se eu não quis te enganar, se tentei ser legal com você e quis abreviar o seu sofrimento antes que você largasse mesmo a sua vida por mim.

Você merece mais, Christian. Você merece uma menina que seja completamente apaixonada por você, que sonhe com você todas as noites, que possa te fazer feliz como você merece. Me desculpa se eu não sou essa garota".

E dizendo isso, me levantei e saí da sorveteria, deixando os DVDs que ele havia me dado em cima da mesa.

Ele me alcançou em trinta segundos.

"Fani, não vai embora, por favor", ele gritou.

Eu olhei para trás e vi que as pessoas na rua estavam olhando, talvez aquela ideia de lugar público não tivesse sido tão boa, afinal.

"Christian", eu falei chegando perto dele. "Não faz assim... não dificulte as coisas. Eu gosto de você, eu não teria como não gostar. Mas eu não gosto de você o suficiente. Eu tentei... mas não consegui.."

Ele me abraçou e começou a chorar novamente. Pra valer. Eu não sabia o que fazer, a não ser ficar passando a mão pelas costas dele. Ele falou no meu ouvido: "Você pode continuar tentando, eu não me importo... eu vou me esforçar mais, eu sei que uma hora vou conseguir fazer com que você realmente goste de mim...".

Eu tentei sair do abraço dele, para dizer que não queria tentar, mas ele não deixou, continuou me apertando. Eu olhei para ele, mas não devia ter feito isso, pois nesse momento ele me beijou, ou pelo menos tentou, pois eu não abri os meus lábios um milímetro. Eu comecei a tentar me desvencilhar de verdade, até que um moço veio perguntar se eu precisava de ajuda. O Christian então me soltou e falou para o cara que eu não precisava de ajuda nenhuma, que ele podia cuidar muito bem de mim, que ele era meu namorado.

O homem respondeu que não era o que parecia, eu vi que aquilo podia ficar mais sério e resolvi acabar com aquela novela de uma vez.

"Christian", eu falei. "Chega. Nada do que você fizer vai mudar o meu sentimento. Se você quer saber mesmo a verdade, eu estou terminando com você por causa de outro, sim. Por causa do único que fez com que eu sentisse provavelmente isso que você sente por mim. Ele pode ter me enganado, pode ter ficado com outra, pode ter acontecido mesmo tudo o que você falou. Mas isso não aumenta o que eu sinto por você. E nem diminui o que eu continuo a sentir por ele. Por favor, não sofra por mim, você não precisa disso. Agora eu vou embora e, em nome do que a gente teve, por favor, não me siga. Só vai piorar as coisas."

Eu lancei um último olhar para ele, vi que ele parecia estar mais conformado e comecei a andar, em direção à minha casa. Eu tinha dado dois passos e o escutei chamar o meu nome. Olhei para trás e ele mostrou os DVDs que tinha me dado.

"Por favor, fique com eles", ele disse me entregando. "Eu comprei pra você. Pra mim, você vai ser sempre uma princesa muito mais encantada do que a desses filmes."

Eu peguei os DVDs, ele me olhou uma última vez e foi embora chorando, sem olhar pra trás.

De: Cristiana <cristiana.acb@gmail.com>
Para: Fani <fanifani@gmail.com>
Enviada: 07 de outubro, 19:12
Assunto: Término

Oi, minha filhinha,

Acabei de falar com você ao telefone. Fico desesperada quando ouço você chorar e não posso te dar colo! Sinto um enorme sentimento de impotência ao te ver sofrer e não poder fazer nada para a sua dor passar! Só posso, então, te oferecer as minhas palavras.

Filha, Vinicius de Moraes já dizia: "Porque a vida só se dá pra quem se deu, pra quem chorou, pra quem amou, pra quem sofreu...". Você, neste ano, está lidando constantemente com as suas emoções. A cada vez que conversamos você está de um jeito. Ora muito feliz, ora muito empolgada, ora muito chateada, ora muito triste... "Morno" é uma palavra que não podemos aplicar a esse seu ano no exterior. Todos os seus momentos transbordam *intensidade*. E não seria assim a forma como deveríamos sempre viver? Fazendo cada minuto valer, em vez de deixar o relógio funcionar inutilmente?

As "dores de amores" irão te acompanhar para sempre. Não sofrer significa não amar. Quando entregamos nosso coração para alguém, estamos atestando que não somos mais os únicos responsáveis por ele, nossa felicidade passa a estar também nas mãos de outra pessoa. Algumas vezes, essa pessoa nos entrega o próprio coração em retorno, e aí nos sentimos preenchidos. Ao contrário, quando ela prefere manter seu coração para si (ou entregá-lo para outro), ficamos supervazios, pois apenas o nosso já não nos basta.

O seu Christian deve estar se sentindo assim nesse momento. E você, por sua vez, não deve se sentir mal por isso, não existe amor por retribuição. Ficar com alguém por "pena" é a pior coisa que podemos fazer para essa pessoa. Tenho certeza de que aos poucos ele vai entender que você apenas quis o melhor para ele. Tente manter a amizade, mas acredito que, nesse momento, o melhor a se fazer é dar bastante espaço para que ele reaprenda a viver sem você.

Toda a graça da vida está nesse jogo do amor. Apostamos sempre, em busca da combinação que nos faça ganhar o maior prêmio: a felicidade de um amor recíproco. E é isso o que eu desejo para você.

Estou aqui para o que você precisar.

Muitos beijos,

Mamãe

P.S.: Mas eu realmente não entendi o motivo de você ter terminado com ele, um moço tão apresentável! Minhas amigas do clube estavam morrendo de inveja por eu ter um genro tão bonito assim!

De: Gabriela <gabizinha@netnetnet.com.br>
Para: Fani <fanifani@gmail.com>
Enviada: 08 de outubro, 12:11
Assunto: Desencana!

Oi, Fani!

Desencana, não fica com a consciência tão pesada por ter feito o Christian sofrer! Como você mesma disse, melhor assim do que ficar enganando o menino, né? E ele tem que entender que você tem o direito de não gostar dele! Aliás, eu sei perfeitamente o motivo dele ter dado tanto chilique... o fato é que ele é tão lindo que com certeza está acostumado a ter mulheres se atirando aos pés dele o tempo todo e nunca na vida deve ter passado pela situação de ter sido dispensado. Acho até que foi por esse motivo que ele ficou tão interessado em você, desde o começo. Você não deu a mínima bola pra ele. Por isso, ele te achou diferente e ficou correndo atrás. Agora, então, prepare-se, duvido que ele vá desistir assim tão fácil. Menino mal-acostumado. É bom pra ele ver o outro lado, aposto que já fez vááááárias meninas chorarem.

Então quer dizer que agora a minha amiga Fani está solteira novamente? Bem-vinda ao clube! Eu também terminei com o Cláudio! Aliás, ele é que terminou comigo, aquele cafajeste! Você acredita que ele falou que precisa se dedicar à faculdade nesse momento e que não pode ter distrações? Tipo, me chamou de distração! Pois agora ele vai ver o que é distração direito! Vou ligar pro celular dele no meio da aula, no meio do dia, no meio da noite, mil vezes! Que é pra ele ficar bem distraído mesmo! Farsante!

Não vejo a hora de você chegar, só vai dar a gente na night de BH!

Beijinhos!

→ Gabi ←

P.S.: Lógico que eu não vou ligar pra ele do meu próprio telefone.

De: Christian <christian-uk@hotmail.com>
Para: Fani <fanifani@gmail.com>
Enviada: 08 de outubro, 19:45
Assunto: Muito triste

Fani, desculpa pela cena que eu fiz ontem. Liguei no seu celular umas 100 vezes, mas você realmente parece que não vai me atender, e eu te entendo, eu fiz mesmo papel de louco na sorveteria.

Eu só queria te falar que eu continuo te amando... e que estou muito triste. Se mudar de ideia, saiba que eu estou aqui...

Milhões de beijos,

Christian

28

Jamie: Sabe o que eu descobri hoje?

Landon: O quê?

Jamie: Talvez Deus tenha um plano maior do que o que eu tinha pra mim mesma. Como se essa jornada nunca terminasse. Como se você tivesse sido enviado para me ajudar a passar por isso. Você é o meu anjo.

(Um amor para recordar)

O Christian continuou a me procurar. Todo dia ele deixava recados na minha caixa-postal (pois eu nunca atendia ao celular) e mandava e-mails (que eu nunca respondia). Comecei a pensar se eu realmente deveria ter terminado com ele tão abruptamente. Antes eu tivesse preparado o terreno antes, me afastado devagarzinho, para que ele fosse se acostumando com a ideia... mas eu sempre achei que um esparadrapo dói muito mais se for arrancado lentamente. Quando puxamos de uma vez só, a dor é instantânea, passa em um segundo.

A cada e-mail ou telefonema dele, meu coração doía como se fosse eu que tivesse sido abandonada por alguém. Eu faria qualquer coisa para que a dor dele passasse, mas o que ele queria, eu não podia dar. Eu não tinha mais o que fazer.

Depois de quase um mês do nosso término, ele parou de insistir. Estranhei ao perceber que meu telefone havia ficado mudo um dia inteiro. Chequei o e-mail e constatei que ele também não tinha me escrito nada. Durante os 10 dias posteriores, ele não deu nenhum sinal de vida. Eu imaginei que ele tivesse finalmente superado e me senti completamente aliviada.

Um dia, no começo de novembro, cheguei da aula e ele estava sentado à porta da minha casa, com uma flor na mão. Fiquei preocupada imediatamente. Será que ele iria mais uma vez fazer drama e pedir para reatarmos? O que ele estaria fazendo em Brighton em pleno dia de semana? Ele não deveria estar na aula ou no estágio naquele horário? E será que ele não estava com frio? O clima de novembro na Inglaterra é o equivalente ao do inverno mais rigoroso do Brasil!

Ao me ver, ele abriu o maior sorriso. Percebi que ele estava com olheiras, mas bonito como sempre.

"Fani!", ele disse, se levantando e me entregando a flor. "Que saudade!"

Eu o cumprimentei com um abraço, agradeci o presente e fiquei olhando para ele, sem querer convidá-lo para entrar, já que não tinha ninguém em casa.

"Eu sei que está muito frio, mas você aceitaria dar uma voltinha comigo?", ele perguntou com uma expressão de súplica. "Quero te falar uma coisa. Juro que é rápido."

Eu concordei, afinal não tinha muita saída, e também eu estava um pouco admirada por perceber o quanto eu havia sentido falta da companhia dele.

Nós fomos andando, ele começou a perguntar amenidades, como estava a minha vida, a escola, se eu já estava arrumando as minhas malas de volta para o Brasil... Eu estava morrendo de curiosidade para saber o que ele queria me dizer, então respondi às perguntas apenas com sim e não, para o assunto não render.

Ele parou em frente a uma cafeteria, perguntou se eu queria tomar um café ou chocolate quente, e eu acabei aceitando, já que eu estava realmente congelando no meu uniforme do colégio.

Assim que nos sentamos, ele tirou da mochila um envelope timbrado. Olhei do envelope para ele e percebi que ele estava sorrindo. Me alegrei ao perceber que ele parecia feliz.

"Fani, eu queria que você fosse a primeira a saber de uma coisa", ele disse, abrindo a carta. "Lembra quando você me incentivou a mandar meu currículo e umas fotos para algumas produtoras de Hollywood?"

Claro que eu me lembrava. Nas férias, em uma certa tarde, a gente estava na minha casa e tinha acabado de assistir a uns três filmes, e então ele me perguntou qual ator eu considerava mais bonito. Eu olhei para ele e falei que o mais lindo de todos era o que estava na minha frente. Ele respondeu que não era ator, e aí eu disse que ele deveria ser, que eu tinha certeza de que ele faria o maior sucesso. Ele já tinha me confidenciado que tinha vontade de atuar por um tempo antes de ser diretor, para que pudesse entender melhor os atores quando precisasse dirigi-los. Então eu o estimulei a mandar o currículo e foto para as produtoras. Quem sabe alguma delas não se interessasse por ele?

"Lembro sim", eu respondi.

"Pois é...", ele falou com o sorriso maior ainda. "Eu acabei mandando, mas já tinha tanto tempo que eu nem esperava mais resposta. Porém, há uns dez dias, eu recebi um telegrama de uma delas. Era um convite para participar de um teste de seleção. Eu estava meio deprimido, mas acabei indo, já que estava precisando de qualquer coisa que pudesse me distrair".

Eu sabia perfeitamente o motivo da depressão dele. Não respondi nada e fiquei esperando que ele continuasse o caso.

"A seleção foi três dias atrás, no Queen's Theatre, e tinha mais de 200 pessoas tentando. Recebi o texto somente nessa hora, tive meia hora pra decorar, mal deu tempo de ensaiar", ele disse, muito empolgado.

Fiz sinal para que ele continuasse, eu estava doida para saber o resto.

"O filme vai contar a história de um menino americano que perde os pais em um acidente de avião e tem que se mudar pra Londres, para morar com os avós. Depois de adulto, ele resolve voltar para a Filadélfia, onde passou a infância, reencontra os amigos e aos poucos vai descobrindo mais sobre o passado dos pais."

Fiquei pensando que eu adoraria assistir ao tal filme quando estreasse.

"O papel que eu representei no teste foi do melhor amigo do protagonista, um dos antigos vizinhos que ele reencontra. Os produtores ficaram de enviar um comunicado pelo correio, com a relação dos escolhidos."

Olhei ansiosa, já imaginando o que ele diria em seguida.

"Eu recebi ontem a carta", ele disse, balançando o envelope. "E eu fui selecionado! Fani, eu fui escolhido entre mais de 50 que estavam tentando o mesmo personagem que eu! Dá pra acreditar nisso?"

Eu sorri, muito feliz por ele! Dei parabéns e disse que não tinha dúvidas que ele iria longe!

"Vim aqui hoje pra te agradecer", ele disse, segurando as minhas mãos. "Se não fosse pelo seu estímulo, eu nunca teria tentado! Eu só fiz isso para que você tivesse orgulho de mim!

Mas eu nunca imaginei que alguém se daria ao trabalho de ler o meu currículo, muito menos que me convidassem para um teste. E menos ainda que eu ganhasse algum papel! Muito obrigado, Fani, você é perfeita!"

Eu fiquei sem graça. Eu não tinha feito nada de mais. Qualquer pessoa que olhasse para ele saberia que ele tinha potencial. O incomum era não o terem descoberto antes.

"Só tem uma coisa ruim", ele falou, olhando para o chão. "Eu vou ter que me mudar para os Estados Unidos por uns seis meses, pois o filme vai ser rodado em grande parte lá, só o começo da história que é passado em Londres. Eles querem que eu marque a minha passagem imediatamente, pois em 15 dias começam as filmagens".

"Mas isso não é ruim, isso é ótimo! Christian, você vai pra Hollywood!", eu disse, completamente empolgada.

"Vai ser ruim porque, quando eu voltar, você já vai ter ido embora pro Brasil", ele fez uma expressão triste. "Mas, mais uma vez, tenho que te dizer obrigado. Se você não tivesse terminado comigo, tenho certeza de que eu não aceitaria fazer o filme, para não ter que ficar longe de você..."

Ele me deu um abraço. Ficamos assim um tempo, lembrei de tudo o que eu tinha passado com ele e pensei em como a vida de uma pessoa pode mudar depressa. Ele prometeu que ia me escrever contando todos os detalhes da filmagem, e combinamos de nunca perder o contato um com o outro.

"Qual é a produtora, Christian?", eu perguntei, olhando para ele. "Sabe se vai ter algum ator conhecido no filme?"

Ele sorriu como se tivesse um grande segredo.

"Vou contar só pra você, mas não espalha, pois eu tive que assinar um contrato de sigilo..."

Eu jurei que não contaria para ninguém e então ele me disse. A produtora era a Universal Studios. E ele contracenaria com ninguém menos do que o Brad Pitt...

De: Ana Elisa <anelisa6543210@hotmail.com>
Para: Fani <fanifani@gmail.com>
Enviada: 21 de novembro, 17:02
Assunto: Aproveite o último mês!

Oi, Fanny!

Saudade!!!

Não acreditei quando li seu e-mail falando sobre o Christian, primeiro contando que tinha terminado com ele (como você pôde?), e depois que ele vai pra Hollywood! Meu Deus! Quando eu estava aí era sempre a mesma monotonia! Bastou eu me mudar para tudo começar a acontecer? Você lembrou de pegar um autógrafo dele pra mim? Fani, imagina, daqui a um tempo esse garoto vai ser ídolo mundial (você tem alguma dúvida disso?) e você vai poder falar que vocês já namoraram!! Que sucesso! Se bem que eu duvido que alguém vá acreditar, mas... a gente sabe que é verdade!

E a Tracy, vocês já fizeram as pazes? E os seus irmãozinhos, como vão? Manda um beijinho pra eles, especialmente pro Tom!

Ok, vou marcar minha passagem pra BH para o dia 22 de dezembro à tarde. Já fico no aeroporto te esperando. No dia 24 eu volto pra Brasília, pois meus pais chegam nesse dia pra passar o Natal comigo! Não vejo a hora! Você tem certeza de que seus pais não vão se importar de eu ficar na sua casa por dois dias? Afinal, eles vão ficar doidos para matar a saudade, e eu lá, atrapalhando a reunião familiar...

Se prepara, você está aí nesse frio glacial e vai chegar aqui em um calor de 40 graus! Traz uma roupa mais fresquinha, pra você trocar no avião...

Aproveite bem o seu último mês! Acredite, o Brasil é muito bom, mas a Inglaterra deixa saudade! Estou estudando que nem louca para o vestibular que está chegando e de vez em quando me dá a maior vontade de largar tudo e fugir pra Brighton...

Beijos!

Ana Elisa

De: João Otávio <jlopesbelluz@yahoo.com.br>
Para: Fani <fanifani@gmail.com>
Enviada: 23 de novembro, 10:36
Assunto: Saudade

Oi, filha,

Hoje acordei com a maior saudade de você! Parece que, agora que a data da sua volta está chegando, a ansiedade fica maior, quero que o tempo passe logo para eu ter a minha filha de volta!

Filha, lembre-se de não deixar resquícios de eventuais contas que você tenha aí. Deixe um dinheiro a mais para os telefonemas que ainda vão vencer e pergunte a todos se você lhes deve alguma coisa.

Não deixe nada pendente. Assim é que as pessoas conhecem a nossa boa índole.

Você não tem que me trazer nada, não se preocupe com isso. Você é o melhor presente.

Grandes beijos,

Seu pai.

De: Alberto <albertocbelluz@bol.com.br>
Para: Fani <fanifani@gmail.com>
Enviada: 25 de novembro, 16:03
Assunto: Tá quase...

Oi, irmãzinha!

Tudo bom por aí? Na reta final agora? Nós já estamos nos preparativos para a sua volta! Vai ter uma comitiva te esperando no aeroporto, e a mamãe vai fazer uma festinha aqui em casa depois, pra você poder contar suas aventuras na terra da rainha!

Fani, estou escrevendo pra mais uma vez te pedir um conselho... Não é pra mim, é para aquele meu amigo de quem eu sempre te falo, sabe? É que ele não tem uma irmã bacana como você que o ajude nessas questões femininas... Bom, ele está querendo pedir a namorada em casamento no dia do aniversário dela e quer saber se a aliança já seria um presente ou se, além disso, ele tem que dar outra coisa... e que outra coisa seria essa? Dá uma sugestão!

Beijo grande pra você! Não vejo a hora de você chegar!

Alberto

29

Daniel: Você viu nos filmes, garoto.
Enquanto não acabar, não está acabado.

(Simplesmente amor)

Novembro avançou, o tempo começou a esfriar cada vez mais, os dias começaram a ficar menores, e eu fiquei admirada ao constatar que às cinco horas da tarde eu já podia ver estrelas no céu.

Com a proximidade da minha volta, comecei a me preparar, para não deixar tudo pra última hora.

Comprei uma nova mala, só para os DVDs que eu adquiri durante o ano (32 ao todo!) e também fiz uma lista para poder conferir depois, caso a minha mala fosse aberta pela fiscalização e um deles acabasse sendo extraviado (o Alberto disse que é pra eu rezar muito para não abrirem, senão vão me prender pensando que eu sou contrabandista de DVDs! Ai, meu Deus!):

Novos DVDs de Fani Castelino Belluz

1. O diário de uma babá
2. De repente é amor
3. As crônicas de Nárnia –
    O Leão, a Feiticeira e o Guarda-Roupa
4. Na trilha da fama
5. Encantada
6. A dona da história
7. Antes do pôr do sol
8. Sonhos no gelo
9. Miss Potter
10. Fica comigo esta noite
11. Meu novo amor
12. O amor não tira férias
13. A fantástica fábrica de chocolate
14. Admiradora secreta
15. Escrito nas estrelas
16. High School Musical
17. Quatro amigas e um jeans viajante
18. A Bela e a Fera
19. Antes do amanhecer
20. Sonho de uma noite de verão
21. A bela adormecida
22. Juno
23. Sorte no amor
24. Lisbela e o prisioneiro
25. Amores possíveis
26. Pequeno dicionário amoroso
27. A princesinha
28. Um amor para recordar
29. Simplesmente amor
30. O caçador de pipas
31. P.S. Eu te amo
32. Tudo que uma garota quer

Comecei também a embalar as roupas que eu não iria usar mais, comprei lembrancinhas para levar pro pessoal do Brasil e passei a ficar o tempo todo dentro de casa, curtindo a minha família inglesa o máximo possível. Eu já estava com saudade antecipada deles.

Eu só sentia falta da Tracy. Desde o dia em que ela havia sido mandada para o colégio interno que eu não a encontrava, pois – apesar de ser permitido aos estudantes irem para casa aos finais de semana e feriados – ela resolveu que só voltaria no Natal (acredito que numa tentativa de fazer os pais ficarem com consciência pesada pelo castigo). Infelizmente, porém, nessa data, eu já estaria no Brasil, e realmente não queria ir embora deixando que ela ficasse o resto da vida com uma má impressão de mim.

Em um sábado, resolvi escrever uma carta para que, quando ela chegasse, pelo menos soubesse que eu tentei me desculpar até o último minuto. Tentei listar cada momento importante que nós havíamos passado juntas e expliquei que eu realmente a considerava uma irmã. Eu esperava que ela, mesmo que não admitisse, me perdoasse em seu coração.

Entrei no quarto dela para encontrar o melhor lugar para deixar o envelope, sem que houvesse a possibilidade de alguém achar antes e ler. O quarto era todo branco e lilás, tinha um grande estante lotada de livros e CDs, uma escrivaninha com um computador e uma cama de dossel com uma boneca ao centro. A Tracy podia não parecer, mas no fundo era sensível. Eu esperava que essa sensibilidade contasse ao meu favor quando ela lesse o que eu havia escrito.

Sentei-me à escrivaninha e abri a primeira gaveta. Encontrei um diário e pensei que ali seria um lugar perfeito, já que era secreto e, mais cedo ou mais tarde, ela deveria abri-lo. Eu não tinha a intenção de ler nada, mas, assim que folheei para colocar o envelope dentro, fui atraída para uma letra conhecida, em um papel solto no meio das páginas. De repente, tive um estalo. Era a letra do Leo! O que a Tracy estaria fazendo com um bilhete do Leo? Li em três segundos, com o coração disparado.

Dear Tracy,
Thank you very much for doing it for me, once again. Please, change this box full of DVDs for another without my name and address and if it's possible, ask a messenger to deliver it for her, so she will never be able to find out what we are doing. Let me know how much it will cost, so I can deposit it for you. I hope someday I can thank you in person.

Leonardo[*]

Não pensei em mais nada. Peguei a carta, o bilhete, a minha bolsa, e saí correndo de casa. Parei no primeiro ponto de táxi. Táxis na Inglaterra são caríssimos, mas aquilo era uma emergência.

Só quando o motorista me deixou no St. Patrick's Boarding School, o colégio interno da Tracy, 45 minutos depois, é que eu fui imaginar o que iria falar pra ela. Se eu dissesse que havia olhado o diário, aí é que ela não faria as pazes comigo mesmo, e com razão. Resolvi fingir que eu tinha ido lá como uma última tentativa de reconciliação. Não era uma mentira

---

[*] Querida Tracy, muito obrigado por fazer isso por mim, mais uma vez. Por favor, troque essa caixa cheia de DVDs por outra, sem meu nome e endereço e, se for possível, peça a um mensageiro para entregar, assim ela nunca vai conseguir descobrir que fomos nós. Me diga quanto custou para eu depositar pra você. Espero que algum dia eu possa te agradecer pessoalmente. Leonardo.

completa, mas possuía um sentido maior por trás. Eu precisava entender várias coisas:

1. Por que ela estava envolvida nesse mistério dos DVDs.
2. Como ela conhecia o Leo, a ponto dele ter liberdade de pedir um favor a ela.
3. Por que o Leo havia me mandado os filmes.
4. Por que o Leo havia me mandado os filmes anonimamente.

Quando cheguei na porta da escola, minha respiração quase parou. O colégio, que ficava bem ao fundo envolto por um enorme gramado, parecia um castelo. Ele se situava em uma área campestre, na saída de Brighton, e era cercado por imponentes portões de ferro. Toquei a campainha e um vigia, que estava dentro de uma guarita e me viu chegando, veio perguntar o que eu queria. Eu disse o nome da Tracy, falei que ela não estava me esperando, mas que eu precisava entregar com urgência uns documentos para ela. Ele pediu que eu esperasse.

Fiquei uns 15 minutos em pé; já estava achando que haviam me esquecido quando avistei a própria Tracy vindo em minha direção. Comecei a ficar nervosa. Eu não tinha a menor ideia do que ia falar e de como ela iria me receber, mas agora não tinha mais como desistir.

O vigia abriu o portão para que eu entrasse, e assim que a Tracy ficou frente a frente comigo abriu um sorriso e me deu um abraço apertado.

Eu não sabia se retribuía ou não, esperava tudo, menos aquela recepção calorosa. Ela perguntou como eu estava, falou que eu tinha engordado um pouquinho (ela podia ter pulado essa parte!) e que estava doida para saber como estavam as coisas em sua ex-escola. Ela foi me guiando até a porta do castelo, ops, do colégio, e eu fui ficando cada vez mais impressionada. Ao ver que eu estava olhando para todos os lados, ela sorriu e animadamente descreveu as aulas que tinha, as competições esportivas, as festas que aconteciam no *hall* estudantil em todas as sextas-feiras, contou que ela e as novas amigas fugiam do dormitório de meninas à noite para se encontrarem com os garotos...

Eu comecei a rir. A Tracy não ia mudar nunca, não importava o castigo que os pais dessem! Ah, se eles imaginassem...

Ela fez uma pausa, enquanto destrancava o quarto, e eu comecei a me desculpar. Falei mais uma vez o quanto eu havia ficado chateada por ter permitido que os pais dela descobrissem sobre o Alex, mas ela nem me deixou terminar. Perguntou de que Alex eu estava falando e começou a contar de um tal Pierre, um francês que também estudava no St. Patrick's, por quem ela estava (nas palavras dela) desesperadamente apaixonada. Ela disse que tinha certeza de que ele era o homem de sua vida e que os dois já haviam inclusive combinado de casar e morar na França, depois que se formassem. Eu comecei a rir. Ela riu comigo e falou que sentia a minha falta.

Aproveitei o "momento-afeto" para introduzir o real motivo da minha visita. Resolvi dizer a verdade. Contei que tinha ido ao quarto dela colocar uma carta (inclusive, entreguei para ela, que leu no mesmo instante e disse que aquilo tudo era passado, que ela só tinha a me agradecer por ter feito com que ela caísse naquele "paraíso") e – sem querer – acabei vendo o bilhete do Leo.

Em seguida, implorei para que ela iluminasse a minha cabeça, pois eu precisava entender que loucura era aquela de o Leo ter pedido para ela trocar a caixa de DVDs que – pelo que eu tinha entendido – *ele* tinha mandado.

Ela pareceu meio aborrecida a princípio, não pelo diário, mas por eu ter descoberto a trama dos DVDs (que não eram mais) anônimos. Porém, ela logo deu de ombros e falou que, como eu já estava quase voltando para o Brasil, não ia fazer muita diferença mesmo.

Ela mandou que eu me acomodasse em uma poltrona ao lado da cama, enquanto ela própria se sentava no tapete e começou a me contar. Falou que o Leo havia mandado um e-mail perguntando se ela poderia ajudá-lo a me dar um presente secreto. Tudo que ela deveria fazer era buscar a encomenda na agência de correios (pra não correr o risco de eu ver o nome dele) e trocar a caixa por outra, em branco, apenas com o meu nome. Assim eu não teria como descobrir o real remetente. Para ficar mais verídico ainda, eles resolveram contratar um entregador.

Eu perguntei se ela sabia o motivo dele não querer se identificar, e ela me olhou como se eu tivesse algum tipo de problema e que por isso ela tivesse que explicar tudo muito devagarzinho. Ela deu um suspiro de impaciência e falou que, o motivo, ele não tinha dito e nem ela perguntado, mas era muito óbvio. *Ele me amava.* Fácil assim. Por isso ela fez o que ele pediu, já que tinha muita certeza de que eu o amava também. E como ela acreditava que, quando eu chegasse no Brasil, ele iria contar que a surpresa tinha vindo dele (e isso – na cabeça dela – iria fazer com que a gente se reconciliasse em um passe de mágica), ela estava muito feliz por poder contribuir para a nossa união.

Isso não explicava o porquê dele querer que o presente fosse anônimo, mas eu tinha certeza de que a Tracy realmente só conhecia a história até ali. Ele disse que queria fazer uma surpresa, e ela aceitou ajudar, sem maiores dramas. Mas não era tão simples. Se ele me amava, como ela dizia, por que ainda estava namorando? E aquele caso do barbante? Eu nem podia começar a me animar, pois as meninas me garantiram que ele continuava com a tal Marilu.

Estava tudo ficando cada vez mais estranho.

Nós começamos a conversar outros assuntos, ela perguntou sobre o Christian, eu contei do nosso término e do contrato cinematográfico dele, ela me levou para dar uma volta pelo colégio e, quando eu percebi, já estava escurecendo.

Nos despedimos com abraços, ela prometeu que iria me visitar no Brasil assim que pudesse, prometemos que não deixaríamos de mandar e-mails, e, nesse momento, eu tive um clique.

Como o Leo sabia o e-mail dela? Foi o que eu perguntei, surpresa por não ter pensado naquilo antes.

Ela falou que ele já o possuía há muito tempo! Ele tinha visto a foto dela no meu Facebook e enviado uma solicitação de amizade, para que eles pudessem conversar.

Eu indaguei há quanto tempo exatamente isso vinha rolando, pois não estava entendendo a razão de o Leo querer ser amigo dela.

O que a Tracy respondeu me deixou de boca aberta. Ele havia se aproximado dela em março, quando precisou de ajuda para comprar as flores que eu recebi no dia do meu aniversário...

De: Natália <natnatalia@mail.com>
Para: Fani <fanifani@gmail.com>
Enviada: 10 de dezembro, 4:25
Assunto: Noiva!

Fani!!
Tô passando mal aqui! Você nem imagina o que aconteceu!!!!!
Ontem à noite foi a comemoração do meu aniversário de 18 anos. Veio todo mundo, pedi pro Alberto chamar até a sua família! Você fez a maior falta!!! Foi lá no salão de festas do prédio da minha avó, aquela que mora no Belvedere, o meu pai contratou um DJ e um buffet, foi o máximo!
Mas o melhor você nem imagina............. Adivinha quem ficou noiva??????????????
Ai, Fani, estou vivendo um sonho! Seu irmão é TÃO romântico!! Não sabia que ainda existiam homens assim! No meio da festa, ele pediu para o DJ parar o som, chamou o meu pai e a minha mãe e pediu para os dois a minha mão em casamento!!!!!! Isso existe, Fani?? Pode falar que nem nos seus filmes de amorzinho preferidos tem uma cena tão linda como essa! Aí todo mundo começou a chorar! A minha mãe, a sua mãe (que não parava de falar "eu sabia" e, a cada vez que repetia isso, ela chorava ainda mais, acho que ela realmente ficou muito feliz!), as meninas todas e até o meu pai! Todo mundo ficou emocionado pra valer! Aí, o Alberto fez um sinal para o DJ, que começou a tocar "I'm yours" do Jason Mraz, a nossa música! Então, ele tirou uma caixinha do bolso e se ajoelhou aos meus pés, me mostrando duas alianças lindas!!! Eu fiquei o resto da festa mostrando a minha mão direita, todo mundo queria ver! Até

agora eu não cansei de olhar pra aliança, é toda de ouro com um friso de ouro branco, você precisa ver!

Ai, Fani, estou tão feliz!!!!!! Nem estou conseguindo dormir, já está quase amanhecendo!! Só faltou você mesmo!

Beijinhos da quase irmã!!

Natália ♥

De: Gabriela <gabizinha@netnetnet.com.br>
Para: Fani <fanifani@gmail.com>
Enviada: 10 de dezembro, 14:15
Assunto: Está sentada?

Fani, você nem imagina... tenho que te contar uma novidade, mas não sei como você vai reagir...

Sabe a sua amiguinha Natália e o seu irmãozinho Alberto, que namoram oficialmente há apenas cinco meses? ELES FICARAM NOIVOS! Ok, eles dizem que já estavam juntos secretamente desde o começo do ano, mas mesmo assim é muito pouco tempo, né???

Você já sabia disso? O seu irmão tinha te contado? Porque por aqui foi uma surpresa geral! Todo mundo ficou boquiaberto!

A gente estava no aniversário da Natália. Foi um festão, estavam lá: eu, a Priscila, o Rodrigo, o Alan, a Júlia, seu pai, sua mãe, o Alberto (obviamente), o Inácio, sua cunhada, seus sobrinhos, o Leo, a Marilu e até um primo do Leo que mora no Rio (lembra no ano passado quando ele gravou um DVD pra você com a câmera do primo? Pois é, finalmente o conhecemos, ele se chama Luigi, veio passar uns dias aqui em BH, é o maior gatinho!!!), um tanto de gente da sala, umas amigas do jazz da Natália, além de vários convidados dos pais dela.

Estava o maior som, todo mundo dançando, e de repente a música parou, todo mundo achou que era uma pane, mas era "só" o seu irmão pedindo a Natália em casamento! Foi engraçado demais! Eu achei que ele estava brincando a princípio, acho que o seu pai e o seu outro irmão também, porque eles começaram a rir, mas depois que eles viram que era pra valer, ficaram super sérios. A sua mãe deu um escândalo, Fani... Não sei se ela não agrada muito da Natália, mas eu achei que ela não ficou muito satisfeita, não... começou a chorar que nem uma desesperada, falou que tinha avisado pra todo mundo e ninguém tinha dado ouvidos. Os pais da Natália pareceram surpresos, mas felizes. Abraçaram o Alberto, abriram uma champanhe... mas o pai dela falou que o casamento só vai poder ser depois que ela terminar a faculdade, ou seja, vai ser um longo noivado, já que a gente acabou de fazer vestibular! (Te contei? Passei pra segunda etapa na Federal!)

Estou na contagem regressiva para a sua volta! 12 dias!

Beijão!

→ Gabi ←

De: Priscila <pripriscilapri@aol.com>
Para: Fani <fanifani@gmail.com>
Enviada: 11 de dezembro, 13:22
Assunto: Urgente

Fani, tenho uma bomba. Me encontre hoje à noite na internet.

Beijo!

Priscila

30

Hassan: Por você, eu faria isso mil vezes!

(O caçador de pipas)

Tudo começou a acontecer muito rápido.

Se a minha vida ficou movimentada nos últimos dias em Brighton, no Brasil, então, nem se fala.

Meu irmão e minha amiga ficaram noivos. Isso causou uma revolução familiar, cheguei a ficar um pouco enciumada, já que ninguém mais parecia interessado na minha volta pra casa (que era o assunto preferido antes do anúncio do noivado).

Eu devia ter previsto que isso ia acontecer. O Alberto não tem juízo, a Natália menos ainda... espero mesmo que o pai dela mantenha a imposição que fez aos dois de segurarem o casamento por um tempo. Quem se casa aos 18 anos hoje em dia? Só a doida da Natália mesmo. Pelo menos ela me garantiu que não está grávida, disse que a razão da pressa é apenas a paixão descomunal que eles sentem um pelo outro. Sei. Espero que esse amor atravesse o verão, porque, pelo que eu entendi, o Alberto gastou tudo o que tinha na poupança pra comprar as alianças.

A minha mãe só faltou morrer, coitada. O Alberto é o queridinho dela, ela realmente não estava preparada para dividi-lo tão seriamente com outra mulher. Mas ela acabou entendendo que melhor ser com a Natália, que ela conhece desde o berço, do que com uma outra qualquer.

Na verdade, eu não estava muito preocupada com esse drama. Eu tinha problemas muito mais urgentes na minha própria vida, como o fato de que a Tracy havia me contado que tudo o que eu mais desejava no mundo tinha acontecido: o Leo era o responsável pelas flores do meu aniversário. E também pelos DVDs anônimos.

Eu passei o ano inteiro imaginando quem seria o meu admirador secreto, desejando ardorosamente que fosse ele, mas com certeza absoluta de que não passava de uma pessoa qualquer fazendo hora com a minha cara... E aí, de repente, ela me diz que não era ninguém zoando, e sim o menino dos meus sonhos. Eu não conseguia pensar em mais nada. Depois de muitos dias repassando todos os fatos, cheguei a uma conclusão. O Leo queria voltar... a me ter *como amiga*.

Era bem simples na verdade, eu é que tinha demorado a enxergar. As evidências todas apontavam para isso:

1. Eu vim para a Inglaterra e, por covardia, me afastei dele.

2. Ele me deu uma dura e terminou comigo.

3. Eu implorei a ele pra me aceitar de volta, mas ele respondeu que não queria, pois já estava com outra, porém afirmou que sempre seria meu amigo.

4. Ele me mandou flores e DVDs pra provar essa amizade, mas não quis se identificar com receio de que eu pensasse que isso teria um significado maior (que ele tivesse mudado de ideia e quisesse reatar o namoro).

Com certeza, quando eu chegasse no Brasil e a gente se encontrasse, ele iria falar que tinha sido ele, pois nunca quis deixar de ser meu amigo, e amigos mandam presentes uns para os outros. E aí, na sequência, me apresentaria à namorada. E com isso eu ia morrer, novamente. Pelos meus cálculos eu já morri umas sete vezes só nesse ano! Devo ter mais vidas do que um gato!

Ainda bem que eu consegui juntar todas as peças do quebra-cabeça antes, para poder me preparar psicologicamente para esse encontro. Aliás, quase todas. Apenas um fato ficou sem explicação. A música "Linda". Eu perguntei para a Tracy se o Leo era responsável também pelo mp3 que eu havia recebido por e-mail, mas ela respondeu que não sabia de música nenhuma e que achava que não, pois ele não tinha dito nada sobre isso pra ela. Nesse caso, só me resta pensar que foi mesmo um engano.

Quando faltavam exatamente 10 dias para eu ir embora, recebi um e-mail da Priscila, pedindo para eu entrar no bate-papo urgentemente, pois ela tinha que me contar alguma coisa. Eu nem me preocupei, já sabia que ela ia falar do noivado da Natália e do meu irmão, e fui arrumar a minha mala. Mais tarde, entrei na internet e tinha outro e-mail dela, pedindo o meu telefone, pois ela precisava falar comigo, nem que para isso tivesse que me ligar.

Notando que a ansiedade dela estava acima do normal, entrei imediatamente no programa de bate-papo, para saber o que mais poderia ter acontecido.

Funnyfani está Online

Pripriscila: Fani!!!!!!!!!!!!! Eu estava DE-SES-PE-RA-DA pra falar com você!!!

Funnyfani: Oi, Priscila! E eu estou desesperada pra saber o que você quer me falar. Se for sobre o meu irmão e a Natália, você chegou atrasada, todo mundo já me contou sobre a insensatez dos dois.

Pripriscila: Insensatez??? Eu achei TÃO lindo!! Ai, Fani, a Natália está tão feliz e o seu irmão está TÃO apaixonado por ela! Eu fiquei só alfinetando o Rodrigo, afinal, a gente namora há séculos e ele nunca na vida tocou em assunto de casamento! Ok, tá certo que ele só tem 18 anos e não 23 como o Alberto, e a gente está se formando no colégio agora, ao contrário do seu irmão, que já está no meio do curso de Medicina, mas mesmo assim, né???? Confesso que eu fiquei morrendo de inveja da Natália.

Funnyfani: Deixa de ser boba! Seu namoro é muito mais estável do que o desses dois desajustados! E não vai brigar com o pobre do Rodrigo, viu, Priscila... quem está fazendo algo fora do normal é o Alberto, não ele!

Pripriscila: A Natália vai ficar tão linda de noiva!

Funnyfani: Ahn... Priscila, você ia me telefonar só pra falar sobre o noivado do meu irmão? Puxa, você realmente ficou empolgada...

Pripriscila: Não!!!!!!!! Nossa, quase que eu esqueço, lógico que não, sua doida! Eu imaginava que você já saberia disso! Eu ia te ligar pra contar o que aconteceu no aniversário dela, além do noivado!!

Funnyfani: Ah, aconteceu mais alguma coisa? Achei que o pedido do Alberto tivesse ofuscado todos os acontecimentos do milênio...

Pripriscila: Fani, é uma bomba. Tá sentada?

Funnyfani: Anda, estou curiosa! O que houve, o bolo explodiu?

Pripriscila: Que bolo que nada! Fani, prepare-se. O que eu vou contar pode mudar a sua vida...

Funnyfani: Você já resolveu qual vestibular vai fazer? Porque eu acho que você devia seriamente pensar em ser escritora de seriado. Você adora fazer suspense, nunca vi... aposto que se pudesse terminava o episódio agora, para deixar todo mundo louco de curiosidade!

Pripriscila: Hahaha! Eu estou prestando vestibular pra Veterinária. Mas eu adoro um seriado mesmo, devia ter pensando nisso...

Funnyfani: CONTA!

Pripriscila: Ah, é! Ai, eu não via a hora de te contar e agora eu mal consigo escrever, de tão ansiosa pra saber sua reação! Olha só, no aniversário, uma hora lá, depois do noivado, depois dos parabéns, eu fui ao banheiro.

Funnyfani: E...

Pripriscila: E aí que já estava bem tarde, muita gente já tinha ido embora, e eu ouvi um barulho de beijo no toalete ao lado do meu, sabe, aquelas cabinezinhas de vestiário?

Funnyfani: Sei...

Pripriscila: Pois é. Ai, Fani, eu sou muito curiosa, você sabe.

Funnyfani: Disso ninguém duvida...

Pripriscila: Pois então... Não conta pra ninguém, porque eu tenho vergonha de ter feito isso, mas eu não resisti. Subi no vaso sanitário e dei uma olhadinha para ver quem estava lá dentro!

Funnyfani: Priscila, você tem algum problema??? E se quem tivesse lá dentro te visse?

Pripriscila: Eles me viram!!

Funnyfani: Viram?????????? Quem era?????

Pripriscila: Calma, deixa eu contar direito. Eu olhei e dei de cara com a Marilu e o PRIMO DO LEO, no maior agarro!!! Aí eu fiquei tão surpresa que escorreguei, fez o maior barulhão! Os dois saíram do banheiro na mesma hora, mas tenho certeza de que eles sabem que eu vi tudo...

Funnyfani: Calma, Priscila, acho que eu não entendi direito, você viu a Marilu?? A Marilu do Leo?? Com o primo desse mesmo Leo???

Pripriscila: É, Fani, é isso mesmo que você entendeu! Percebe agora o motivo do meu desespero pra falar com você???

Funnyfani: A Marilu tá traindo o Leo com o primo dele?????????????

Pripriscila: Pois é... foi isso que eu pensei que estivesse acontecendo...

Funnyfani: E não é isso???

Pripriscila: Na, na, ni, na, não. É uma coisa muito boa, na verdade....

Funnyfani: CONTA LOGOOOOOOOOOOOOOOO!!!

Pripriscila: Calma, tenho que explicar direitinho, senão perde a graça. Olha só, eu saí do banheiro completamente chocada. Não sabia se corria e contava para o Leo, se tirava satisfação com a Marilu, se batia no primo...

Funnyfani: Eu matava os dois! E contava pro Leo também.

Pripriscila: Pois é, mas eu resolvi perguntar para o Rodrigo antes o que eu devia fazer, afinal, ele é muito mais amigo do Leo e saberia melhor como contar pra ele... Eu cheguei até branca pra falar com o Rodrigo, ele achou que eu estivesse passando mal. Contei pra ele que eu tinha visto os dois se agarrando e que queria contar pra todo mundo, pra acabar com a graça deles.

Funnyfani: Muito bem!

Pripriscila: É, mas ele não deixou. Ele saiu me puxando com a maior pressa, me levou lá na portaria e falou sussurrando pra eu ficar caladinha e não contar uma palavra do que eu tinha visto pra ninguém! Eu comecei a brigar com ele! Falei que, se ele achava que trair era certo, eu é que não queria mais ser namorada dele, que ele devia estar me chifrando à beça e eu que nem uma boba, sem saber de nada!

Funnyfani: Claro que ele não te chifra, Priscila, ele devia só estar querendo proteger o Leo...

Pripriscila: Sim!!! Era exatamente isso! Mas não do jeito que você está pensando, por não querer que o Leo sofresse e tal... Ele queria proteger o Leo no sentido de acobertar, pra não deixar ninguém saber a verdade...

Funnyfani: Que verdade????

Pripriscila: Fani, agora a gente vai entrar em uma parte bem delicada. Antes de te contar eu preciso que você me prometa uma coisa. Você vai ter que jurar.

Funnyfani: Eu juro pelo que você quiser, conta logo!

Pripriscila: Não, Fani, é sério. O Rodrigo me contou uma coisa muito séria e falou que, se eu contasse para QUALQUER PESSOA, ele terminaria comigo sem nem piscar. Fani, eu não quero que ele termine comigo, eu quero casar com ele, entendeu?? Que nem a Natália e seu irmão.

Funnyfani: Priscila, eu não vou contar pra ninguém que você me contou o que vai me contar. Eu prometo, eu juro, eu faço o que você quiser, mas desembucha! Se tem algo mais grave do que o Leo ser traído pelo próprio primo, eu preciso saber o que é!

Pripriscila: Ok, eu vou contar. Ai, seja o que Deus quiser. Fani, lembra no aeroporto, no dia da sua ida, quando eu te encontrei no banheiro e te falei que o Leo gostava de você, e aí vocês acabaram ficando juntos?

Funnyfani: Claro que eu lembro.

Pripriscila: Pois é. Eu estou sabendo de uma coisa que pode mais uma vez fazer com que vocês se acertem, mas você vai ter que correr atrás um pouquinho... por isso é que eu estava com tanta pressa de conversar com você.

Funnyfani: Fala logo, por favor...

Pripriscila: Eu estava lá, com ódio da Marilu e do primo do Leo, e então o Rodrigo disse uma coisa que fez com que a raiva sumisse, eu entendi tudo e fiquei inclusive com uma simpatia enorme pelos dois. Fani, nem se eu fosse mesmo uma escritora como você disse, eu teria criado um plano tão perfeito!

Funnyfani: Que plano???

Pripriscila: Tá sentada, né? Bom, o Leo tramou uma coisa e contou com a ajuda do primo e da Marilu, que, na verdade, nada mais é do que namorada dele, do primo!

Funnyfani: Espera, acho que perdi alguma coisa. Como assim a Marilu é namorada do primo se ela é namorada do Leo?

Pripriscila: Não, nada disso. Lembra que eu te contei no começo do ano que a Marilu é do Rio, que o Leo a conheceu lá, no ano passado, quando a mãe dela foi pedir pra mãe dele informações sobre colégios, etc?

Funnyfani: Lembro.

Pripriscila: Pois é. Isso tudo é verdade, mas tinha um detalhe que ninguém sabia. O Luigi (o primo do Leo) e a Marilu namoram há dois anos. Foi o Luigi que pediu para o Leo enturmá-la.

Funnyfani: Mas se ela é namorada desse Luigi, por que o Leo ficou com ela o ano inteiro? Não estou entendendo!

Pripriscila: Não, Fani. Eles não ficaram juntos o ano inteiro. Eles FINGIRAM o tempo todo.

Funnyfani: Fingiram????? Por quê????

Pripriscila: POR SUA CAUSA. Parece que você mandou uma carta pro Leo dizendo que ia voltar para o Brasil quando ainda não tinha nem um mês que você estava aí, teve isso mesmo?

Funnyfani: Teve...

Pripriscila: Você ia voltar por causa dele, Fani?? Que fofo! Mas ainda bem que você não voltou e ficou aí, pelo que eu sei você adorou o intercâmbio, né?

Funnyfani: Priscila, termina a história!

Pripriscila: Ah, achei que você já tivesse adivinhado o final, agora é fácil! Bom, o Leo recebeu essa sua carta e, sabiamente, percebeu que você queria voltar por causa dele. Ele não queria que você perdesse essa oportunidade de morar um ano fora, uma coisa que ele acha que pode ser muito importante pro seu futuro. Ele não queria ser o responsável por atrapalhar os seus planos, por estragar a sua vida.

Funnyfani: Ele não ia estragar a minha vida!

Pripriscila: Mas ele achou que fosse... E aí ele teve a ideia. Como a Marilu tinha acabado de se mudar pra BH, ele conversou com ela e o Luigi e os dois concordaram com o plano. Ela fingiria ser namorada dele durante todo o ano, na frente de todo mundo, para que as pessoas te contassem e você realmente acreditasse nisso. E aí, em dezembro, quando você estivesse em vias de voltar, eles fingiriam uma briga e terminariam. Daí você chegaria aqui e ele ia te contar tudo, para que vocês voltassem. Não é a coisa mais romântica do mundo???

Funnyfani: Estou sem palavras. Priscila, você não está entendendo. Ele não tinha o direito de fazer isso! Ele mudou a minha vida! A Gabi sempre disse que esse namoro dele era inventado, mas eu nunca acreditei nela, não imaginei que ele pudesse fazer isso! Ele me enganou!

Pripriscila: Sim, mas foi por uma boa causa! Fani, imagina tudo o que você viveu aí nesses meses. Você abriria mão disso?? Eu sei que você acha que o Leo é a coisa mais importante do mundo, mas ele ia continuar aqui, quietinho, do mesmo jeito, não ia deixar de gostar de você e tinha plena consciência disso. Ele só quis adiar o romance de vocês um pouquinho, ele fez isso por você, Fani! Para você não abrir mão da sua vida, ele abriu mão da vida dele, e ainda mentiu pra todo mundo! Tudo por sua causa! Pessoa assim não existe, fala sério! Ele deve te amar muito mesmo!

Funnyfani: Mentiu pra todo mundo menos pro Rodrigo, né?

Pripriscila: O Rodrigo já conhecia o primo do Leo e sabia que a Marilu era namorada dele, só por isso o Leo teve que dizer a verdade pra ele. E o Rodrigo não me disse nada! O Leo fez com que ele jurasse que não me contaria, pois sabia que eu não ia conseguir esconder isso de você...

Funnyfani: E o Leo vai mesmo terminar com ela agora? Quer dizer, contar pra todo mundo que era mentira?

Pripriscila: Vai. Na verdade, agora que as aulas terminaram, eles nem estão mais ligando, pois a Marilu vai passar as férias todas no Rio e até vai fazer vestibular lá. Pode ser que ela nem volte. Mas tem mais uma coisinha...

Funnyfani: Mais ainda???

Pripriscila: É... bom, nos planos do Leo, ele não esperava que você fosse esquecê-lo tão cedo...

Funnyfani: Eu não esqueci!

Pripriscila: Não é o que ele pensa... A Gabi levou pra sala inteira ver uma foto que você mandou... sua e do seu novo namorado... ela levou exatamente para que o Leo visse que você não estava ficando pra trás, que, se ele podia arrumar uma namorada, você conseguia arrumar um muito mais bonito...

Funnyfani: Eu não estou namorando mais! Eu terminei! Terminei imediatamente quando soube da brincadeira do barbante!

Pripriscila: É, mas o Leo disse para o Rodrigo que te conhece, que sabe que você nunca namoraria alguém à toa, sem estar realmente gostando da outra pessoa, e esse fato - de você estar gostando de alguém - mostra claramente que não está mais nem aí pra ele. O Rodrigo disse que ele ficou muito chateado, Fani. E que ia tentar arrumar uma namorada de verdade agora, para não pensar nunca mais em você.

Funnyfani: Eu só namorei o Christian pra não ficar sofrendo! Pra TENTAR esquecer o Leo, mas não funcionou! Eu não esqueci nem por um dia, nem por um minuto, cada um dos meus pensamentos tem o Leo no meio!

Pripriscila: Fani, eu tenho certeza disso, mas não é a mim que você tem que convencer... Foi por isso que eu quis te contar logo, antes de você voltar, pra você tentar fazer alguma coisa urgente, pra, quando chegar aqui, já estar tudo resolvido e vocês serem felizes para sempre! Ai, será que vocês vão se casar também?

Funnyfani: Priscila, me ajuda, estou chorando aqui... O que eu faço??

Pripriscila: Ai, Fani, não sei... Você conhece o Leo melhor do que todo mundo... Você tem que pensar no que pode comovê-lo a ponto de acreditar em você. Que possa fazer com que ele se convença de que ele sempre foi e sempre será o amor da sua vida!

Funnyfani: Eu já fiz tudo da outra vez pra ele saber disso, eu até gravei um CD que...

Pripriscila: Um CD que o quê?

Funnyfani: Priscila, tenho que ir! Preciso gravar um CD urgentemente!!

Pripriscila: Mas como isso vai fazer com que ele te perdoe??

Funnyfani não pode responder porque está Offline.

De: Tracy <tmarshallstar@hotmail.com>
Para: Fani <fanifani@gmail.com>
Enviada: 12 de dezembro, 8:10
Assunto: Of course!

Stephanie dear! Of course you can copy my CDs! Take all that you need, there's no need to ask for it! I also have lots of mp3 in my PC, go ahead! And let me know the end of the story! Good luck!!!

Tracy[*]

De: Cristiana <cristiana.acb@gmail.com>
Para: Fani <fanifani@gmail.com>
Enviada: 15 de dezembro, 11:02
Assunto: Uma semana

Filha, nem acredito! Uma semana para a sua chegada! Já mandei arrumar seu quarto todo, inclusive já retornamos a sua tartaruga para lá, será que ela vai te reconhecer?

Desculpe se fiquei meio ausente nas últimas semanas, seu irmão me deixou louca, ainda bem que você está chegando e vai poder conversar direitinho com a sua amiga para descobrir se eles estão planejando fugir para se casar ou coisa parecida. Não duvido de mais nada.

Ah, esqueci de te contar antes, fiz a sua inscrição para o vestibular de Direito, encontrei uma boa faculdade em que as provas são só em janeiro. Você não deve passar por não estar muito preparada, mas vai servir como experiência.

---

[*] Stephanie, querida! Claro que você pode copiar os meus CDs! Pegue todos que você precisar, não precisava nem ter pedido! Eu também tenho muitos mp3 no meu computador, vá em frente! E depois me conte o final da história! Boa sorte!!! Tracy.

Fani, se puder, traga do *free shop* um Ray-Ban novo para mim, pode comprar no cartão de crédito.

Estamos te esperando para montar a árvore de Natal!

Beijos ansiosos pelo seu retorno,

Mamãe

De: SWEP <josecfilho@smallworldep.com.br>
Para: Fani <fanifani@gmail.com>
Enviada: 18 de dezembro, 9:30
Assunto: Segundo relatório semestral
Anexo: relatorio2.doc

Estefânia,

Em anexo estamos enviando o segundo relatório semestral do SWEP para que possamos saber sobre o segundo semestre do seu intercâmbio. De preferência, responda quando já estiver dentro do avião, para que possamos captar suas impressões mais recentes. Entregue-nos pessoalmente, na sede do SWEP, em algum dia da sua primeira semana no Brasil, para que possamos também te dar um abraço de boas vindas.

Boa viagem e, desde já, um Feliz Natal!

José Cristóvão Filho – Oficial de intercâmbio do Small World Exchange Program (SWEP)

31

Gerry Kennedy: Quando acordo toda manhã, ver o seu rosto ainda é a primeira coisa que eu quero fazer.

(P.S. Eu te amo)

Nem vi a última semana passar. Depois do que a Priscila me contou, eu desliguei o computador e caí no choro. O destino não cooperava mesmo comigo. O ano inteiro tinha sido um desastre atrás do outro! Tudo o que eu fazia dava errado! Eu tentei não lembrar do Leo pra não sofrer – deu errado. Depois eu pedi desculpas e resolvi voltar pro Brasil – deu errado de novo. Aí eu arrumei um namorado pra tentar esquecer tudo isso e acabei descobrindo que esse foi o maior erro de todos! Estava na hora de fazer algo dar certo, e eu sabia que uma única coisa poderia persuadir o Leo a me escutar. Já tinha funcionado uma vez, eu só podia rezar para que funcionasse novamente.

Eu teria que criar outro CD, mas, em vez de músicas que fizessem com que ele descobrisse que eu gostava dele (como as que eu gravei da primeira vez), nesse as músicas teriam que convencê-lo de que para mim só existia ele e mais ninguém.

Pesquisei no Google, revirei os CDs da Tracy e finalmente consegui uma seleção musical que eu achava que poderia sensibilizá-lo o suficiente para me dar mais uma chance. Infelizmente eu não estava com os meus próprios CDs, e, por isso, todas as músicas que arrumei eram em inglês. Eu esperava que ele tivesse a ideia de procurar as traduções na internet, ele precisava entender tudo bem direitinho!

Ficou assim:

De: Fani
Para: Leo

CD - Hard to say I'm sorry

1. Against all odds (Mariah Carey)
2. Stupid for you (Marié Digby)
3. Breathe (Taylor Swift e Colbie Caillat)
4. Lonely (McFly)
5. Hard to say I'm sorry (Chicago)
6. Miss you more (BBMak)
7. I say a little prayer (Aretha Franklin)
8. Oxygen (Colbie Caillat)
9. D'yer Maker (Sheryl Crow)
10. Nothing's gonna change my love for you (Westlife)

Escrevi também uma cartinha:

Leo,

Espero que essas músicas possam falar por mim.

Fiz muitas coisas erradas esse ano, mas aprendi com todas elas. Paguei um preço bem alto pelas minhas falhas, mas se tem uma coisa que eu descobri é que não devemos guardar só para nós tudo o que sentimos. E o que eu sinto você pode escutar nesse CD.

Obrigada por ter feito com que eu ficasse um ano aqui. Esse tempo foi importante para reafirmar o que eu já sabia: pra mim, você é único no mundo. E nada tem força suficiente para me fazer te esquecer.

O que estou tentando te dizer é que continuo te amando, exatamente do mesmo jeito. É só você, sempre foi.

Tenho um pedido a te fazer. Se você achar que ainda vale a pena, me espere no aeroporto. Se você não for, eu vou saber que você deseja que continuemos apenas amigos. Não faz mal, prometo que vou entender. Mas, se você estiver no aeroporto, o meu coração vai ser pequeno para o tamanho da minha felicidade.

Milhões de beijos,

Fani

Lembrei que os CDs que ele grava para dar de presente sempre vêm em capas azuis, ele diz que é a sua marca registrada, então resolvi colocar o meu em uma cor-de-rosa, pra ele ver de cara que era um CD "fabricado", e não comprado. Juntei a cartinha e mandei tudo por Sedex, rezando para que chegasse a tempo. Faltavam menos de dez dias para a minha volta, e eu estava com muito medo de aterrissar no Brasil antes do CD. O funcionário dos Correios me garantiu que em cinco dias estaria lá, mas eu já sabia que não podia contar com a sorte.

Os dias seguintes foram agitadíssimos. Tive que buscar o meu histórico no colégio para conseguir validar o meu ano escolar no Brasil, dei adeus a todos os amigos que eu havia feito em Brighton, fui até a casa dos pais da Ana Elisa para dar um abraço neles, terminei de fazer as minhas malas e viajei para Londres um dia antes com a minha família, pois como o meu voo sairia de lá eu aproveitaria para me despedir dos meus avós e também da cidade, que estava linda, toda iluminada para o Natal. Eu já estava com saudade antecipada de tudo e de todos e – apesar da ansiedade e vontade de estar logo em casa – não parava de chorar, tudo o que eu mais queria era que a Inglaterra pudesse ser mais perto do Brasil, para que eu pudesse voltar logo e mais vezes.

Chegando ao aeroporto, as lágrimas aumentaram ainda mais. A Tracy estava lá! Ela queria me fazer uma surpresa e estava me esperando com flores na mão, iguais às que ela tinha comprado tantos meses antes a pedido do Leo. Ela disse que era para me dar boa sorte e para me lembrar que tudo o que ela mais queria era que eu fosse muito feliz. Ficamos um tempão chorando abraçadas. Pedi a ela que fosse passar um tempo comigo no Brasil, que eu tinha muitos amigos lindos para ela conhecer, o que fez com que ela perguntasse imediatamente se não tinha um espacinho sobrando na minha mala...

Na minha cabeça começaram a vir *flashes* de meses atrás, quando eu estava me despedindo da minha família brasileira. Na época, eu não conhecia aquelas pessoas que estavam ali na minha frente. Agora, elas estavam me fazendo chorar pelo mesmo motivo, por não querer ir para longe delas. O Kyle, a Julie, o Tom, o Teddy e a Tracy tinham se tornado realmente parte da minha vida, eu os amava como se eles realmente fossem meus pais e irmãos.

Ouvi o chamado do meu voo. Abracei todos eles mais uma vez, disse que entraria na internet logo que chegasse em casa, eles fizeram com que eu jurasse que voltaria para visitá-los assim que possível, e eu os fiz prometer a mesma coisa.

Fui em direção à sala de embarque, mostrei meus documentos, dei uma última olhada para trás e então entrei no avião que me levaria de volta à minha antiga vida.

Daphne Reynolds: A verdade é que algumas vezes as coisas não são exatamente como você sempre imaginou... elas são ainda melhores!

(Tudo que uma garota quer)

Relatório Semestral do SWEP Small World Exchange Program - 2º semestre	
Nome: Estefânia Castelino Belluz	
Idade: 17 anos	
Cidade e país do intercâmbio: Brighton - Inglaterra	
Pai anfitrião: Kyle Marshall	**Profissão:** Economista
Mãe anfitriã: Julie Marshall	**Profissão:** Arquiteta
Irmãos anfitriões: Tracy, Thomas e Theodore Marshall	

Escreva um pequeno texto sobre o semestre que se passou e as suas impressões gerais sobre o seu ano como intercambista.

Estou dentro do avião. Acabei de me despedir da Inglaterra, da minha família, dos meus amigos, de toda uma vida que eu criei aqui. Esse é o sentimento mais contraditório que já experimentei. Ao mesmo tempo que estou louca para voltar, estou muito, mas muito triste mesmo pela incerteza de saber se eu voltarei para cá algum dia e especialmente se verei novamente as pessoas que eu aprendi a amar, como se sempre as tivesse conhecido. Agradeço a Deus por ter me dado a melhor família anfitriã que eu poderia imaginar. Nunca vou esquecê-los.

Eu estou feliz por voltar para o Brasil. Mas, ao mesmo tempo, com receio de como serei recebida, se ainda tem lugar para mim no mundo dos meus amigos, se a minha família estará igual...

Eu me sinto diferente. Deixei de querer me esconder atrás da minha mãe a cada vez que uma situação exige que eu tome uma decisão, aprendi a entender melhor os meus sentimentos e agora eu sei que o medo nunca deve nos impedir de tentar o que quer que seja. A coragem sempre é recompensada. E, quanto maior é a ousadia, melhor é a realização.

Sei que, quando eu chegar em casa (é tão estranho falar "casa"... para mim, minha casa agora é em Brighton! Acho que terei duas casas de agora em diante), vou imaginar que tudo não passou de um sonho...

Quando eu estava arrumando as malas, por diversas vezes tive que parar, pois as lágrimas impediam a minha visão. Estou levando muita coisa como lembrança, minha vontade é de colocar a Inglaterra inteira dentro da bolsa!

Antes de vir para cá, era como se eu estivesse dentro da barriga da minha mãe. Tudo muito confortável e seguro. Ao chegar aqui, foi como se eu tivesse nascido. O começo foi difícil, tive que aprender a falar, a andar sozinha, a me relacionar. E agora essa partida, de certa forma, me passa uma sensação de morte, embora eu saiba que é uma morte como a da lagarta, que parece petrificada em seu casulo antes de virar borboleta e poder ver a mesma vida de antes, com outra percepção, com outros olhos.

> *É como se o filme mais intenso a que eu já assisti na vida chegasse ao final. Sei que não poderei comprar o DVD dele para a minha coleção, mas tenho certeza de que cada uma das cenas, de que todas as imagens e os diálogos dele vão continuar existindo para sempre em meu coração.*
>
> *Estou indo embora. Não sei o que me espera. Mas aprendi que a felicidade é uma opção. Ela mora em todo lugar. Basta que a gente permita que ela nos faça companhia. Eu espero que ela tenha entrado comigo nesse avião... ou melhor, que esteja me esperando no aeroporto.*
>
> *Autorizaram a partida. Vamos decolar.*
>
> *Fani Castelino Belluz*

Foram as 15 horas mais longas da minha vida. Preenchi o relatório do SWEP, assisti aos três filmes que exibiram, embora eu já tivesse visto todos eles (*O melhor amigo da noiva* – quatro estrelinhas –, *Fim dos tempos* – uma estrelinha – e *Mamma Mia* – três estrelinhas), fiquei me lembrando de tudo o que aconteceu durante o ano e comecei a imaginar tudo o que poderia acontecer de agora em diante. De repente, meu pensamento parou no Leo. Um ano inteiro havia se passado, mas o meu sentimento ainda era igual, exatamente o mesmo do dia em que a minha viagem começou. Será que ele estaria me esperando? Minha vontade era de chorar, de pedir para o piloto do avião acelerar para que eu pudesse descobrir se ele tinha me perdoado ou de dar um jeito de prever o futuro para ver se ele iria ao aeroporto, como eu havia pedido na carta. Eu comecei a rezar para que ele tivesse me entendido. Eu não teria namorado ninguém se soubesse que havia a mínima chance dele ainda gostar de mim. E eu esperava que ele percebesse a sinceridade do que eu havia escrito e gravado.

Comecei a me imaginar chegando ao aeroporto de BH... Se essa cena fosse a de um filme que eu tivesse escrito, a protagonista sairia apreensiva do avião, carregada de malas, olharia para todos os lados e não veria pessoa conhecida nenhuma. Ela imaginaria imediatamente que seus amigos e familiares não haviam sentido a sua falta, que ninguém ansiava por revê-la. Porém, de repente, de um lugar afastado, surgiram todas as pessoas que ela mais desejava encontrar! Ela começaria a ficar muito feliz, mas, então, ela perceberia que faltava alguém. A pessoa mais importante. O menino dos seus sonhos. Ele não estaria lá. E então toda aquela felicidade iria murchar... Claro que ela continuaria contente por rever as pessoas que amava, mas ela saberia que uma grande parte (tipo uns 99%) do seu coração estaria chorando. De repente, quando toda a esperança que existisse nela já tivesse evaporado, ELE apareceria! Viria correndo, quase sem fôlego, passaria pela multidão até ficar frente a frente com ela. Eles sorririam um para o outro, e ela saberia. Ele também a amava. O mesmo amor que ela sempre havia sentido e que iria durar por toda a eternidade. E então eles se olhariam e...

Parei por um segundo o meu devaneio. Se houvesse a remota chance de o Leo estar no aeroporto, com certeza ele não me beijaria na frente de todo mundo! Ele é todo respeitador e até meio tímido nesse setor... Da outra vez foi só porque a situação era de "ou agora ou nunca!". Uma pena, não poderia ter beijo também no meu filme. Os espectadores achariam isso um pouco decepcionante, mas cinema também tem que ter um pouco de realidade. Tudo bem, o final seria bonito do mesmo jeito. Continuei.

Eles se olhariam, ele a abraçaria, e ela então saberia que não precisava ter pressa. Eles teriam a vida inteira para se beijar. A câmera se distanciaria do abraço deles, abrindo cada vez mais para o ambiente do aeroporto, as pessoas em volta, os carros na rua, até ficar só a vista aérea do local, com os dois lá no meio misturados ao cenário. A música aumentaria, e os créditos começariam a subir pela tela. The end. Direção e roteiro: Fani Castelino Belluz. Ah, se minha vida fosse um filme...

Acabei dormindo até o avião pousar. Cheguei ao Rio de Janeiro, corri para passar pela alfândega, por sorte não pediram que eu abrisse as minhas malas, passei voando pelo *free shop*, só para comprar uns óculos que a minha mãe havia pedido, e cheguei à sala de embarque no exato momento em que chamavam o meu voo para BH. Entrei apreensiva no novo avião. O meu irmão tinha me falado que muita gente iria me esperar no aeroporto, mas eu realmente achava que todo mundo tinha coisas melhores para fazer em plena sexta-feira à noite.

O avião pousou pontualmente às 19h35. Meu coração começou a bater acelerado, eu queria correr para ver quem estaria lá embaixo, mas ao mesmo tempo estava com medo do que me esperava. Todas as pessoas desceram, e eu continuei grudada na cadeira. A aeromoça veio perguntar se eu precisava de alguma ajuda, e só então eu levantei, agradecendo a solicitude dela.

Peguei minha bolsa de mão, respirei fundo, saí do avião em direção à sala de desembarque e – antes de pegar as minhas malas – dei uma olhadinha para o saguão do aeroporto, enquanto a porta automática se abria para um passageiro sair, e não acreditei. Eles não chegaram a me ver, mas eu tive um vislumbre de todo mundo que estava lá! E era todo mundo mesmo! Minha mãe, meu pai, meus irmãos, minha cunhada, meus sobrinhos, meus avós, minhas tias, minhas primas, a Gabi, a Natália, a Priscila, o Rodrigo e até a Ana Elisa! Tinha mais gente do que na minha viagem de ida! E eles estavam segurando uma grande faixa!

WELCOME BACK, FANI!
QUEREMOS OS NOSSOS PRESENTES!

As minhas malas demoraram uns 15 minutos para passar pela esteira, e eu já estava quase desmaiando de ansiedade, eu precisava abraçar todos eles! Quando finalmente consegui sair e eles me viram, começaram a gritar, a jogar confetes, a soprar cornetas barulhentas, parecia até carnaval! Eu não sabia quem cumprimentar primeiro, quase fui sufocada por tantos beijos e abraços! Era felicidade demais!

De repente, eu me lembrei. E meu coração congelou. Ele não estava ali. Como no filme da minha cabeça, eu me senti completamente desiludida. Por mais que eu esperasse que ele não fosse, meu coração ainda acreditava, e agora eu teria que lidar com aquela decepção.

Para esquecer, tentei a todo custo me concentrar nos comentários das meninas sobre o peso que eu havia ganhado, sobre como o meu cabelo tinha crescido e sobre as roupas que eu estava usando; mas os meus olhos insistiam em buscar na multidão uma pessoa que eu já sabia que não encontraria. Foi quando alguém, atrás de mim, me cutucou. E então eu me virei.

"Está procurando alguém?"

Eu tive vontade de rir, mas comecei a chorar. Minhas emoções estavam completamente fora de controle! Ele continuava igualzinho... só um pouco mais alto... e o sorriso estava ainda mais lindo do que eu me lembrava. Como eu havia sentido falta daquelas covinhas! E nas mãos ele tinha um CD. Um CD de capinha azul.

"Não", eu respondi no meio das lágrimas. "Eu já achei quem eu procurava. E, se depender de mim, eu não vou perdê-lo nunca mais!"

E então eu percebi que não tinha sido só na altura e no sorriso que o Leo tinha mudado... Ao contrário da outra vez e do meu filme imaginário, ele não pediu a minha autorização e nem se inibiu com a minha família. Ele simplesmente me agarrou! Foi como se a gente nunca tivesse interrompido o primeiro beijo, a sensação foi a mesma, o calor, o tremor e a vontade de não sair nunca mais dos braços dele... Perdi a noção do tempo e do espaço, e eu não sabia se as batidas que estava escutando eram do coração dele ou do meu. Nem me lembrei que tinha gente assistindo... Infelizmente, porém, tinha. E eu só reparei nisso quando a minha mãe, depois de um tempo, nos interrompeu falando que uma festa me esperava em casa. Eu comecei a me afastar, um pouco sem graça ao perceber as pessoas em volta, mas notei que o Leo não deu o menor sinal de que iria soltar a minha mão tão cedo...

Ele me entregou o CD, dizendo que tinha feito uma trilha sonora para a minha volta, e então a gente foi andando assim, de mãos dadas, até chegar ao estacionamento do aeroporto. Eu não via a hora de conversar e dar mais milhões de beijos nele, mas com certeza haveria tempo. Ele tinha me esperado por um ano! Tinha sido um longo filme. E agora é que o meu final feliz iria começar...

Epílogo

De: Leo — Para: Fani
CD: You're still the one

1. Linda — No Voice
2. You're still the one — Shania Twain
3. Eu espero — Luiza Possi
4. You'll be in my heart — Phil Collins
5. Umbrella — versão McFly
6. Every breath you take — The Police
7. Tão seu — Skank
8. Everything — Michael Bublé
9. Eu sei que vou te amar — Tom Jobim

Leléu: Tá bom da gente se apressar, porque o povo já entendeu que tá acabando e é capaz de começar a sair sem prestar mais atenção na gente.

Lisbela: É. Mas talvez nessa sala tenha pelo menos um casal apaixonado que vai assistir até o finalzinho. E mesmo depois de o filme acabar, eles vão ficar parados um tempão, até o cinema esvaziar todinho. E aí vão se mexendo devagar, como se estivessem acordando... depois de sonhar com a história da gente.

Leléu: Tomara que eles tenham gostado.

(Lisbela e o prisioneiro)

LEIA TAMBÉM, DE **PAULA PIMENTA**

FAZENDO MEU FILME 1
A ESTREIA DE FANI
336 páginas

FAZENDO MEU FILME 3
O ROTEIRO INESPERADO DE FANI
424 páginas

FAZENDO MEU FILME 4
FANI EM BUSCA DO FINAL FELIZ
608 páginas

FAZENDO MEU FILME - LADO B
400 páginas

UM ANO INESQUECÍVEL
400 páginas

MINHA VIDA FORA DE SÉRIE
1ª TEMPORADA
408 páginas

MINHA VIDA FORA DE SÉRIE
2ª TEMPORADA
424 páginas

MINHA VIDA FORA DE SÉRIE
3ª TEMPORADA
424 páginas

MINHA VIDA FORA DE SÉRIE
4ª TEMPORADA
448 páginas

MINHA VIDA FORA DE SÉRIE
5ª TEMPORADA
624 páginas

FAZENDO MEU FILME EM QUADRINHOS 1
ANTES DO FILME COMEÇAR
80 páginas

FAZENDO MEU FILME EM QUADRINHOS 2
AZAR NO JOGO, SORTE NO AMOR?
88 páginas

FAZENDO MEU FILME EM QUADRINHOS 3
NÃO DOU, NÃO EMPRESTO, NÃO VENDO
88 páginas

APAIXONADA POR PALAVRAS
160 páginas

APAIXONADA POR HISTÓRIAS
176 páginas

CONFISSÃO
80 páginas